汕头大学科研启动经费项目"唐宋词的语言和文化研究"（STF20005）

宋词名篇名家的
阐释与传承

Interpreting and Inheriting of
Song Ci's Famous Works and Poets

郁玉英◎著

人民出版社

责任编辑：洪 琼

图书在版编目（CIP）数据

宋词名篇名家的阐释与传承 / 郁玉英著 . -- 北京 ：
人民出版社，2024. 12. -- ISBN 978 - 7 - 01 - 027127 - 9

Ⅰ . I207.23

中国国家版本馆 CIP 数据核字第 2025P4D955 号

宋词名篇名家的阐释与传承
SONGCI MINGPIAN MINGJIA DE CHANSHI YU CHUANCHENG

郁玉英 著

人民出版社 出版发行
（100706 北京市东城区隆福寺街 99 号）

北京华联印刷有限公司印刷 新华书店经销

2024 年 12 月第 1 版 2024 年 12 月北京第 1 次印刷
开本：710 毫米×1000 毫米 1/16 印张：16
字数：260 千字

ISBN 978 - 7 - 01 - 027127 - 9 定价：79. 00 元

邮购地址 100706 北京市东城区隆福寺街 99 号
人民东方图书销售中心 电话 （010）65250042 65289539

前　言

　　词是隋唐之际伴随着燕乐的兴起而产生的一种新型艺术样式,成熟于晚唐五代而繁荣于宋。宋词是中国词史上最璀璨的明珠,承载着两宋时期文人的情感寄托、审美理想与文化精神。其以独特的艺术形式,将个人情志与时代风貌熔铸一体,被视为有宋一代之文学。千年流转中,不少词人词作湮没于历史的尘埃中。有幸流传于典籍的宋代词作共计有 21000 余首,可考姓名的宋代词人共计 1500 余人。本书主要以经过时间的消磨和沉淀仍能在历史长河中保持旺盛生命力的词作词人——宋词名篇和宋词名家为研究对象。

　　宋词的发展嬗变过程中,名家辈出。继南唐词之余绪同时融入个体学养的晏殊、欧阳修,承花间词艳风而创体创调的柳永,以身世之感并入艳情的秦观、晏几道,以诗为词而“新天下耳目”的苏轼,集婉约词之大成的周邦彦,巾帼不让须眉的李清照,于“剪红刻翠外”别立一宗的辛弃疾,在豪放、婉约之外另树清刚一帜的姜夔,如七宝楼台而实有灵气行乎其间的吴文英等均为后代读者耳熟能详的词坛大家。他们以各自的创作推进宋词的发展演进,毫无疑问是宋词乃至整个中国词史上优秀的词人,各有诸多名篇流传于后世。本书中的宋词名篇和宋词名家非局限于少量伟大词人及其优秀作品,而是根据千年流传过程中不同类型读者传播接受宋词的文献资料遴选了一批颇具影响的词人词作。确认这些宋词名篇和名家的资料来自普通大众读者、批评型的精英读者和创作型读者三大受众群,分别为历代选本、历代评点、历代唱和、现当代研究论著以及互联网相关链接数据所呈现出来的资料。据此,笔者和王兆鹏先生合作完成的《宋词经典名篇的定量考察》(《文学评论》2008 年第 6 期)从 2 万余首宋词中遴选了影响力列于前 100 名的名篇,笔者所著《宋词经典及其经典化研究》(中国社会科学出版社 2016 年版)则在此基础上进一步确认了前 300 首名篇和前 100 位宋词名家。这些名篇名家非依据一人之观点认定,而是综合了千年流传过程中无数接受者的意见。在既有成果重在探讨宋词经典的经典化进程及规律的基础上,进一步阐释宋词名篇和名家的内在经典性和生命力,探究不同经典个案的流传与传承中折射出的文人价值观、读者审美心理与时代文化需求的复杂互动,这是笔者的初衷。

本书的撰写,旨在呈现宋词名篇的总体风貌,揭示其内在的经典性,同时,透视时间、空间与语言等不同维度,从不同的学术视角观照宋代名家词的创作实践,思考宋词名家在后世接受史中的文化建构以及与前代文学传统的关系,以期彰显宋词名篇名家的艺术魅力和文化价值,从一定程度上揭示文学经典生成的内在逻辑与历史动态。

本书分别以"综合观照""文本细读""影响效应"为核心维度,分为上、中、下三编。

上编着重于宋词名篇的共性研究。在文本细读的基础上,通过与唐诗经典名篇①的比较,采用定性和定量分析相结合的方法,对宋词名篇的主题内涵、情感特质、艺术表现、经典品质四个层面作总体上的综合观照,论证宋词名篇的内在经典性,揭示宋词名篇具跨越时空之生命力的内因。

中编则聚集于宋代文学名家之词的创作特色,以他们为中心,分析文学创作与时间、空间以及语言之间的关系。结合时间与空间,重点探讨了欧阳修词作的艺术结构、主题表现与审美特色。基于语义知识的具象和抽象类型所

---

① 王兆鹏、孙凯云:《寻找经典——唐诗百首名篇的定量分析》,《文学遗产》2008 年第 2 期。

作的数据统计分析,在此基础上透过语汇棱镜分析陈师道和陈亮词,从微观视角还原词人创作的个性化特色。本编主要通过深度解读,洞窥宋代文学名家的欧阳修与二陈词的内蕴及作者性情,具体呈现宋词艺术特质的多元实践。

　　下编则将视野延伸至文学的接受史,结合宋词名家的后世评点、选本传播与创作模仿,以宋词名家为中心探讨文学的传承及其在后世的影响效应。以柳永为例,分析其经典地位在"批评权威"与"大众读者"之间的张力,揭示雅俗文化博弈对经典化的深层影响。聚焦朱敦儒,则重点通过其在明、清两代的接受差异,分析选本和文人评点二者的离合及其所展现文学观念、时代思潮、文化传统的碰撞角力与融合互动。对辛弃疾的探讨则从"以文为词"的创作实践出发,钩沉其对韩愈文气说的接受,彰显词体与古文传统的跨文体互动。本编以宋代文学名家为个案,通过接受史研究,阐释经典词人如何在后世被赋予新的意义,为文学经典的生成机制的研究提供参考。

　　这本小书实为引玉之砖。本书围绕宋代名家和宋词名篇探讨经典作品和经典作家的内部特质及其与时代文化、历史传统之间的互动,揭示其从创作到传播、从阐释到重构的动态过程。三编各自独立成篇而有一定的内在逻辑。需要说明的是,本书在阐释宋词名篇的内蕴和特质时,主要考察的是综合影响力排名前 100 名的词作,同时参考了宋词前 300 名的作品。关于宋词名家的探讨,本书以典型性为原则,从不同视角,以个案研究的形式呈现宋词名家个案的创作特色及生命力嬗变。本书选取了柳永、欧阳修、陈师道、朱敦儒、陈亮、辛弃疾这几位宋代诗词名家,其中,陈师道、朱敦儒、陈亮从词史地位来讲并不算是一流的宋词大家,但他们在相关文学现象中的呈现均颇具典型性但相关问题未被更多的研究者所关注。譬如,陈师道诗文名重于词,但他本人为何却自负其词,其词的语汇选择非常有效地呈现语言-作者-世界的关系,透视其词之花间渊源能对这一问题做出一定程度的回应。而在选本入选与文人评点的离合交融的复杂关系中,朱敦儒的身后影响效应亦是一面明亮的镜子。遗憾的是,限于篇幅和个人精力、学识,不同的宋词名家及其传世词作中所蕴含的独特性以及他们身后生命力延展的规律性均未能作更全面的探究,各章之间逻辑的衔接性亦不太强,全面而系统地探讨每一首名篇和每一位名家词生成的内在逻辑与历史动态则有待来者。

目　　录

下编　影响效应：宋词名家的传承建构

第十章　论批评权威与大众读者对柳永经典地位的建构 ……… 173

第十一章　选评离合视野下朱敦儒词在明代之影响效应 ……… 190

第十二章　山水情韵的传承：论朱敦儒及其词在清代的影响效应 ………………………………………………………… 216

第十三章　从稼轩"以文为词"看辛弃疾对韩愈文气说的接受 ………………………………………………………… 231

上编 综合观照：宋词名篇的特质

作为中国古代文学经典的一部分,宋词名篇具有丰富的内涵和无限可读性。这种丰富的意蕴在历史过程中通过接受者的解读被揭示出来。在此过程中,无论外在的影响因素如何变化,经典本身的特质总以其顽强的生命力展现着自身。阿·戈尔恩费尔德曾形象地描述道:"伟大的艺术作品在它的完成时刻,只是一颗种子。它可能落到石头地上,不发芽,也可能在恶劣的条件影响下,抽出干枯的芽,也可能长成高大的树木……当然,豆芽不会长成橚树。"①虽然不同的接受者有不同的接受环境、传播条件总是使经典内在的某些方面或隐或显,甚至改变经典的呈现形式,但文学作品的内质所具有的稳定性使得不同的经典名篇总是以极具自己个性的方式存在。经典作品的内在特质是决定文学经典性的关键因素之一。

生命体验是多样的,人类情感是复杂的,诗化地表现这些内容的方式更如百花竞放。不同的文学体裁,其内涵、情感倾向及艺术传达的手法又具各自的文体个性。宋词,作为宋代一代之文学,它在传达人类普遍的情感和审美理想时,必然要烙上宋代所特有的色彩。时代和文体的差异必将使宋词经典名篇呈现出独具个性的本质特征。那么宋词经典名篇在书写生命体验、表现心灵和情感时有什么样的独特性呢?宋词名篇区别于其他类型的文学经典的特点是什么?

《宋词经典名篇的定量考察》②以及《宋词经典的生成及嬗变》③,二者通过涵盖普通大众读者、批评型的精英读者和创作型读者三大受众群的传播接

---

① [俄]米·赫拉普钦科:《作家的创作个性和文学的发展》,上海人民出版社编译室译,上海人民文学出版社1977年版,第276页。

② 王兆鹏、郁玉英:《宋词经典名篇的定量考察》,《文学评论》2008年第6期。

③ 郁玉英:《宋词经典的生成及嬗变》,中国社会科学出版社2016年版。

受资料——历代选本、历代评点、历代唱和、现当代研究论著以及互联网相关链接数据,结合统计学原理,用定量分析的方法从 2 万余篇存世宋词中遴选了影响力排名前 100 名和前 300 名的宋词名篇。后者在确认名篇后论证了宋词经典化的生成机制、时代变化、嬗变类型及特点,但两者都未对名篇的文本特性作具体分析。笔者在此拟以这些作品为研究对象,细读千年历史流传过程中综合影响力高的宋词名篇,同时以唐诗名篇①为对比参照,从总体上分析宋词名篇的特质,揭示其生命力延绵不衰的内在动因。

---

① 王兆鹏、孙凯云:《寻找经典——唐诗百首名篇的定量分析》,《文学遗产》2008 年第 2 期。

第一章　宋词名篇的主题内涵

文学经典内质必须具备审美的原创性和典范性,内涵的丰富性,审美和思情有机融合,这已是共识。文学作品之所以成为经典名篇在于它能诗化地、独具个性地表现生命个体复杂纷繁的情感体验,诗化地表现人生的智慧,从而引起受众的共情共鸣。《宋词经典名篇的定量考察》以及《宋词经典的生成及嬗变》中确认的宋词经典名篇主题内涵表现如何?宋词经典名篇和宋词这个母体的关系如何呢?笔者拟细读文本,以历史动态平衡中的宋词名篇100首为中心,结合不同历史时期的宋词名篇,试析宋词名篇的主题内涵。

第一节　真挚的爱恋相思

爱情,是文学永恒的母题。人们对爱情的追求与向往、忠贞与执着,对爱人的思念与期盼,爱情中的温馨浪漫与伤情苦痛是中国古典诗歌的重要表现内容。从"窈窕淑女,君子好逑"(《诗经·关雎》)对两性情愫的质朴吟咏,至"我欲与君相知,长命无绝衰。山无陵,江水为竭,冬雷震震,夏雨雪,天地合,乃敢与君绝"(《上邪》)的炽烈誓言,再到"莲子清如水"(《西洲曲》)的深情隐喻……其中,不少诗词以其情感之真挚深沉和艺术表现的精湛,穿越时空,成为中华传统文化的瑰宝。

隋唐之际，随着燕乐兴起而产生的曲子词以其韵律错落的长短句式，伴着强大的音乐感染力，成为描摹幽微情爱心绪的最佳载体。这其中有"梳洗罢，独倚望江楼……肠断白蘋洲"（温庭筠《望江楼》）的痴情等候，有"忍泪佯低面，含羞半敛眉。不知魂已断，空有梦相随"（韦庄《女冠子》）的离别感伤，有"青鸟不传云外信，丁香空结雨中愁"（李璟《摊破浣溪沙》）的绵绵相思。而南唐后主李煜的词作，更以其不事雕琢的真情与突破礼教的真率，成为古典爱情书写中极具辨识度的存在。"刬袜步香阶，手提金缕鞋"（李煜《菩萨蛮》）突破了"发乎情，止乎礼"的儒家诗教传统，"秋风多，雨相和，帘外芭蕉三两窠。夜长人奈何"（李煜《长相思》）深情而凄婉。李煜以近乎天真的笔触，守护着情感书写的原始野性，以"纯情"消解礼教藩篱，书写男女情爱的本真状态，彰显着两性爱情的缠绵悱恻的情感强度。晚唐五代词中这种不假修饰的真率痴情的爱情书写，是后世词体文学通往心灵本真之路的重要表现方式，对宋词中的爱情表达产生重要的影响。

从宋代至 20 世纪的各个不同时代的宋词名篇，抒发两性之间爱恋相思是其第一大主题。综观这些作品，一方面，如古今中外所有的爱情书写一样，表现真挚的离别相思和超越生死的爱恋；另一方面，这些书写爱恋相思的宋词名篇又有其独特的内涵。

一、表达真挚爱恋相思的词作数量在宋词名篇中占据压倒多数的优势

宋词名篇的主题包含两性之爱、家国之感、身世遭际、人生哲理、理想志向、闲情逸兴以及都市风情等七大类型。① 与"言志"的诗歌经典相较，宋词名篇最显著的特征之一便是对真挚爱情的大胆表现。请看唐诗名篇前 100 名和宋词名篇前 100 名中，爱情主题的对比情况，如下表：

——————————

① 郁玉英：《宋词经典的生成及嬗变》，中国社会科学出版社 2016 年版，第 68 页。

表 1-1　唐诗宋词 100 首名篇爱情主题作品数量对照表

名次	唐诗	宋词
前 10 名	0	3
前 30 名	1	14
前 50 名	4	22
前 100 名	9	36

100 首经典名篇中,唐诗爱情主题的诗歌不及宋词经典爱情名篇的 1/4,前 50 名中不及 1/5,而唐诗经典十大名篇中爱情诗是空白,无一首入选,排名最靠前的为白居易的《长恨歌》,列第 13 名。而宋词十大名篇中就有 3 首爱情名篇,分别为柳永的《雨霖铃》(寒蝉凄切)、陆游的《钗头凤》(红酥手)和姜夔《暗香》(旧时月色),它们分别列第 5 名、第 8 名和第 10 名。可见,彰显两性之间真挚爱恋相思是宋词名篇内涵的一大特色。

100 首名篇中蕴含情爱相思之情的词作如下:

表 1-2　宋词 100 首名篇中的相思

排名	词人	词牌	首句
5	柳永	雨霖铃	寒蝉凄切
8	陆游	钗头凤	红酥手
10	姜夔	暗香	旧时月色
11	苏轼	水龙吟	似花还似非花
15	史达祖	双双燕	过春社了
16	李清照	醉花阴	薄雾浓云愁永昼
17	贺铸	青玉案	凌波不过横塘路
19	周邦彦	兰陵王	柳阴直
23	辛弃疾	祝英台近	宝钗分
25	史达祖	绮罗香	做冷欺花

续表

排名	词人	词牌	首句
26	秦观	鹊桥仙	纤云弄巧
27	欧阳修	蝶恋花	庭院深深深几许
29	秦观	满庭芳	山抹微云
30	李清照	一剪梅	红藕香残玉簟秋
31	李清照	凤凰台上忆吹箫	香冷金猊
34	周邦彦	瑞龙吟	章台路
36	欧阳修	踏莎行	候馆梅残
37	柳永	八声甘州	对潇潇暮雨洒江天
39	苏轼	江城子	十年生死两茫茫
40	辛弃疾	青玉案	东风夜放花千树
43	秦观	千秋岁	水边沙外
46	李清照	念奴娇	萧条庭院
54	晏几道	鹧鸪天	彩袖殷勤捧玉钟
55	苏轼	贺新郎	乳燕飞华屋
59	辛弃疾	念奴娇	野棠花落
61	欧阳修	生查子	去年元夜时
63	周邦彦	少年游	并刀如水
66	晏几道	临江仙	梦后楼台高锁
70	姜夔	长亭怨慢	渐吹尽
72	周邦彦	风流子	新绿小池塘
77	吴文英	风入松	听风听雨过清明
86	周邦彦	过秦楼	水浴清蟾
88	周邦彦	蝶恋花	月皎惊乌栖不定
92	周邦彦	解语花	风销焰蜡
93	姜夔	点绛唇	燕雁无心
96	周邦彦	解连环	怨怀无托

二、宋词名篇爱情主题词的主要意蕴

宋词名篇主题偏重爱恋相思这一特征和宋词母体的特点紧密相关。词体文学,主性情之至道,这为词学评论家所一致认可。词尤善于吟咏有别于温柔敦厚之情的两性之情,这使得它在言情功能方面区别于传统诗文。所谓"吟咏性情,莫工于词"①,"簸风弄月,吟咏性情,词婉于诗"②。宋词的绝大部分作者也习惯于用传统诗文言志,而用词抒发个人的私密情感。"临淄、六一,当代文伯,其乐府犹有怜景泥情之偏"③,"情有文不能达,诗不能道者,而独于长短句中,可以委宛形容之"④。私密之情多系之于词。"爱情,尤其是封建礼教眼开眼闭的监视下的那种公然走私的爱情,从古体诗里差不多全部撤退到近体诗里,又从近体诗里大部分迁移到词里。"⑤杨海明也认为唐宋词的生命活力和"活性效应",其集中表现和深刻体现却尤在于它们对于中国文化人的感情世界和心理面目的"柔化"方面,而这也正是唐宋词最为"独到"之处。⑥其中宋词名篇中的"柔化"之情,主要包括以下两种情形。

(一) 红尘俗世的相思爱恋

比翼齐飞,常相厮守,在耳鬓厮磨之间享受着两性之间灵犀相通的惬意,这是红尘世俗中饮食男女期望的人间美好。由此,约会之时是恋爱中的幸福时光,而离别相思总是令人刻骨铭心、魂销魄动。况在车马代步的古代,交通

① (宋)尹觉:《坦庵词·序》,见邓子勉:《宋金元词话全编》,凤凰出版社 2008 年版,第951 页。
② (宋)张炎:《词源》卷下,"赋情"条,见唐圭璋:《词话丛编》,中华书局 2005 年版,第263 页。
③ (宋)尹觉:《坦庵词·序》,见邓子勉:《宋金元词话全编》,凤凰出版社 2008 年版,第951 页。
④ (清)查礼:《铜鼓书堂词话》,见孙克强:《清词话全编》(5),凤凰出版社 2019 年版,第497 页。
⑤ 钱钟书:《宋诗选注》,人民文学出版社 1989 年版,第 7—8 页。
⑥ 杨海明:《唐宋词与人生》,河北人民出版社 2002 年版,第 5 页。

极度不发达,一旦分离,山水相隔,音讯难通,时空的阻隔让人黯然神伤。所谓"黯然销魂,唯别而已矣"(江淹《别赋》),"山长水阔知何处"(晏殊《蝶恋花》)。对于相爱的人来说,思及往日的温馨和浪漫,感发的是那内心无尽的离别之苦、相思之悲。在离愁相思的孤独寂寞情绪中,在对曾经的温馨和浪漫的咀嚼和回味中,情的深度和浓度扩大化。宋词中的爱情名篇多述写这种真挚动人的离别和相思。

在宋词名篇,有大量这样因时空阻隔而书写入骨相思的真挚爱恋之作,其情之真,多凄美动人。譬如名篇榜第31位的李清照《凤凰台上忆吹箫》:

> 香冷金猊,被翻红浪,起来慵自梳头。任宝奁尘满,日上帘钩。生怕离怀别苦,多少事、欲说还休。新来瘦,非干病酒,不是悲秋。
>
> 休休!这回去也,千万遍《阳关》,也则难留。念武陵人远,烟锁秦楼。惟有楼前流水,应念我、终日凝眸。凝眸处,从今又添,一段新愁。

清晨晚起、神情慵懒,怠于梳妆,无限思念,无限幽怨,欲说还休,这离情别意寄寓着对爱人深切的相思。下阕更进一层,"千万遍"一句,见主人公情深情痴,"非干病酒,不是悲秋",意指别情之苦痛甚。而"武陵人远",主人公天天倚楼凝望楼前流水,人去楼空中愁苦之情似流水不止,痴心厚意,深情绵绵。作为有宋一代最富才名的女性词人,李清照以女性细腻的感触将这种相思离情表现得深婉动人。再譬如《醉花阴》(薄雾浓云愁永昼)一阕:"薄雾浓云",天气恼人,重阳佳节,"玉枕纱橱,半夜凉初透",独醒难眠,婉言道出冷寂孤独之情。而"东篱把酒""暗香盈袖",无人相伴,独自赏花,"莫道"句,怜花亦自怜,深沉的寂寞之愁中书写着女主人公真切的生活体验和对爱人真挚深沉的思念。

距离隔断有情人在物理时空中的相聚,阻断不了所爱之心灵的灵犀相通感应。所爱隔山海,山海亦可平,这份深沉真挚的相思爱恋充溢于宋词名篇中。不论是"寸寸柔肠,盈盈粉泪"(欧阳修《踏莎行》候馆梅残)的黯然销魂,还是"执手相看泪眼,竟无语凝咽"的难舍难分;不论是"今宵酒醒何处,杨柳岸、晓风残月"的美景中"应是良辰好景虚设"(柳永《雨霖铃》寒蝉凄切)的感叹,还是时空阻隔中"两情若是久长时,又岂在、朝朝暮暮"(秦观《鹊桥仙》纤云弄巧)的执着守望;不论是"当时明月在,曾照彩云归"(晏几道《临江仙》梦后楼台高锁)的绵长悠悠思念,还是"马滑霜浓,不如休去,直是少人行"(周邦彦《少年游》并刀如水)的温存软语叮咛;不论是"山盟虽在,锦书难托。错、错、错"(陆游《钗头凤》红酥手)的无尽悔憾,还是"叹寄与路遥……红萼无言耿相忆"(姜夔《暗香》旧时月色)的深深惆怅……这些名篇中不尽相同的情愫均为痴情人的痴心语,浓浓情爱相思深情超越现实物理时空的阻隔,绵绵悠悠,无不浸润着真切的个体感受,饱含着对所爱的真切相思。

(二)　超越生死的悼亡恋歌

宋词100首名篇的爱情主题,除了红尘之中的别离相思之曲外,还有书写两性之间超越生死的悼亡恋歌,分别为苏轼的《江城子》(十年生死两茫茫)和吴文英的《风入松》(听风听雨过清明)。此外李清照《声声慢》一词抑或饱含思念亡夫赵明诚之情。

苏轼悼念其妻子王弗的《江城子》一词乃宋神宗熙宁八年(1075)苏轼出知密州时感梦而作,其时距王弗逝世已经十年。全词深情绵邈、情真感人,既见往日夫妻伉俪情深,又见词人的十年宦海漂泊中对王弗无尽的追思怀念。词人和他的妻子生死两隔,虽十年岁月消磨,十年风雨、身世浮沉,饱尝"尘满面、鬓如霜"的世间沧桑仍然"不思量,自难忘"。妻子生前的生活画面牢牢地印在词人心中,藏在词人的记忆深处,虽时光流逝,但铭心刻骨。十年后,词人仍在梦中梦见妻子"小轩窗,正梳妆"的情形。梦中相见之时,"相顾无言,惟有泪千行"。在梦中,这是一份双向奔赴的无尽思念以及十年生死两隔的无尽感慨。在所梦所想中,词人每每推己及人,想着逝去的妻子十年中也会是如此情深不已,因而梦醒后词人才会设想深情的妻子远在千里之外的眉山孤独地在"明月夜,短松岗"思念肠断。苏轼一首《江城子》,真是情深之至,沉痛之至。

吴文英的《风入松》则为怀念杭州爱妾之作:

> 听风听雨过清明,愁草瘗花铭。楼前绿暗分携路,一丝柳、一寸柔情。料峭春寒中酒,交加晓梦啼莺。 西园日日扫林亭,依旧赏新晴。黄蜂频扑秋千索,有当时、纤手香凝。惆怅双鸳不到,幽阶一夜苔生。

陈洵《海绡说词》谓此乃"思去妾"①之词。这一个清明时节,情人已逝,思人"听风听雨",独居无眠。一夜风雨,落花飘零,思人为花伤心坠泪,写就《瘗花铭》。葬花后思人愁绪横生。楼前路,柳丝飘拂,两相分离。料峭春寒,伤春伤别,借酒浇愁,醉入梦乡,盼见所爱,无奈莺啼声惊醒春梦。西园旧地,思人愁风雨,惜落花,伤离别。西园,词中情事发生的空间,是词人和他的情人的寓所,亦是分手之地。曾经的西园,悲欢交织。这里曾经是两人同游之地,曾一起赏新晴,曾一起荡秋千。重回旧地,痴思所爱,旧时余香仿佛仍留秋千索上,所谓"见秋千而思纤手,因蜂扑而念香凝,纯是痴望神理"②。奈爱人逝去已久,曾经的欢爱之所,如今幽阶苔生,所爱已逝,只余痴心爱人的孤独、追悼之情。往日柔情、今日痴心、无尽思念,凄哀之思入骨。

笔者在此不拟对宋词经典名篇中的爱情词一一进行赏析式的评论,只在这花园中撷取几朵,即可见宋词名篇的爱情词花园中姹紫嫣红的美景。忠贞不渝者如"两情若是久长时,又岂在朝朝暮暮"(秦观《鹊桥仙》);痴情地吟唱着"拼今生,对花对酒,为伊泪落"(周邦彦《解连环》);遗憾绵绵者如"春如

---

① 陈洵:《海绡说词·宋吴文英梦窗词》,"风入松"条,见唐圭璋:《词话丛编》,中华书局2005年版,第4845页。

② 陈洵:《海绡说词·宋吴文英梦窗词》,"风入松"条,见唐圭璋:《词话丛编》,中华书局2005年版,第4845页。

旧,人空瘦,泪痕红浥鲛绡透""一怀愁绪,几年离索。错错错"(陆游《钗头凤》);沉郁哀婉的如"念月榭携手,露桥闻笛。沉思前事,似梦里,泪暗滴"(周邦彦《兰陵王》);缠绵悱恻者如"从别后,忆相逢。几回魂梦与君同"(晏几道《鹧鸪天》);"此情无计可消除,才下眉头,却上心头"(李清照《一剪梅》);刚正如范仲淹者也在思念中长夜难眠,吟唱着"年年今夜,月华如练,常是人千里"(范仲淹《御街行》)……读宋词经典中的爱情词,两性之间爱恋相思之真情如"一川烟草,满城风絮",弥漫在一代一代接受者的心中,穿越千年时空而生命力毫无褪色。

锦鸡鸳鸯图

三、宋词名篇中的爱情主题词的独特价值

两性之间的爱情是人类永恒的主题,坚贞、执着、纯粹……历来咏爱情的名作皆以其情之真切感动读者而流传后世。宋词名篇所书写的真挚爱情除了具有歌咏爱情名篇的共性之外,又有如下的特质区别于其他此前之爱情经典,彰显着它的独特的人文意蕴。

如上所述,爱情名篇在宋词经典中占压倒性优势,然宋词名篇真挚爱情之特色不仅是单纯的以量胜的问题,而是真挚爱恋相思中折射出的对女性价值的独特体认。真挚动人的爱情与女性价值的体认,这两者之间水乳交融,互为条件。有女性价值的体认才有可能有真挚的爱恋,真挚爱恋中包含着觉醒的女性价值。走过几千年的漫长旅程,终于在宋代,在宋词中实现了二者在更大程度上的交汇整合,从而创造出了诸多具有永久艺术生命力的宋词爱情名篇。

女性价值的体认,不单是女性自己主体意识的觉醒,还包括男性对女性价值的体认,甚至后者在女性价值觉醒中的意义远大于前者。只有男性真正认识到女性作为人生伴侣和知己的作用,认识到女性作为独立价值主体而非附属物的存在,女性作为"第二性"的社会标签才能真正被改写。女性价值的体认是个漫长而艰难的历史过程。笔者在此不准备对此现象作详细的考察和梳理,仅就先秦以来所体现出来的女性观念作一简单回顾,并重点结合唐诗中的同类主题,由此反观宋词名篇爱情词作中所彰显的觉醒的女性价值,尤其以男性的女性价值为观照对象,考察宋词名篇爱情题材中所蕴藏的思想意蕴。

在传统社会中,从女性日常仪礼的规范到女性所遵行的伦理道德,"未嫁从父,既嫁从夫,夫死从子"①是对女性的基本要求。对夫妻关系的体认是:"夫妇者何谓也? 夫者,扶也,以道扶接也。妇者,服也,以礼屈服也","夫有恶行,妻不得去者,地无去天之义也。夫虽有恶,不得去也。"②从这些对女性行为规范的要求中可见女性在社会生活中的依附地位及男尊女卑的社会现实。而认为"妇人贞吉,从一而终也"③的观念以及将"妇德、妇言、妇容、妇功"④作为女性价值取向也磨灭着女性的主体性独立意识,压抑着女性价值的实现。这对中国文学的影响有二。

其一,表现为古代女性文学创作者的稀少,此有目共睹,无须赘述。其二,

---

① (汉)郑玄注,(唐)贾公彦疏:《仪礼注疏》卷三十,"丧服"篇,见《十三经注疏》,上海古籍出版社 1997 年版,第 1106 页。

② (清)陈立撰,吴则虞点校:《白虎通疏证》,中华书局 1994 年版,第 467 页。

③ (魏)王弼等注,(唐)孔颖达正义:《周易正义》卷四,"恒",见《十三经注疏》,上海古籍出版社 1997 年版,第 48 页。

④ (汉)郑玄注,(唐)贾公彦疏:《周礼注疏》卷七,"天官·九嫔"篇,见《十三经注疏》,上海古籍出版社 1997 年版,第 687 页。

则表现在中国文学主题中。在中国古代"诗言志""文载道"的文学观念中，表现丰富的社会生活和积极入世精神的作品才可能成为主流话语，表现爱情和女性一般被认为不合"道"而难入流。当然，表现女性和爱情的文学，用现代人的眼光来看，在我国文学的源头之处实际上已为数不少。譬如梁乙真在《中国女性文学史纲》中就认为"若就宋人论诗'国风，男女之词多淫奔之诗'一语观之，则古之妇人，矢口成章，女子之作《国风》盖居大半矣。"①先秦时期关于女性和爱情主题的诗歌的量颇多，然而，在《诗》三百成为儒家经典的过程中，这类作品多半被附加上了政治和儒家道德的意义。至于《离骚》中的美人本身亦是政治情感的化身。香草美人之喻成为古代文人借以表情达志的重要传统。如朱庆徐的《近试上张籍水部》(一作闺意献张水部)："洞房昨夜停红烛，待晓堂前拜舅姑。妆罢低声问夫婿，画眉深浅入时无。"再如张籍《节妇吟·寄东平李司空师道》："君知妾有夫，赠妾双明珠。感君缠绵意，系在红罗襦。妾家高楼连苑起，良人执戟明光里。知君用心如日月，事夫誓拟同生死。还君明珠双泪垂，何不相逢未嫁时。"这均是极巧妙地运用了这一传统表达心中之志。

随着强大的汉王朝的土崩瓦解，儒学思想在魏晋六朝至隋唐失去了其一统独尊的主流地位，中国人的个性和思想继先秦之后再一次进入了大解放时期。六朝文学便逐渐疏远了尚功利、重教化的观念。当文人向内审视来自个体自然生命的欲望时，娱乐性情的艳情题材逐渐成为艺术的自觉。所谓"连篇累牍，不出月露之形，积案盈箱，唯是风云之状"②。这股艳情之风一直延续到盛唐诗坛。但是在这段"文学的自觉"时期，女性价值的体认应该说只是属于萌芽状态。因为六朝艳情诗基本上只停留于对女性身体容貌的精描细画，而缺乏内在的气韵和情思的表现。

---

①　梁乙真:《中国女性文学史纲》，见《民国丛书》第二编第 60 册，上海书店出版社 1990 年版，第 12 页。

②　(隋)李谔:《上隋高祖革文华书》，见(唐)魏征:《隋书》卷六十六，中华书局 1973 年版，第 1545 页。

承魏晋以来的个性解放之风,在唐人开明、开放,富于个性的时代气候条件下,社会的女性价值应该说较之前普遍开始有所提高。在唐诗中,我们可以发现大量男性诗人创作的,表现女性主题的忆内、赠别、闺怨等类型的诗歌。这些诗歌或表达远离家乡时对家中妻子的怀念,或以女性口吻写闺中人对自己爱人的思恋,或表现两性之间至死不渝的忠贞。当中不乏脍炙人口之作,甚至有的成为千年以来极具生命力的经典名篇。但相较唐诗,宋词名篇中的女性价值的体认程度远远大于前代。宋词这些浪漫的经典爱情词的深挚缠绵中,和以前重在描述女性声色的艳情诗和各种风格的婚恋诗歌相比,宋词名篇爱情词中的女性由"物"而提升为人,由男性主人公观赏的对象转变为倾诉的对象,由贤德的伴侣而上升为人生的知己,总体上表现为男性之女性价值的提升。具体表现于以下几个方面:

(一)"创作—抒情"主体间的关系彰显女性价值体认度的提升

从这些经典作品中的"创作—抒情"之主体关系模式看,宋词名篇中女性价值的体认程度远远高于唐诗名篇中所表现的。唐诗宋词 100 首名篇的"创作—抒情"之主体关系有以下四种模式(见表 1-3)。其一,创作主体为男性,作品中男性抒情主人公直接抒情,此中多表现的是男性对女性的爱恋,如陆游《钗头凤》(红酥手)。其二,男性作者模仿女子心态语气,以女性的笔调直接抒情,也就是代言之作,如欧阳修《蝶恋花》(庭院深深深几许),这一般表现的是女子对男性的相思。其三,亦是男性代言写相思离别之情,但和第二种不同的是,此中的抒情主人公是以旁观者的身份介入,如周邦彦《少年游》(并刀如水)。这一类诗词中,作者往往采用第三者叙述的语气表情达意。其四,则为女性作家以女性的笔调抒发相思离别之情的作品。

表 1-3 四种模式中,所体现的女性价值的体认度的高低分别为:模式一—模式四—模式二—模式三,依次递减。任何价值的体现都必须凭借观者才得以显现。模式一中女性的价值正是在男性对女性的相思怀念中得以彰显。在这一模式中,宋词名篇基本上没有对女性外在容貌饰物的描写,而重在

心灵和情感的刻画。男性或将女性看做情感天平上和自己同质的砝码,在思念中魂梦相通。欧阳修《踏莎行》中,男性抒情主人公自己的离愁"迢迢不断如春水"之际,他想象着思念自己的佳人也当是"寸寸柔肠,盈盈粉泪"。柳永《八声甘州》,主人公"登高临远,望故乡渺邈,归思难收"之时,也"想佳人、妆楼颙望,误几回、天际识归舟。争知我、倚阑干处,正恁凝愁"。或将女性看做自己心灵的伙伴,在羁旅漂泊中感叹"此去经年,应是良辰。便纵有千种风情,更与何人说"(柳永《雨铃霖》)。在这一模式中,女性的价值毫无疑问得到了很大程度的重视。至于女词人以女性的立场抒发自己的爱情,那是女性对自身的肯定,显现出女性突破传统道德束缚的努力。因此,李清照及其词不可避免地受到正统卫道者的批评,受到"自古缙绅之家能文妇女,未见如此无顾藉也"①的斥责。除李清照外,宋代朱淑真、魏夫人、孙夫人、王清惠、徐君宝妻、戴复古妻的作品在2万余首宋词中均进入1000名之列。优秀女性作家作品的传世,应该说是宋词名篇中女性价值体认非常突出的一个特点。模式四所体现出来的女性之女性价值的体认,这无疑也具有十分重大的意义。相对来说,男性模仿女性笔调,抒发女性对男性的思念及男性以旁观者的立场抒发女性对男性的怀念这两种模式中蕴含着对女性价值的体认度要低些,因为此种模式中,男性仅以同情的心态试图解译女性情感,并未将对方和自己在情感体验方面完全等同起来。

表 1-3　唐诗宋词前百名内爱情诗词"创作—抒情"关系模式

	模式一	模式二	模式三	模式四
创作主体	男性	男性	男性	女性
抒情主体	男性	女性	旁观者	女性
抒情方式	直接	直接	间接	直接

---

① (宋)王灼:《碧鸡漫志》卷二,"易安居士词"条,见唐圭璋:《词话丛编》,中华书局 2005 年版,第 88 页。

续表

	模式一	模式二	模式三	模式四
唐诗	2	1	6	0
宋词	27	3	2	4

从表1-3中可见,宋词名篇前100首中36首抒发爱恋相思之情的作品中,以男性作为抒情主人公抒发对女性思念之情占有27首,以女性口吻抒情的占6首,以第三者身份抒情的2首。相对而言,唐诗经典中的爱情诗,除李商隐的《无题》(相见时难别亦难)及《嫦娥》二诗为男性抒情主人公直接抒情外,其他的7首,创作主体都是以旁观的第三者的身份介入,如王昌龄《闺怨》(闺中少妇不知愁)。可见,宋词名篇爱情词中女性价值的体认度完全超越了唐代诗歌经典。

(二) 从宋词名篇中的抒情主人公思念的对象看,对女性的价值体认更为充分

综观唐诗和宋词经典名篇,可以看到羁旅客游中,两者思念对象有着极大的不同。从抒情主体选择的对象来看,唐诗中关注的是友人、故乡,而在宋词同类题材中抒情主体所思念的基本上是心上人。表1-4清晰地展现了这样一种情况。唐诗名篇中,"日暮乡关何处是,烟波江上使人愁"(崔颢《黄鹤楼》)是诗人面对着浩渺长江和萋萋芳草所滋生的乡愁;"共来百越文身地,犹自音书滞一乡"(柳宗元《登柳州城楼寄漳汀封连四州》)是诗人对和自己同遭贬谪的友人的思念。宋词名篇中,譬如,柳永《八声甘州》中的抒情主人公对着潇潇暮雨洒江天,他感叹着年华渐逝,功业无成却不得不淹留他方之际,他思念着的是那位妆楼颙望的佳人。周邦彦《过秦楼》中多年客游异地,"叹年华一瞬,人今千里,梦沉书远"的主人公则为着昔日"闲依露井,笑扑流萤,惹破画罗轻扇"的佳人"才减江淹,情伤荀倩"。

表 1-4　抒情主人公思念对象

名次	唐诗 100 首名篇				宋词 100 首名篇			
	爱人	亲人	友人	故乡	爱人	对象模糊	友人	故乡
前 10 名	0	0	2	3	3	0	0	0
前 30 名	1	1	3	2	14	0	0	0
前 50 名	4	1	6	4	22	0	0	1
前 100 名	9	3	9	10	36	6	0	2

　　抒情主人公在羁旅客游中思念对象的异同昭示着什么呢？思念对象的不同反映出创作主体内心倾向的差异,这种差异性反映出不同的社会风气、时代心理,折射出时代对女性价值体认的差异。唐诗名篇的作者更多地关注友情、乡情,他们在人生遇到不幸挫折打击时,唐人多向同性友人寻求心灵的安慰。宋词名篇中羁旅客游的词人总是怀念自己的意中人,很多作品中爱情和身世之感水乳交融,说明异性成为客游在外的文人们心灵的慰藉,爱人是他们生命中重要的那一个。宋词名篇中的男性抒情主人公之风流多情,凸显出女性作为其知己的价值,而这源自男性创作者,尤其可见时代文化心理上女性价值的变化。

　　在两性相思题材作品中,从抒情主人公所思念的对象的身份看,唐诗名篇中一般思念的是妻子,如李商隐《夜雨寄北》、杜甫《月夜》诗,皆情真感人。除唐诗名篇 100 首外,赠内、寄内、忆内在唐代女性题材中数量很大,如杜甫诗中妻子形象出现 30 余次,李白、白居易、元稹、李商隐的忆内诗皆情文并茂。唐诗中的两性亲情多体现在传统道德规范的范围之内。而且唐诗中的代言体多为男子以女子口吻表达女子思念男子之情,如王昌龄《闺怨》之类。笔者以为此类作品中所彰显女性价值的同时潜藏着以男子为本位的意识。比较而言,宋词名篇中抒情主人公在远别客游他乡时,表达的思念之情是相互的,抒情主人公总是换己心为她心,此已如前述。甚至在爱情面临危机的时候,多情的男性主人公愿意为他心爱的女子"拼今生,对花对酒,为伊泪落"(周邦彦《解连环》)。同时,宋词名篇中怀人之词虽多,但能明确其身份为妻子者却少之又少,故有所谓宋词中的爱情是公然走私的爱情之说法。历史的事实是宋词中文人所赞美、怀念的对象往往是身份卑微的歌妓,多情之秦少游即"谩赢得、青楼薄幸名存"(秦观《满庭芳》)。不管是因为歌妓多才多艺却地位低贱,从而引起了词人们怀才不遇的共鸣,还是出于对柔弱者的同情,总之,爱情发生在他们之间,女性作为人的价值得到了认可,而且这之间消除了身份高低贵贱等因素的影响。因而,宋词名篇中的那份痴情的爱恋,那份女性价值的体认难能可贵。思念之人身份的不同昭示出女性形象和两性情感的差异,反映出对女性价值体认的差异。

清微踏歌图

(三) 生死永隔的无限追思中体现出女性价值的提升

唐诗100首名篇中唯有名列84位的李商隐的《嫦娥》一诗被认为是悼亡

之作。①"云母屏风烛影深,长河渐落晓星沉",男主人因思念而整夜未曾合眼。"嫦娥应悔偷灵药,碧海青天夜夜心",在面对茫茫夜空的诗人的想象中,女主人公的化身,羽化成仙的月神嫦娥夜夜处于从海上至天空,又从天空至海上的周而复始中,却永远再也无法和地上的爱人相见了,只能永远地寂寞孤独注视着人间。而这永远无法再聚首的离别之痛可能正是诗人自己曾经历的真切感受。全诗比兴巧妙,写得情深绵邈,然而诗中女主人公身份隐晦不明,虽然她令抒情主人公在长夜独坐,彻夜难眠中产生"碧海青天夜夜心"的仙凡永隔的慨叹。唐代悼亡诗中具代表性的还有元稹《遣悲怀》三首。②《唐诗三百首》编选者,清人蘅塘退士即认为"古今悼亡诗充栋,终无能出此三首范围者"。全诗第一首怀念妻子在自己落魄不济时对自己不离不弃,而当自己发达时妻子却和自己人鬼殊途。第二首和第三首则写妻子逝世后无以复加的悲伤。其中最为传颂的名句"唯将终夜长开眼,报答平生未展眉",可谓情深之极,痛之极。

宋词名篇中对女性价值的体认超越唐诗名篇处何在呢?兹以苏轼和元稹之作简论之。元稹悼亡诗写于妻子韦丛逝世之后不久,东坡此词则是其妻王弗逝世后十年感梦而作,此间时间长短亦彰显着一定程度的相思之情的差异。情之久长与否当可见亡者在未亡人心中价值轻重。再有,元稹在《祭亡妻韦氏文》中写道:"逮归于我,始知贱贫。食亦不饱,衣亦不温。然而不悔于色,不戚于言。"且言,"他人以我为拙,夫人以我为尊;置生涯于寥落,夫人以我为适道;捐昼夜于朋宴,夫人以我为狎贤。"③可见元稹心目当中的韦氏乃是一位十分符合传统女性道德标准的温良淑德的贤妇形象。结合其诗歌中韦丛"金

① 李商隐善于运用隐喻手法,曲折幽晦地表达自己的情感,因而接受者对他许多诗作的主题往往莫衷一是。此首《嫦娥》的意蕴也有不同说法,笔者此处取纪昀"此悼亡之诗,非韵嫦娥"一说。

② 其一:谢公最小偏怜女,嫁与黔娄百事乖。顾我无衣搜画箧,泥他沽酒拔金钗。野蔬充膳甘长藿,落叶添薪仰古槐。今日俸钱过十万,与君营奠复营斋。其二:昔日戏言身后意,今朝皆到眼前来。衣裳已施行看尽,针线犹存未忍开。尚想旧情怜婢仆,也曾因梦送钱财。诚知此恨人人有,贫贱夫妻百事哀。其三:闲坐悲君亦自悲,百年都是几多时。邓攸无子寻知命,潘岳悼亡犹费词。同穴窅冥何所望,他生缘会更难期。唯将终夜长开眼,报答平生未展眉。

③ (唐)元稹:《祭亡妻韦氏文》,冀勤点校:《元稹集》,中华书局1982年版,第630页。

钗沽酒""落叶添薪"的生活细节看,元稹悲悼和怀念的更多的是逝世妻子的贤德。这和苏轼《江城子》中所表达的情感是不同的。试看苏轼《亡妻王氏墓志铭》:

> 治平二年五月丁亥,赵郡苏轼之妻王氏卒于京师。六月甲午,殡于京城之西。其明年六月壬午,葬于眉之东北彭山县安镇乡可龙里先君先夫人墓之西北八步,轼铭其墓曰:

> 君讳弗,眉之青神人。乡贡进士方之女。生十有六年,而归于轼。有子迈。君之未嫁,事父母;既嫁,事吾先君、先夫人。皆以谨肃闻。其始,未尝自言其知书也。见轼读书,则终日不去,亦不知其能通也。其后轼有所忘,君辄能记之。问其他书,则皆略知之。由是始知其敏而静也。从轼官于凤翔,轼有所为于外,君未尝不问知其详。曰:"子去亲远,不可以不慎。"日以先君之所以戒轼者相语也。轼与客言于外,君立屏间听之,退必反覆其言曰:"某人也,言辄持两端,惟子意之所向,子何用与是人言?"有来求与轼亲厚甚者,君曰:"恐不能久。其与人锐,其去人必速。"已而果然。将死之岁,其言多可听,类有识者。其死也,盖年二十有七而已。始死,先君命轼曰:"妇从汝于艰难,不可忘也。他日汝必葬诸其姑之侧。"未期年而先君没,轼谨以遗令葬之。铭曰:

> 君得从先夫人于九原,余不能。呜呼哀哉。余永无所依怙。君虽没,其有与为妇何伤乎。呜呼哀哉!①

墓志铭中不仅有苏洵对苏轼说"妇从汝于艰难,不可忘也"的叮嘱,有"君之未嫁,事父母;既嫁,事吾先君、先夫人。皆以谨肃闻"之类赞美王弗贤德的

---

① (宋)苏轼:《亡妻王氏墓志铭》,见张志烈、马德富、周裕锴:《苏轼全集校注》(第十二册),河北人民出版社 2010 年版,第 1624 页。

称誉之辞,更有苏轼回忆妻子王弗生前情状时的如此叙述:"轼与客言于外,君立屏间听之,退必反覆其言曰:'某人也,言辄持两端,惟子意之所向。子何用与是人言?'有来求与轼亲厚者,君曰:'恐不能久,其与人锐,其去人必速。'已而果然。将死之岁,其言多可听,类有识者。"可见,王弗通晓世情,善于知人,也是聪明和智慧的化身。她生前和苏轼之间的交流是上升到精神层面的。苏轼追思的是一位聪颖过人的知己。苏轼对其亡妻存在价值的体认不仅是因为她的贤德淑良,不只是拘囿于传统道德标准,相反,而是充分肯定了王弗之才智。这不能不说是对传统的女子无才便是德的背离,是对女性存在价值更高层次的认可,是男性心中之女性价值更进一步的觉醒。

纵观苏轼悼念王弗的《江城子》的接受过程,可以看到它的影响效应随着时间的增长而逐渐增长的趋势。在宋、元、明三代,很少得到选家的青睐,而点评数也不多。从笔者所收集的数据看,历代点评仅 2 次,40 次入选中 20 世纪的选本和文学史教材中占 38 次,互联网被链接到的数据也以近 16 万次的次数位列前茅。这亦表明正是该词中所蕴含的深挚的爱恋和女性情怀获得了现当代越来越多读者的喜爱。

词是中国古代各类文学体裁中和女性关系最为密切的一种文体,这在一定程度上就决定了宋词名篇女性价值彰显的高度。然而宋词名篇的女性价值和整个宋词当中的女性意味却不尽相同,可以说后代读者选择了男性作家创作的将女子视为心灵知己的优秀之作,而摒弃了宋词中描写女性声容色貌的那类作品,使得宋词名篇较之宋词更集中地凸显了两性之间真挚的爱恋和对女性价值的体认。或许宋人对女性价值体认的提升并不是宋人的集体意识,毕竟宋人一度视艳情之词为小道,传统审美习惯也最终将词纳入雅化的轨道。然而这些词作的存在及其旺盛的生命力说明宋词名篇所携带的痴情和对女性价值的体认的种子是人性中不可抗拒的力量。而且,真挚爱恋中不仅包含着觉醒的女性意识,同时也是男性对自身体认的觉醒。在这些一度被视为"诗之余""小道""末技"的作品中,人们终于抛开了传统道德的束缚,任性情之真,坦率而深情地歌颂人性中是为敏感而柔软的区域——两性之爱。爱情获得的自由度和女性价值的体认是人的个性解放和社会文明进步程度的重要标志，对它的考察既能揭示宋词名篇特质之一，也具有重要的社会学意义。宋词名篇因真挚动人的两性之爱而在中国古代文学经典之星空中闪耀着独特的光芒。

第二节　深沉的家国之思

宋词名篇中不少作品饱含着心系民生、兼济天下的志向，深沉的家国之思是 100 首宋词名篇的第二大主题。

词本成长于歌筵舞席之间，所谓"绮筵公子，绣幌佳人，递叶叶之花笺，文抽丽锦；举纤纤之玉指，拍按香檀。不无清绝之辞，用助娇娆之态"①，这形象地概括了词之原生态。这也造就了词之"绮罗香泽之态"和"绸缪宛转之度"②的本色特征。自晚唐五代以来，对文人墨客而言，词是他们"聊佐清欢"③的娱情工具。因此，宋词当中绝大部分作品的风格是绮丽香艳、哀婉缠绵，而宋人也往往将词视为诗之余，为小道，填词乃他们公事之余一展性情和才艺的方式。宋人习惯于用诗文述写他们的经济之怀，用词来写柔情表达个人私密的情感生活。词坛的这种风气一直延续至北宋灭亡。宋室南渡，金人的金戈铁马惊醒了温柔富贵乡里的词人。词也摆脱了以艳情为主要内容的特色，继承苏轼开创的词法，真正扩大了它的抒情范围。于是，词中多表现国家民族空前的屈辱和灾难，再现爱国志士抗金复国的愿望，宣泄他们愿望遭遇阻碍的愤懑。宋金绍兴和议后，南宋再度沉溺于歌舞升平，但靖康之难在词中所唤起的家国感慨一直延续至由宋入元的遗民词人那里，化成深沉的家国情怀。

---

① （后蜀）欧阳炯：《花间集叙》，见施蛰存：《词籍序跋萃编》，中国社会科学出版社 1994 年版，第 631 页。

② （宋）胡寅：《酒边集序》，见施蛰存：《词籍序跋萃编》，中国社会科学出版社 1994 年版，第 169 页。

③ （宋）欧阳修：《采桑子·西湖念语》，《全宋词》，中华书局 1999 年版，第 153 页。

国家不幸诗家幸,"文变染乎世情,兴废系乎时序"①,这段令人扼腕的历史在词中铸造了文士的强烈的忧患意识和社会责任感,词人们抚时感世,为宋词花园增添了一曲曲饱含着真挚的爱国忧民之情的经典名篇。

受儒学思想的影响,修齐治平是古代知识分子的社会理想,社会使命感是他们的责任担当。宋人以匡复儒学为己任,大多有着强烈的社会参与意识。无论是张载"为天地立心,为生民立命,为往圣继绝学,为万世开太平"②的政治理想,还是范仲淹"先天下之忧而忧,后天下之乐而乐"的人格追求,都充分体现出宋人对儒学兼济天下、关怀民生的价值取向的承扬。纵观中国思想史,古代文士要么推崇儒家,要么取儒家和释道互补的人格模式。对社会的忧患意识和责任感,是中国古代文学一大传统主题。屈原"正道直行,竭忠尽智以事其君",但却"信而见疑,忠而被谤,能无怨乎?屈平之作《离骚》,盖自怨生也"③;杜甫"穷年忧黎元,叹息肠内热"(《自京赴奉先县咏怀五百字》),"致君尧舜上,再使风俗淳"(《奉赠韦左丞丈二十二韵》);白居易"惟歌生民病,愿得天子知"(《寄唐生》)……心系社稷民生,始终是传统文学的一条主线。因而诗词文中关乎儒家价值取向的对社会的忧患意识和责任感总能引起一代代接受者的共鸣。虽然词之为体,别是一家,唐宋词总体上仍是以要眇婉约之体取胜,关怀国计民生之作非主流,但心系江山社稷的家国之思却始终贯穿于词体文学发展的脉络之中。从敦煌曲子词可知,词体初生时便有"为国竭忠贞,苦处曾征战。先望立功勋,后见君王面"(《生查子》)的报国热情,有"年少将军佐圣朝,为国扫荡狂妖"(《望远行》)的志向。至晚唐五代,文人词最终定型于艳科时,曾以"西川锐旅,誓雪国耻"之言回应朱温篡唐的韦庄的《菩萨蛮》(洛阳城里春光好)亦极有可能隐喻他的故国之思,而作为晚唐五代词坛集大

---

① (南朝梁)刘勰著,范文澜注:《文心雕龙注》卷九,时序第四十五,人民文学出版社1962年版,第675页。

② (清)黄宗羲著,全祖望补修,陈金生、梁运华点校:《宋元学案》卷十七,"横渠学案上",中华书局1986年版,第664页。

③ (汉)司马迁:《史记》卷八十四,"屈原贾生列传",中华书局1963年版,第2482页。

成者的李煜,其后期词作则无疑包含着深沉的故国之思与身世之悲。他的《破阵子》(四十年来家国)、《虞美人》(春花秋月何时了)、《浪淘沙》(帘外雨潺潺)等词均以个体生命体验为载体,将家国情怀的书写推向了个体情感深度与社会历史厚度相结合的新境界。"最是仓皇辞庙日,教坊犹奏别离歌。垂泪对宫娥"(《破阵子》)的狼狈,"小楼昨夜又东风,故国不堪回首月明中"(《虞美人》)的沧桑,"流水落花春去也"(《浪淘沙》)的无奈,诸如此类的咏叹中,个体生命与王朝兴亡同构,李煜以"血书"般的力度,将个人悲剧与家国意识融为一体,将词体从应歌佐欢的娱乐工具,转化为承载士人精神的家国叙事载体。这种家国情思之浩叹悲慨的抒情笔调虽然在随着赵宋王朝的稳固而很长一段时间在词坛少有回响,但其中渗透的家国意识却为宋代文人士大夫所传承,一旦与时势相遇合,便再次生根发芽。

因而词体文学之本色虽艳而媚,但在宋词经典名篇中,家国情怀之作却并不少。统计分析唐诗和宋词名篇前100名,宋词有21首,唐诗有28首分别关乎家国情怀主题的作品。这种格局是宋词名篇有别于宋词总体特征的地方。宋词名篇中真挚深沉的家国之思,以自己独特的情感含蕴表现在以下几个方面。

一、强烈的功名意识和兼济理想

宋词名篇真挚深沉的家国情感主要表现于恢复故土、统一国家的理想追求中,强烈的功名意识和兼济思想是其具体表现。

儒家的功名意识和济世思想深刻影响着古代知识分子的价值取向,"太上有立德,其次有立功,其次有立言,虽久不废,此之谓不朽"[1]。功名,被看做仅次于立德而追求不朽的重要手段。而"古之欲明明德于天下者,先治其

---

[1] (晋)杜预注,(唐)孔颖达等正义:《春秋左传正义》卷三五,"襄公二十四年",见《十三经注疏》,上海古籍出版社1997年版,第1979页。

国"①,功名意识历来以兼济天下思想为前提,两者交融一体。在唐诗名篇中,功名济世之情主要表现以下两个方面:其一,表现为"男儿本自重横行"(高适《燕歌行》)、"论功还欲请长缨"(祖咏《望蓟门》)的豪情壮志,这种建功立业于边塞的志向延续着汉代"匈奴未灭,何以为家"的豪气和家国意识。其二,如杜甫《石壕吏》《兵车行》、王昌龄《出塞》等名篇中表现对百姓苦难的悲悯。宋词名篇中,立功兼济的理想主要体现于对恢复神州故土、统一祖国的矢志不移的追求中,这和汉唐以来的功名意识和救世思想的倾向性不同。

宋代自开国之始就边患不止,辽、西夏、金、蒙古,先后威胁着这个经济发达却军事孱弱的朝廷。因而宋词名篇中的功名意识和兼济之志中缺少了那份自信和爽朗,但却在情系故国、矢志恢复中表现出更多的慷慨和执着。宋词名篇情系故国故土的作品11篇。100首名篇第21名,宋初范仲淹的一曲《渔家傲》(塞下秋来风景异)以"燕然未勒归无计"奏响了宋词名篇情系国家一统的慷慨之音。100首名篇第99名,苏轼自认为"自是一家"的《江城子·密州出猎》作于熙宁三年(1070),正值西夏大举进攻环、庆二州之时,其中,"会挽雕弓如满月,西北望,射天狼"表达抵抗西夏、捍卫国土的信心,以天风海浪之音承续范仲淹的《渔家傲》,唱响北宋词坛爱国之调。列100首名篇第二名的岳飞《满江红》(怒发冲冠)一词"壮怀激烈",充满了重整河山、恢复中原的雄心,所谓"拔剑斫地,敲碎玉唾壶,……何等气概!何等志向!千载下读之凛凛有生气焉"②。然岳飞被"莫须有"之名赍志遇害,壮志未酬。后继的爱国词人陆游、辛弃疾、刘过等一大批志士在南宋残酷的政治斗争中执着于恢复故土、统一祖国的功业,在词中则留下了千载不朽的词章名篇。在南宋爱国词中,中原父老、神州故土总是令词人难以忘怀,如"西北望长安,可怜无数山"(辛弃疾《菩萨蛮》)、"梦绕神州路。怅秋风、连营画角,故宫离黍"(张元幹

---

① (汉)郑玄注,(唐)孔颖达正义:《礼记正义》卷六十,"大学"篇,见《十三经注疏》,上海古籍出版社1997年版,第1673页。

② (清)陈廷焯《云韶集辑评》卷四,见孙克强:《清词话全编》(11),凤凰出版社2019年版,第116页。

《贺新郎》)、"男儿西北有神州"（刘克庄《玉楼春》）皆以恢复中原，救济天下为念。词人"醉里挑灯看剑，梦回吹角连营"（辛弃疾《破阵子》），酒醉梦回之间，也无法忘怀中原神州的统一大业。即便在应酬性的寿词中，词人也始终不忘收复故土、神州统一的志向，辛弃疾《水龙吟·甲辰岁寿韩南涧尚书》中，词人勉励"算平戎万里，功名本是，真儒事，君知否？"期待着有朝一日"待他年，整顿乾坤事了，为先生寿"。诸如此类，真挚深切的爱国之情流露于字里行间。

宋词名篇中，士人的功名意识和兼济天下的理想主要体现于抗击侵略，恢复祖国统一的情怀之中。在中华文化传统中，反对分裂的大一统思想乃民心所向，已在民族文化心理中积淀成集体无意识，因而这些名篇必然具有着历时不衰的巨大感染力。

二、壮志难酬的失路之悲

宋自开国以来，重文轻武，边患不断，宋人难得有汉唐时期的雄心和信心。南渡以来，朝廷收复中原故土的行动犹如昙花一现，基本上奉行求和投降之策，主战派备受打击迫害。因此，宋词和唐诗名篇中的功业之志、爱国之情的理想主义色彩不同。唐诗名篇中伴随着"不破楼兰终不还"（王昌龄《从军行》）的豪迈的气度，"欲将轻骑逐，大雪满弓刀"（卢纶《和张仆射塞下曲》）的爽朗刚健的格调，而宋词名篇真挚深沉的家国情怀更多地体现在壮志难酬的悲愤苦闷中。

宋词名篇常有文人志士英雄失路、壮志难酬的苦闷和悲愤之叹。这尤其体现在辛派词人的词章名篇中。如辛弃疾词《水龙吟·登建康赏心亭》，这首词作于作者南归后第七年，时在建康任江东安抚司参议官。词人登高临览，面对江南大地水天空阔的大好河山，有感于宋室衰微，国土沦丧，触景生情，表达了作者报国壮志未酬、年华空逝而英雄无用武之地的无人理解的苦闷。"把吴钩看了，栏杆拍遍，无人会，登临意"是发泄不完的满腔悲愤，而"断鸿声里"看吴钩，词人壮怀激烈，不忘抗金复国，但却只能"栏杆拍遍"，真是满腔热血，报国无门,且"无人会,登临意",愤懑之情,溢于纸上,壮志难酬的抑郁悲愤中流露着深沉真挚的爱国之情。辛弃疾《摸鱼儿》(更能消、几番风雨)一词,惜春、怨春、留春的复杂情感中蕴藏着词人对国事、对朝廷的深忧与怨望。清人陈廷焯指出该词"词意殊怨,然姿态飞动,极沉郁顿挫之致。起句'更能消'三字,是从千回万转后倒折出来,真是有力如虎。又云:怨而怒矣,然沉郁顿宕,笔势飞舞,千古所无。'春且住'三字一喝,怒甚。胸中抑郁不禁全露,其免于祸也,幸矣。结得愈凄凉、愈悲郁"①。唐圭璋先生谓此章"以太白诗法,写忠爱之忧,宛转怨慕,尽态极妍"。② 此皆为知音者言。

再如辛弃疾晚年代表作《永遇乐·京口北固亭怀古》,面对"千古江山""舞榭歌台",词人借一系列典故,抒发自己无路请缨的忧愤。词人回想自己,43 年前率人突破烽火连天的扬州,而南归后报国壮志成空,往事不堪回首,如今,已垂垂老矣,虽壮志犹存,可又有谁能给他这个廉颇式的勇士以最后一试宝刀的机会呢?"凭谁问:廉颇老矣,尚能饭否"的叩问,愤懑至极。再如那"壮声英概,懦士为之兴起,圣天子一见三叹息"③的英雄"却将万字平戎策,换得东家种树书"(《鹧鸪天》)的感叹;一生之中"以气节自负,以功业自许"④,梦寐不忘恢复神州故土,矢志于"了却君王天下事,赢得生前身后名",却"可怜白发生"(《破阵子·为陈同甫赋壮词以寄之》)的悲愤;还有那"此生谁料,心在天山,身老沧州"(陆游《诉衷情》)的慨叹等,真挚深沉的爱国之情溢于言表。在这类词作中,爱国的深情并未因一次次的打击而日渐消磨,这体现出中华民族百折不挠的斗志,彰显着"天行健,君子以自强不息"⑤的民族精神。这些凝聚着民族精神的经典词作无疑会激励一代一代国人,尤其是国难

---

① (清)陈廷焯:《云韶集辑评》卷五,见孙克强:《清词话全编》(11),凤凰出版社 2019 年版,第 128 页。

② 唐圭璋:《唐宋词简释》,上海古籍出版社 1981 年版,第 175 页。

③ (宋)洪迈:《稼轩记》,见辛更儒:《辛弃疾资料汇编》,中华书局 2005 年版,第 4 页。

④ (宋)范开:《稼轩词序》,见(宋)辛弃疾撰,邓广铭笺注:《稼轩词编年笺注》(增订本),上海古籍出版社 1993 年版,第 596 页。

⑤ (魏)王弼等注,(唐)孔颖达正义:《周易正义》卷一,"乾",见《十三经注疏》,上海古籍出版社 1997 年版,第 14 页。

当头,民族危急时刻,它们都具有巨大的感召力。

三、深沉的黍离之悲和桑梓之恸

　　和以上英雄志士抒发爱国深情不同的是,对于那些沉于下僚或终身无功名的江湖文人游士来说,他们真挚深沉的河山之恸、故国之思往往表现于深沉的黍离之悲和桑梓之恸中。这是宋词名篇真挚爱国情感又一内涵意蕴。

　　"彼黍离离,彼稷之苗。行迈靡靡,中心摇摇。知我者,谓我心忧;不知我者,谓我何求。悠悠苍天,此何人哉?"(《诗经·王风》)相传因为犬戎的入侵,平王被迫东迁,周的旧臣行役过旧都,看到昔日繁华宗庙宫室尽为黍稷,便不禁心中悲怆,写下了这首浸润着故国之思的悲歌,"黍离"因此被赋予了哀感国土沦丧的内涵。北宋和南宋,先后因金人和蒙古人的入侵而国家沦亡,因此文人的这种黍离之悲尤其深沉和悲怆。文人们多借比兴之法抒发自己对故国的眷爱与怀念,以憎恨侵略、感慨今昔、痛心江山残破表达他们对国家社稷、百姓疾苦的真切关念。

　　爱国的情感从来就不是抽象的,它总是深深地扎根于对故国故土的眷恋之中,系于对故土山水风情的怀念里。如李清照《永遇乐》一词,追忆着当年"中州盛日,闺门多暇,记得偏重三五。铺翠冠儿,捻金雪柳,簇带争济楚",感慨着"如今憔悴,风鬟霜鬓,怕见夜间出去",在"帘儿底下,听人笑语"。昔日元夕佳节的京城之盛和今日元夕之夜的流离悲凉的对比中传达出深深的家国之感,故国之思。

　　再如作词以清空取胜的姜夔,其有"黍离之悲"的《扬州慢》(淮左名都)之词情沉郁之处亦可谓不减稼轩。全词在对昔日楼阁参差、珠帘掩映,而今春光依旧,却城池荒芜、人烟稀少,"废池乔木,犹厌言兵"扬州城的对比描写中,寄寓着深沉的悲慨。昔日之"淮左名都",繁华美丽,而今却惟见"荠麦青青""清角吹寒,都在空城",残破凄荒。凄凉婉曲之笔调写出了人事全非的兴亡之感。全词虽不是英雄志士慷慨激昂的抒情,却以"黍离之悲",传达出深沉的家国感慨,寄寓着词人关注现实,忧心民生的拳拳之心。全词哀时伤乱,凄怆至极,令人荡气回肠。历来赏之者颇多。陈廷焯尤赏其中"犹厌言兵"一句,谓"犹厌言兵"四字,包括无限伤乱语,"任他人千百言总无此韵味"①。俞陛云亦指出,此词"凄异之音,沁入纸背,复能以浩气行之,由于天分高而酝酿深也"②,此皆深刻地指出了该词情极哀意极深却极婉的特点。

又如"凄凉幽怨,郁之至,厚之至"③的张炎名篇《高阳台·西湖春感》,"接叶集莺,平波卷絮",春已归去,词人心中的西湖胜景亦随宋亡而不复欢游,"但苔深韦曲,草暗斜川",玩乐胜地已经苔深,清游之处也已草暗。"一抹荒烟",一切都荒凉了,在词人看来,连无心之鸥似乎也添一段新愁。国之不存结束了词人的欢乐,词人"无心再续笙歌梦",唯留下作为一介遗民的无尽悲哀。词人在对西湖秀美山水的描绘中流露着深切的眷恋故国之情,"情景兼到,一片身世之感"④。张炎另一名作《八声甘州》(记玉关),昔日"踏雪清游""长河饮马",今日"空怀感",怕见斜阳、"怕登楼",所谓"一片凄感,结笔情深一往"⑤,同样在今昔感慨中传达着深深的故国之思。此外,如姜夔《齐天乐》(庾郎先自吟愁赋)、王沂孙《齐天乐》(一襟余恨宫魂断)、张炎《解连环》(楚江空晚)等宋词名篇皆以咏物比兴之法,写百姓国破家亡、流离他乡,词人的家国之痛和国事之忧的表现皆深沉动人。

第三节　睿智的人生启示

伟大的作品总是爱或思想的艺术化,要么以真情动人,要么以洞悉人生的

---

①　(清)陈廷焯:《云韶集辑评》卷六,见孙克强:《清词话全编》(11),凤凰出版社 2019 年版,第 144 页。

②　俞陛云:《唐五代两宋词选释》,见吴熊和:《唐宋词汇评·两宋卷》,浙江教育出版社 2004 年版,第 2366 页。

③　(清)陈廷焯:《白雨斋词话》卷二,"玉田高阳台"条,见唐圭璋:《词话丛编》,中华书局 2005 年版,第 3816 页。

④　(清)陈廷焯:《云韶集辑评》卷九,见孙克强:《清词话全编》(11),凤凰出版社 2019 年版,第 196 页。

⑤　(清)陈廷焯:《云韶集辑评》卷九,见孙克强:《清词话全编》(11),凤凰出版社 2019 年版,第 197 页。

睿智给读者以启迪。宋词名篇以情韵胜,但也不乏以理取胜之作。但凡优秀的文学作品,在带给读者审美享受的同时,往往会给予人们某些人生的启示和思考。"在精神意蕴上,文学经典闪耀着思想的光芒。它往往既植根于时代,展示出鲜明的时代精神,具有历史的现实的品格,又概括、揭示了深远丰厚的文化内涵和人性的意蕴,具有超越的开放的品格。它常常提出诸如人与自然、人与社会、人与人、人与自我、灵与肉等人类精神生活中某种根本性的问题。"①因而,后世一代一代的读者和它们相遇时,总能激发心灵与心灵的碰撞,唤起一种似曾相识的亲切体验。

作为文学经典的一个子类,宋词名篇的思想意蕴相当丰富,涉及历史自然、家国社会、自我心灵、家庭亲友等诸多方面。古往今来,着意于词者大都对此有深刻的体认。清人郑板桥《词钞自序》概括他的学词经历时说:"少年冶游学秦柳,中年感慨学辛苏,老年淡忘学刘蒋,皆与时推移而不自知者。"②宋词中蕴藏着从风华正茂、热情浪漫的青年时代到参透人情、淡忘世事的老年时代的人生智慧。当代学者杨海明也指出,唐宋词中贮存着十分丰厚且又能贯通古今人心的人生意蕴,并认为这是唐宋词之所以能打动人心和产生"活性效应"的首要因素,是唐宋词的第一生命力③。人始终生活在与自身、自然、社会的种种关系中,诸如恋爱、结婚、浮沉、别离、荣辱、得失、休闲、养生一系列问题可谓是所有古今文学共同吟咏不已的永恒的主题,但凡文学经典都包含着丰富的融贯古今的人生哲理、精神意蕴。概括地说,宋词名篇对于人生的启示性也不外乎体现于爱恋离别、家国之念、人生感慨等方面。宋词经典名篇中含蕴着什么样的人生哲理?当中蕴藏的人生智慧的具体表现形态如何?又有何特别之处呢?

宋词,就其成长环境论,可以说结缘于优游享乐的富贵生活,是宋人快乐

---

① 黄曼君:《回到经典,重释经典》,《文学评论》2004年第4期。

② (清)郑燮:《板桥集·词钞》(自序),见沈云龙主编:《近代中国史料丛刊续编》(第九十八辑),文海出版社1974年版。

③ 杨海明:《唐宋词与人生》,河北人民出版社2002年版,第9页。

人生的写照。宋词中存在大量表现都市风情、节序游乐、宴会歌舞、结社酬唱、山水之乐的娱情娱性的词章。"羌管弄晴，菱歌泛夜"（柳永《望海潮》），"乐声都在人声里，五夜车尘马足香"（无名氏《鹧鸪天》），宋人用词生动记录了宋代经济富足、享乐成风的社会生活。但是人生却并不会因为富贵享乐而圆满，在人生旅途中，缺陷和苦难随着人对这个世界的认识和思考的深入而衍生不止。人生无常，流光易逝，青春易老，世路崎岖，逃避不了人生苦海。人总会面对人生的种种困苦。因此，"主性情之至道"的宋词中也避免不了有大量充满了人生怨嗟和忧患的作品。或叹老嗟穷、伤春悲秋，或去国思乡、怀才不遇，更有国土沦丧、流离失所之悲。宋词名篇中除表现以上对个体情爱的追求、对国家社稷、百姓疾苦的关怀之外，还带给人们关于普遍的、深层的人生体悟——对宇宙、自然及人自身的感悟、思考和超越。如果说真挚爱国情怀中蕴含的强烈的社会责任感和忧患意识是儒家入世思想影响下的表现的话，那么宋词名篇中所蕴藏的人生智慧更多的是释道思想浸染下的结果。

人生的目的和价值是什么？人为何而生？人生而为何？古往今来，无数贤哲皆有此种终极的叩问。和儒家将个体价值指向立德、立功、立言，追求社会价值实现的取向不同，释道二家异中之同之处就是消解个体在社会中所受的种种羁绊和苦难，解放心灵，求得生命的自由和超越。

作为一个物理性的实体存在，人无法超越时间和空间的限制。社会是各种规则的统一体，社会性的人降临于人世间之初，原本就固定了很多东西，如同他出生的那个地方是被经度和纬度所定位的，个体根本就是无从选择的。人的主观愿望总是受制于诸多外力。这些都和人与生俱来的渴望生命自由的愿望相矛盾。从根本上说，人是生而不自由的，人生充满了苦难。佛家认为"八相名苦，所谓生苦、老苦、病苦、死苦、爱别离苦、怨憎会苦、求不得苦、五盛阴苦。"①作为自然的生命个体，"生""老""病""死"，人无从选择，无从抗拒；

---

① （南朝）道生等撰，于德隆点校：《大般涅槃经集解》，"圣行品之第二"，线装书局2016年版，第453页。

作为社会的能动的个体,"爱别离""怨憎会""求不得",主观的痛苦不可逃避;何况"五阴盛",色、受、想、行、识,遮盖本性,诸苦聚集。追求齐万物生死而逍遥于天地之间的庄子也不禁要发出"吾在于天地之间,犹小石小木之在大山也"(《庄子·秋水》)①,"人生天地之间,若白驹之过隙,忽然而已"②,"悲夫,世人直为物逆旅耳"(《庄子·知北游》)③的千古之叹。这是人无法逃避的自然法则。个体生命不仅渺小而短暂,还存在诸多社会性制约因素,"死生存亡,穷达贫富,贤与不肖毁誉,饥渴寒暑,是事之变,命之行也;日夜相代乎前,而知不能规乎其始者也"(庄子《德充符》)④。

宗教意义上解决这一系列问题的方式始终存在不食人间烟火的高不可及。佛家突破一切生理、心理和潜意识的障碍,放下五尘六欲、世间生死等大千世界诸色相,超越一切的烦恼与痛苦,从而证得清净的无上正知正觉,实现人生的彻底解脱的禅定之法,佛家的彼岸世界,神仙家的长生不老,道家泯灭物我差别的齐物逍遥,这些对红尘俗世芸芸众生的大多数来说,似乎是传说中的海市蜃楼,可望而难及。因而,宗教给人的心灵解脱虽然提供了一条道路,但皆指向彼岸世界,因而现世人生忧生之嗟依然。人生短暂、时不我与、知音难求、怀才难遇,种种生命的忧伤是文学中一个永恒的主题。中国文学传统中,有"日月忽其不淹兮,春与秋其代序"(屈原《离骚》)的感慨,有"人生寄一世,奄忽若飙尘""人生天地间,忽如远行客"(《古诗十九首》)的哀叹,有诸多"朝露""飙尘"之叹⑤和南柯一梦,黄粱美梦的故事。王羲之面对"向之所欣,

---

① (清)郭庆藩撰,王孝鱼点校:《庄子集释》卷六下,"秋水第十七",中华书局2012年版,第563页。

② (清)郭庆藩撰,王孝鱼点校:《庄子集释》卷七下,"知北游第二十二",中华书局2012年版,第742页。

③ (清)郭庆藩撰,王孝鱼点校:《庄子集释》卷七下,"知北游第二十二",中华书局2012年版,第761页。

④ (清)郭庆藩撰,王孝鱼点校:《庄子集释》卷二下,"德充符第五",中华书局2012年版,第218页。

⑤ 如曹操《短歌行》"对酒当歌,人生几何。譬如朝露,去日苦多"。《古诗十九首》"浩浩阴阳移,年命如朝露","人生寄一世,奄忽若飙尘"。

俯仰之间以为陈迹"而感叹"死生亦大矣！岂不痛哉"（王羲之《兰亭集序》）。盛唐文人也不禁要感叹"浮生若梦""为欢几何"（李白《春夜宴桃李园序》），面对滕王阁的"高朋满座，胜友如云"，盛唐文人也不禁要感叹"胜地不常，盛筵难再。兰亭已矣，梓泽丘墟"（王勃《滕王阁序》）。人生过客，"后之视今亦犹今之视昔"，后世文人也多有此类之叹，这种悲情喟叹实际上是对人生的清醒认识。

诚然，文学作为人学，表现人的心灵是其根本的功能之一，但宋词经典名篇关注个体内在的深刻感受独具特色。这从唐诗名篇前 100 名和宋词名篇前 100 名创作主体所关注的客体取向呈现出的差异就可见一斑，试看图 1-1：

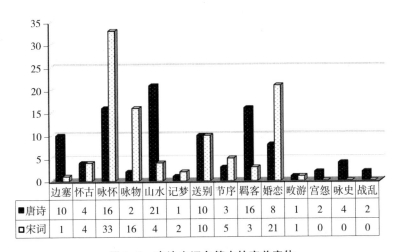

	边塞	怀古	咏怀	咏物	山水	记梦	送别	节序	羁客	婚恋	畋游	宫怨	咏史	战乱
■唐诗	10	4	16	2	21	1	10	3	16	8	1	2	4	2
□宋词	1	4	33	16	4	2	10	5	3	21	1	0	0	0

图 1-1　唐诗宋词名篇中的审美客体

对比图 1-1 中咏怀①、边塞、山水三项，可见唐诗名篇更多地将外在的山水自然、边塞风光等作为审美对象，而宋词名篇则重在对个体内在情怀的关注，直接吟咏怀抱之词占 33 首，另外 16 首咏物词实际上亦即咏怀。前 100 名宋词名篇中，苏轼《念奴娇·赤壁怀古》、《水调歌头》（明月几时有）、《洞仙歌》（冰肌玉骨）、《蝶恋花》（花褪残红青杏小）、《定风波》（莫听穿林打叶

---

① 笔者按：从某种意义上说，观照客观物的最终目的都是咏怀，此处说的咏怀是指将自己的襟袍作为观照对象，直接表达内心情感和志向。

声)、晏殊《浣溪沙》(一曲新词酒一杯)、宋祁《玉楼春》(东城渐觉风光好)、欧阳修《朝中措》(平山阑槛倚晴空)、陈与义《临江仙》(忆昔午桥桥上饮)等词章皆直接感叹人生。另外,唐诗中羁旅客愁诗多,而宋词名篇中婚恋主题多,这除了宋词所特有的文化品质外,也和唐代文人为求功业漫游之风有关。人的生命活动与万事万物的运动有着广泛的相似性,这种相似性使得自然界万物对人而言具有相应的表现性,因而不同的自然景物会引起人们不同的情感反应,如初升的太阳、奔腾的骏马因其旺盛的生命力,往往使人激动振奋,夕阳落叶、秋蝉寒蛩总给人以悲哀颓丧的感觉,所谓"遵四时以叹逝,瞻万物而思纷。悲落叶于劲秋,喜柔条于芳春"①。选择不同的客体作为审美对象就意味着不同的心理趋向度。由此可见,宋人审视生命价值取向转向,由汉唐以来追求外在功业而内转为审视内在心灵。宋词名篇中高比例的关注内在生命世界的倾向性使得其反思内在生命更为全面和深刻,并在人生的忧叹中展现出睿智的理性思索,实现了某种程度的超越。

一、忧生之叹中闪烁着生命之光

宋词名篇在惜春悲秋的忧生之叹中不时闪烁着生命的喜悦,在对人生的理性观照中彰显着一份超越之情。如晏殊《浣溪沙》,这首词平淡之中蕴含着对于人生、时间、宇宙的深沉悲慨。"一曲新词酒一杯,去年天气旧亭台",一如旧日的天气,一如旧时的亭台楼阁,一如旧时的赏歌饮宴。景物依然当中,真的能一切依然吗?"去年""旧"二语,让人猛然觉察流年又逝,东风又换年华,时光迁逝之感不禁油然而生。接下来"夕阳西下几时回",这里饱含着失落和留恋。今天的太阳下去了,明天升起的太阳还是今天的太阳吗? 今天过去了,永远不再回来。这是词人对宇宙时光流逝不可逆转的理性思索,包含着词人深沉的哀愁。"无可奈何花落去",此时词人情绪更加伤感了。春天一天天地远去,花儿渐次凋落,美好的事物和韶华不可逆转地渐渐消逝,岂不令人

---

① (晋)陆机:《文赋》,见金涛声点校:《陆机集》卷一,中华书局 1958 年版,第 1 页。

悲伤？小园香径独自徘徊的身影彰显着这深深的难以释怀和无可奈何。全词充满了惆怅之情，然亦闪烁着一丝生命的喜悦。在春去花落的时光消逝的感伤中，"似曾相识"之燕归来了。虽然客观上今年之燕不一定是去年之燕，但在燕寻旧巢的主观想象中，词人难道不会感受到一种无常中的有常吗？自然生命循环往复的这一幕带来些许的喜悦当可以给惆怅的心灵些许慰藉。"无可奈何花落去，似曾相识燕归来"一联也出现于他的七律《示张寺丞王校勘》诗中，此亦可见词人对这一人生感悟之句的珍爱。再如，张先《天仙子》（水调数声持酒听）一词，由上片"送春春去几时回"至词末之"明日落红应满径"，极写伤春惜时的感慨。词开篇"午醉醒来愁未醒"奠定整首词的基调。这深沉之愁来自何处呢？"送春"四句道出原委，原来是伤春。而春之又去即意味着自己生命时光的不可抗拒地渐渐流逝。时光易逝，回首往事，更让人感觉到人事之无凭，往事、将来都着一"空"字。"往事后期空记省"，真是流光易逝，人事堪悲。下阕词人从暮色中双禽并栖写到月下之花影婆娑，再写到晚来风雨。这当中亦见出词人惜花惜春中蕴含着的复杂心情。那些月下弄影的可爱美丽的春花——大自然中的这些美丽生命，被这无情风雨摧折了吧，明天园中小径应该是落红满地吧？但值得注意的是词中流传最广的名句"云破月来花弄影"，笔者以为，此句不仅仅是艺术表现手法精湛，更重要的是这一句是笼罩全词的伤春伤时情绪中绽放的靓丽的生命色彩。人生虽好景无常，但一路走过，毕竟会有美丽的风景。张先"三影"中影响效应最大的这"一影"中，在令人嘘唏的伤春叹老中感受到一份美丽生命的律动。此外，诸如"枝上柳绵吹又少，天涯何处无芳草"（苏轼《蝶恋花》），"为君持酒劝斜阳，且向花间留晚照"（宋祁《玉楼春》）等，均可谓忧伤人生中的生命之光，唱响的是浮生之叹中的健朗之音。

二、缺憾人生中洋溢着乐观旷达

面对人生缺憾悲而不沉、乐观旷达，这是宋词名篇对人生的深刻感悟与超越的又一种表达。苏轼，这位睿智的文化巨匠所创造的经典词章，应该说是这方面的代表。名列宋词名篇榜首的《念奴娇·赤壁怀古》一词，即以大气磅礴之笔，揭示了"人生如梦"的古老主题。当年"舳舻千里，旌旗蔽空"而挥师南下的一世之雄曹孟德，"羽扇纶巾"谈笑间令墙橹灰飞烟灭的周瑜、诸葛亮等，如此英雄人物如今亦被浪花淘尽，那么微不足道的芸芸众生呢？再如《洞仙歌》(冰肌玉骨)词人在叙述夏季大热之情事之后的自语，"但屈指西风几时来，又不道、流年暗中换"同样包含着深沉的人生感叹：炎炎酷暑之中，谁不盼望秋风早至，然而秋之至时，流光又逝。人的一生，总是在缺憾中追求美好的未来，总是在追求未来理想中，流光不待，韶华悄然而逝。现实生活的缺憾原来无所不在，也无可避免，所谓"人有悲欢离合，月有阴晴圆缺"(苏轼《水调歌头》)。这些名篇都蕴含着对人生缺憾悲哀的理性认识和深刻体悟。

但宋词名篇中更蕴含对这种必然性深刻认识之后的豁然开朗式的体悟，悲而不沉。譬如《念奴娇·赤壁怀古》，遭受社会地位天上人间般的巨大落差，面对不断流逝的滚滚长江之水时，"人生如梦"的喟叹是此时身困黄州遭受厄运的东坡发自内心的感叹，其实也是东坡反观历史和现实，参透佛理之后对人生的理性认识。最后面对无穷长江水，词人将心寄之于江上自然之清风明月，"一尊还酹江月"，当中有无奈，更有清醒，有放下红尘纷纷扰扰的旷达。而东坡《水调歌头》中秋词尤其典型地体现了这样一种超越旷达的人生态度。全词交织着出世与入世、朝与野、人生和宇宙自然的种种矛盾和疑问。词人中秋望月，"欲乘风归去"，脱离尘世，但最终回落人间。只有正面面对现实，才能真正获得人在现世的超越和心灵的解脱。"人有悲欢离合，月有阴晴圆缺，此事古难全"，这说的是自然宇宙的必然规律。既然亏损残缺是宇宙万物之常理，何不安时处顺，应自然之道。词情于此化悲为旷，"但愿人长久，千里共婵娟"，祈愿自己的亲人长此安康，和自己同享一轮明月，这难道不是人生的幸福吗？同样面对人世不可抗拒的外力的影响，这里已经化解了"树犹如此，人何以堪"的悲怆，显示出旷达的襟怀。苏轼的另一首名作《定风波》(莫听穿林打叶声)亦表现出强烈的超越与旷达的情怀。全词洋溢着面对人生风雨，处变不惊,失意淡然,勇于面对人生逆境的爽朗。风雨中"吟啸且徐行","竹杖芒鞋",一身轻快,词人对人生风雨,处之泰然,不执着于得失,故能心境平和。"料峭春风""山头斜照",气候常新,词人却能听任自然,淡然而归。此种怀抱,难怪乎郑文焯品之曰:"此足征是翁坦荡之怀,任天而动。"①

对个体内在生命的深刻感悟是宋词经典名篇的重要特征。宋词名篇对于人生的感悟和超越,如上所述主要体现对人生彻悟之后的欣悦、乐观、旷达,表现为既忧感人生,又热爱生活的人生态度。它既不同于宗教主张"放却大千世界,悟得不二法门"的彻底忘世,但也异于前代文学作品中浮生若梦、人生如逆旅的浓厚悲慨与惆怅。这是一种立足于现世的超脱,这是融合了词人的感性和哲人的理性而结出的智慧之花。

综上可见,宋词名篇所表现出来的特质既有宋词所具有的共性,但也有其由于历代读者选择所具有的不同于宋词的个性,从词的内容表现来说,"簸弄风月,陶写性情,词婉于诗"②,故而宋词经典名篇大部分作品的主题都和两性之爱相关,但由于在经典化的过程中,不可避免地受到历史文化传统的影响。宋词经典名篇的主题思想意蕴又是复杂的,和风月不相关的家国感慨、睿智哲思也是其重要主题,共同演绎着面对时间、生命,面对花开花谢、人生病老,面对人生聚散离别、穷通荣辱等古今中外饮食男女任谁都无法避开的问题所展现出来的理性与深情,总体上表现为对人生普遍性问题的真情感慨和智慧超越。

---

① 郑文焯:《大鹤山人词话》,"东坡乐府"条,见唐圭璋:《词话丛编》,中华书局 2005 年版,第 4323 页。

② (宋)张炎:《词源》卷下,"赋情"条,见唐圭璋:《词话丛编》,中华书局 2005 年版,第 263 页。

第二章　宋词名篇的情感特质

　　情感是人类最复杂的心理活动,就内容而言,有爱情、亲情、友情、乡情、爱国情等情感类型。若以心理体验为标准,有所谓七情之说,喜、怒、忧、思、悲、恐、惊。人之情是人性中最根本的东西。"生之所以然者谓之性","性之好、恶、喜、怒、哀、乐谓之情"①。人心灵深处的情感宣泄的需求是艺术活动的核心。艺术创作是情感的宣泄与升华,"吐纳英华,莫非情性"②。"大凡人之感于事,则必动于情,然后兴于嗟叹,发于吟咏,而形于歌诗矣。"③情感需求同时也是艺术接受的深层动因,所谓"感人心者,莫先乎情"(白居易《与元九书》)。那么,情感,这个艺术创作与接受过程中极其重要的因素,在宋词经典名篇中所体现的特质如何呢?

---

　　①　(清)王先谦撰,沈啸寰,王星贤点校:《荀子集解》卷第十六,"正名"篇,中华书局2013年版,第487页。

　　②　(南朝梁)刘勰著,范文澜注:《文心雕龙注》卷六,体性第二十七,人民文学出版社1962年版,第506页。

　　③　(唐)白居易:《策林》六十九,"采诗"条,见顾学颉校点:《白居易集》卷六十五,中华书局1999年版,第1370页。

第一节　情感内蕴的真挚

"真字是词骨。情真,景真,所作为佳"①,情感真挚性是宋词经典名篇重要特质之一。作为缘情之文体,真感情,真性情是它生命脉动所在。"词无定格,要以蓦写情态,令人一展卷而魂动魄化者为上"②。优秀词作总是创作主体真切地将自己所感之物和内在性情完美结合的产物。王国维拈出"境界"二字品词,认为有境界是词独绝之处。而他对境界一语解释云:"境非独谓景物也。喜怒哀乐,亦人心中之一境界。故能写真景物、真感情者,谓之有境界。否则谓之无境界。"③宋词名篇情感之真的特色如何呢?

一、郁积于心之真情的宣泄

从具体的艺术创作实践看,大凡优秀的艺术作品都是真情积于心而宣泄于词。正如司马迁在《报任安书》中所说的:"昔西伯拘羑里,演《周易》;仲尼厄陈蔡,作《春秋》;屈原放逐,著《离骚》……《诗》三百篇,大抵贤圣发愤之所为作也。此人皆意有所郁结,不得通其道也,故述往事,思来者。"④

词的创作亦然,譬如稼轩词中那种豪放之情表现得如此幽微曲折、沉郁低回,即来源于两股矛盾力量的交织,那就是他作为英雄豪杰那种凌云壮志,以及自他渡江以来屡屡遭受的贬抑。宋词经典名篇中,无论是羁旅、行役、思乡、恋家,还是去国、怀人、伤春、悲秋等各类主题,其情之"真"一个很重要的特点多抒发那种郁结于心而不得不发的情愫。譬如:"可堪孤馆闭春寒,杜鹃声里

---

① (清)况周颐:《惠风词话》卷一,"真字是词骨"条,见唐圭璋:《词话丛编》,中华书局2005年版,第4408页。

② (明)孟称舜:《古今词统序》,见金启华:《唐宋词集序跋汇编》,江苏教育出版社1990年版,第403页。

③ (清)王国维:《人间词话》,"境非独谓景物"条,见唐圭璋:《词话丛编》,中华书局2005年版,第4240页。

④ (汉)司马迁:《史记》卷一百三十,"自序",中华书局1963年版,第3300页。

斜阳暮"（秦观《踏莎行》）、"兰苑未空，行人渐老，重来是事堪嗟"（秦观《望海潮》）述贬谪宦游之悲；"不忍登高临远，望故乡渺邈，归思难收"（柳永《雨霖铃》）、"明月楼高休独倚，酒入愁肠，化作相思泪"（范仲淹《苏幕遮》）诉客游思乡之苦；悲时感世，"满纸呜咽"如李清照的《声声慢》（冷冷清清），秋窗风雨，独酌无亲，无限愁苦化在满地黄花、梧桐细雨中，更是"一种茕独恓惶之景况，动人魂魄"。① 如此种种，思深意苦，情感真挚深沉，哀婉悱恻，皆为绝唱。

二、内心私密柔情的真率书写

从所抒情感之指向性而言，宋词名篇中之真情尤其特别处表现为多书写个体私密化的情感，特别是儒家伦理道德规范之外的饮食男女的两性真情。千百年来，这些宋词名篇充满了无穷个性魅力，为无数的读者喜爱，很关键的一个因素就在于真挚地书写了这份自然人性中动人的本色情感。由于时代和文体的双重影响，宋词名篇情感真挚性的独特处即在于真诚地袒露了个体心灵深处私密性的情感，尤其是两性之间的柔情。上述爱情相思主题作为宋词名篇的第一大主题即可见一斑。正因为宋词名篇情感表现的这种独特性，当我们观照宋词名家的作品时，其中往往折射出这些儒学涵养深厚且极具人格魅力的文人士大夫之真性情的另一面。

"少有大节，于富贵、贫贱、毁誉、欢戚，不一动其心，而慨然有志于天下"② 的范仲淹入选名篇榜的三首名作便流露出了这位立身处世刚直忠义的文正公内心柔软的那一面。名篇榜第21名《渔家傲》（塞下秋来风景异）一词，写边塞风光述家国情怀的同时彰显着词人的内心柔情。词人以备尝边塞苦辛和战争残酷的亲历者的身份发出的"人不寐，将军白发征夫泪"的感叹。在戍边将军和征夫变白的头发与潸然的泪水中，既有边塞未平，"燕然未勒"的惆怅，又有久戍边关的男儿们对故乡亲人深深的眷念之情，慷慨之志和绕指柔情融

---

① 梁启勋：《词学》（下编），"促节之回荡"条，中国书店1985年版，第22页。
② （宋）欧阳修：《资政殿学士户部侍郎文正范公神道碑铭》，见李逸安点校：《欧阳修全集》卷二十一，中华书局2001年版，第333页。

为一体。至于位列第 32 名的《苏幕遮》（碧云天）上片写景，下片抒情，"黯乡魂，追旅思，夜夜除非，好梦留人睡。明月楼高休独倚，酒入愁肠，化作相思泪"，流露的亦是深沉的相思之情。列第 163 位的《御街行》（纷纷坠叶飘香砌）亦极写相思离愁，在"月华如练，长是人千里"的寂静秋夜，面对真珠帘卷的空楼，词中主人公"愁肠已断无由醉，酒未到，先成泪"，在"残灯明灭枕头欹"的幽独中"谙尽孤眠滋味"。范仲淹词在抒发着对故乡和亲人"眉尖心上，无计相回避"的相思离愁中袒露着词人内心的款款柔情。

一代文宗，主张"礼义，治人之大法；廉耻，立人之大节"①，重士大夫气节的欧阳修，其名篇中亦展现出与其诗文不一样的形象。譬如排名第 27 位的欧阳修《蝶恋花》（庭院深深深几许）以代言体述闺怨之思，写闺中人难言之痛苦，展现那个时代女性的深重悲哀。名篇榜第 36 名《踏莎行》（候馆梅残）上片写游子不知归期的漂泊异乡的离愁，下片写佳人那份飞向天涯的无尽相思。名篇榜第 61 名的《生查子》（去年元夜时）写情意绵绵的元宵情事及元夜相思，语短情长。"聚散苦匆匆，此恨无穷。今年花胜去年红。可惜明年花更好，知与谁同？"《浪淘沙》（把酒祝东风），这首排名第 185 位的离别词在对洛阳城依依眷恋中抒发着聚散无常的感慨和对红颜知己的不舍。排名第 121 位《临江仙》（柳外轻雷池上雨）写闺情之乐，排名第 232 位的《生查子》（含羞敛翠鬟）咏琵琶妓，这两首词均大胆地展现青春才子诗酒风流的浪漫生活。排名第 230 位的《诉衷情》（清晨帘幕卷轻霜）所咏"自有离恨"的歌妓"思往事，惜流芳"，更将己心量彼心，对歌妓赋予了深切的同情。排名第 253 位的《南柯子》（凤髻金泥带），写新婚妻子娇态及其与丈夫之间温馨浪漫的场景。所谓情之所衷，虽贤者不能免。这些名篇或代闺中人言，或直抒己意；或写青春才子的风流，或写下层女性的悲喜离合；或写离人远行之恨，或书闺中深切之思；或写两情相思之苦，或写夫妻温馨喜乐……此中种种真情袒露，展现了一

---

① （宋）欧阳修撰，（宋）徐无党注：《新五代史》（点校本二十四史修订本）卷五十四，中华书局 2015 年版，第 691 页。

位红尘才子的真性情,与其诗文中展现出来的刚直形象一起构建了一位立体丰富的历史人物欧阳修。

不论是《江城子》(十年生死两茫茫)中"不思量,自难忘"深切思念逝去妻子的苏轼,还是《钗头凤》(红酥手)中发出"错、错、错"之叹而不舍爱人的陆游;不论是"念月榭携手,露桥闻笛。沉思前事,似梦里,泪暗滴"(《兰陵王》)的周邦彦,还是"耿相忆。长记曾携手处"(《暗香》)的姜夔;抑或是辛弃疾那"昵狎温柔,魂销意尽"①的《祝英台近》(宝钗分),诸如此类均可见宋词名篇之情真的独特性。

情感之真挚,是上述名篇之所以为经典的原因。同时,宋词名篇中的情感在彰显真挚动人之特点的同时,又由于词体文学的原生文化属性,在诗文中常被遮蔽的食色之情性在宋词中被广泛地书写,宋词名篇的情感也表现出真率真诚的饮食男女的情性之真,彰显着这些饱读诗书的文人士大夫在立德、立功、立言的理想志向之外的柔情,呈现出一个个鲜活的生命形象。

第二节　情感表现的深曲

作为随着燕乐的流行而兴起的一种文体,"词体具有其独特的文体特色和文体优势,故其表现人生又有以下两个特点:一是尤其擅长于表现私生活环境中的人生情思,二是又特别致力于表现人生情思中最为精微深细的内容"②。宋词名篇的艺术奥妙在于向着心灵的深处开掘——特别擅长表现精微深细的感情境界,传达来自内心深处的情绪体验。其抒情重"真"外,更重"深",重内心世界的深细体味。作为一种"内倾型"的"心绪文学"③,表现出了和儒家诗教审美截然不同的风貌。梁启勋《词学》卷下将词中情感分"含蓄

---

① (清)沈谦:《填词杂说》,"稼轩宝钗分一曲"条,见唐圭璋:《词话丛编》,中华书局2005年版,第630页。

② 杨海明:《唐宋词与人生》,河北人民出版社2002年版,第19页。

③ 邓乔彬:《唐宋词美学》,齐鲁书社2005年版,第1页。

蕴藉"和"回肠荡气"①两大类型,其下遴选了一批名篇进行分析。这两大特点指向的亦是情感表现的深曲——委婉曲折、细腻深沉。无论表现的是家国之情还是个体私密性心绪体验,无论是悲思还是乐情,宋词名篇情感表现出来的审美特征总体来说具有深曲的特点。

晓雪山行图

一、婉类名篇的深曲

词风婉约的经典名篇所表现出来的审美情感基本上都具有委婉曲折、细腻深沉的特点。如欧阳修《踏莎行》(候馆梅残)一词,"春水写愁,春山驰望,极切极婉"②。李易安闺情词《如梦令》(昨夜雨疏风骤),亦得此妙处,黄苏评曰:"一问极有情,答以'依旧',答得极淡,跌出'知否'二句来,而'绿肥红

---

① 梁启勋:《词学》(下编),中国书店 1985 年版,第 3 页。
② (明)李攀龙:《新刻李于麟先生批评注释草堂诗余隽》卷二,见邓子勉:《明词话全编》,凤凰出版社 2012 年版,第 1153 页。

瘦',无限凄婉,却又妙在含蕴。短幅中藏无数曲折,自是圣于词者。"①陈廷焯则指出该词"只数语中层次曲折有味"②,"一片伤心,缠绵凄咽"③,当中的审美情感即妙合深曲的特点。所谓"婉约者欲其词情蕴藉"④是也,此为历来评论者所认可,兹不赘述。那么,词风豪放者其审美情感的特点如何呢?

二、豪类名篇的深曲

"豪放者欲其气象恢宏。"⑤从词的风格气象看,豪放者描绘自然界中阔大的境界,营造出的是恢宏的气象,和风格婉约之词形成鲜明的对照。豪放词的情感表现似乎也应该气势磅礴、一泻千里。但从宋词经典名篇中的豪放词的情感表现来看,豪放激愤之情却往往表现得低回曲折,至刚之气总是敛于哀感顽艳之中,有摧刚为柔之妙,得词之体性三昧。

辛弃疾,作为千年词坛第一人,其蕴藏着身世家国之感的豪情词的情感表现最能代表宋词豪放名篇的上述特征。稼轩"敛雄心,抗高调,变温婉,成悲凉"⑥既是稼轩词品的典型概括,也是宋词名篇中豪情词的情感表现的最好注释。如稼轩的《水龙吟·登建康赏心亭》,"楚天千里清秋,水随天去秋无际",起句浩荡,写江南楚天长空万里、水天一色之山水空阔之境。"遥岑""献愁"二句,词人的内在情感投射于物,故远山亦似含无限愁恨,词情内转。"落日"句,斜阳落日、孤鸿哀鸣,更添游宦江南、沦落不遇的抒情主人公内心无限的惆

① (清)黄苏:《蓼园词评》,"李易安昨夜雨疏风聚"条,见唐圭璋:《词话丛编》,中华书局2005年版,第3024页。

② (清)陈廷焯:《云韶集辑评》卷十,见孙克强:《清词话全编》(11),凤凰出版社2019年版,第229页。

③ (清)陈廷焯:《词则辑评·别调集》,见孙克强:《清词话全编》(12),凤凰出版社2019年版,第323页。

④ (明)张綖:《诗余图谱·凡例》(附识),见《增正诗余图谱》,明万历二十九年游元泾校刊本。

⑤ (明)张綖:《诗余图谱·凡例》(附识),见《增正诗余图谱》,明万历二十九年游元泾校刊本。

⑥ (清)周济:《宋四家词选目录序论》,见唐圭璋:《词话丛编》,中华书局2005年版,第1643页。

怅。"把吴钩看了"三句,空看吴钩、拍栏杆,满腔热血,报国无门,无人理解,沉恨塞胸,无限幽愤,一吐之于纸上,词情转为激愤。然词作中激愤之情于此顿住,换头,用三个典故,词人将自己内心沉恨寄予古人,委曲之至。"休说"两句,用张翰事,表词人不得意而欲归隐。"求田"两句,借许汜、刘备事,表明自己不屑于就此"求田问舍",归隐山水,所欲于不屑的矛盾中藏着深沉感慨。"可惜"两句,借桓温"树犹如此,人何以堪"之语,极言壮志不成人空老的伤感。整首词由浩荡之境起,由美人揾英雄泪作结,余音无限,英雄志士的豪放激愤之情表现得跌宕曲折,谓此词"裂竹之声,何尝不潜气内转"①,诚知音者言也。

稼轩《菩萨蛮·书江西造口壁》,则以比兴手法抒发深沉的伤时忧国的爱国情思。全词虽篇幅短小,但无限感慨与山水融为一体。上片由江水滚滚而思及行人之泪,由层峦叠嶂,长安不见引发故国之思。下片以景烘情。青山遮不住流水,喻爱国志士抗金复国的心志不可遏止。但朝廷主和派当政,不思恢复之事。山深将晚之时的凄迷之景,词人本已愁苦不堪。此怅望之中鹧鸪"行不得也"的乱啼,仿佛朝廷一片求和之声而不由得更添一怀忧愁。词人悲慨全不说破,但南归后志向落空的愁闷和悲愤溢于笔端,词旨含蓄。所谓"深厚之旨以蕴藉出之"②也。再如"稼轩词中第一"③的《永遇乐·京口北固亭怀古》,将孙仲谋、刘裕、廉颇等不同时代的人物,舞榭歌台、斜阳草树、扬州路上、佛狸祠下这些不同时空的人事景物放在一起,词人慷慨壮怀、报国无门、壮志难酬的悲愤之情亦表现得深沉而曲折有致。《破阵子》(醉里挑灯看剑)一词前面极其渲染豪壮情怀,末结以"可怜白发生",笔锋折处,情极沉郁。再如

---

① (清)谭献:《复堂词话》,"评辛弃疾词"条,见唐圭璋:《词话丛编》,中华书局2005年版,第3994页。

② 陈匪石编著,钟振振校点:《宋词举》,江苏古籍出版社2002年版,第81页。

③ (清)先著,程洪:《词洁辑评》卷五,"永遇乐"条,见唐圭璋:《词话丛编》,中华书局2005年版,第1370页。

稼轩《摸鱼儿》（更能消，几番风雨）亦是"寓幽咽怨断于浑灏流转中"①，深得曲折蕴藉之妙的词作。

"稼轩词极曲折、极深婉、极沉着而又极鲜明地反映时代问题和爱国意志，却并不是一种肤浅显露、剑拔弩张的寻常笔墨。"②这也可以用来概括其他宋词名家的豪放词的艺术特点。若对比唐诗和宋词经典名篇中同类题材的作品，宋词豪放风格名篇的情感表现深婉曲折的特征便更明显了。试看张元幹的《贺新郎·送胡邦衡待制》：

> 梦绕神州路。怅秋风、连营画角，故宫离黍。底事昆仑倾砥柱。九地黄流乱注。聚万落、千村狐兔。天意从来高难问，况人情、老易悲如许。更南浦，送君去。　　凉生岸柳催残暑。耿斜河、疏星淡月，断云微度。万里江山知何处。回首对床夜语。雁不到、书成谁与。目尽青天怀今古，肯儿曹、恩怨相尔汝。举大白，听金缕。

绍兴八年（1138），胡铨（字邦衡）因上书反对和议，请斩秦桧而获贬。在大部分官员对胡铨避之唯恐不及的情况下，张元幹写下了这首送别之作勉励胡铨。事情本身就是一豪举，"其词慷慨悲凉，数百年后，尚想其抑塞磊落之气。"③该词可谓是豪放词风的代表之作。但豪放悲壮之风中情感表达却曲折有致，充分体现出词体文学的特点。词的上片首先描绘的画面是：秋风中，中原故土在敌人的"边营画角"中瑟缩，原本繁华无比的北宋宫城如今却是一派"彼黍离离"的衰败景象。国家倾覆，金兵在中原大地肆虐，千村万落唯见狐兔出没。这里词人的家国之恨非直抒胸臆，乃以赋笔行之。接下来词人由国

---

① 陈洵：《海绡说词·宋辛弃疾稼轩词》，"摸鱼儿更能消"条，见唐圭璋：《词话丛编》，中华书局 2005 年版，第 4877 页。

② 周汝昌：《柳外斜阳，水边归鸟——辛弃疾〈念奴娇〉》，见《名家读唐宋词》，中国计划出版社 2005 年版，第 323 页。

③ （清）纪昀：《四库全书总目提要》卷一百九十八，河北人民出版社 2000 年版，第5465 页。

事民生转入当时的炎凉的世态人情,"老易悲如许",令人伤心。铺叙了以上国事世态之后,再转入送别主题,"更南浦,送君去"。本来"黯然销魂者,唯别而已矣"(江淹《别赋》),何况是在如此国事艰难,世态人情冷漠的情况下送友人去南荒之地,情何以堪?全词抒情笔调可谓得一咏三叹之妙。下片,"凉生岸柳催残暑",点明送别时令乃在秋天,"耿斜河、疏星淡月,断云微度",夜空中斜着耿耿银河,月淡星稀,一缕没有依傍的断云轻轻飘过,烘托出冷落清秋时送别的凄清氛围。"万里江山知何处。回首对床夜语。雁不到、书成谁与。"三句一波三折,顿挫有致,词人的思绪由眼前送别情景先后在"将来—过去—将来"之间跳跃。"万里"句,自此一别,相隔万里,不知故人何处。此处忽又顿住,转而念及两人"对床夜语"的情景,那是何等畅事!接着词人思绪猛然回到现实,友人将去的是北雁不至的岭南荒凉之地,此后怕是书信也难以寄达了。至此,词情沉痛至极。词之结尾"目尽青天怀今古,肯儿曹、恩怨相尔汝。举大白,听金缕"。词人情绪又陡然一转,词人举杯高歌,不效儿女状,充满了昂扬之情。整首词跌宕起伏,词情委曲有致,寓婉转愁情于豪放悲壮之中。

同为送别题材的唐诗名篇之情感表现如何呢?试看下面几首唐诗送别名篇①:

城阙辅三秦,风烟望五津。与君离别意,同是宦游人。海内存知己,天涯若比邻。无为在歧路,儿女共沾巾。(王勃《送杜少府之任蜀州》)

渭城朝雨浥轻尘,客舍青青柳色新。劝君更尽一杯酒,西出阳关无故人。(王维《送元二使安西》)

故人西辞黄鹤楼,烟花三月下扬州。孤帆远影碧空尽,唯见长江

_____

① 参考王兆鹏、孙凯云:《寻找经典——唐诗百首名篇的定量分析》,《文学遗产》2008 年第 2 期。以下诗作分别名列唐诗经典名篇第 9、21、35、68 名。

天际流。(李白《送孟浩然之广陵》)

北风卷地白草折,胡天八月即飞雪。忽如一夜春风来,千树万树
梨花开。散入珠帘湿罗幕,狐裘不暖锦衾薄。将军角弓不得控,都护
铁衣冷难著。瀚海阑干百丈冰,愁云惨淡万里凝。中军置酒饮归客,
胡琴琵琶与羌笛。纷纷暮雪下辕门,风掣红旗冻不翻。轮台东门送
君去,去时雪满天山路。山回路转不见君,雪上空留马行处。(岑参
《白雪歌送武判官归京》)

寒雨连江夜入吴,平明送客楚山孤。洛阳亲友如相问,一片冰心
在玉壶。(王昌龄《芙蓉楼送辛渐》)

以上诗歌皆是送别诗中的佳作,皆融情入景,情景交融,余味无穷,其艺术
表现方面的精湛,在此不一一细析。其中抒发的送别时的情绪虽各不尽完全
相同,但皆气象阔大,衬托出离别的豪迈,虽有伤感情绪,但却不溺于其中,充
分浸染了盛唐气象,比之于宋词,那自是豪放之调。其中虽"海内存知己,天
涯若比邻。无为在歧路,儿女共沾巾"和"目尽青天怀今古,肯儿曹、恩怨相尔
汝。举大白,听金缕",亦差强近之,但唐诗送别经典诗作中以下方面的特点
迥异于张元幹《贺新郎》。其一为景情表现模式的差异。以上诗歌,景、情相
契,所描绘的景物为所抒发的别情作了极好的烘托和延伸,自是神来之笔。但
仔细比较就会发现,在抒发送别之情时,以上唐诗名篇均缺乏对送别时人物内
心幽幽心曲的细腻刻画,且绘景后多采用的是直抒胸臆的表现手法,而少铺
叙。其二为线性的时空表现模式。以上唐诗送别名篇皆着重于对送别当下情
景的描绘,如王昌龄《芙蓉楼送辛渐》、王勃的《送杜少府之任蜀州》、王维《送
元二使安西》均是送别之景和别语叮嘱相结合的表现手法,李白《送孟浩然之
广陵》、岑参《白雪歌送武判官归京》则寓情于景中,以送时之景和友人离后之
景相互映衬。相比之下,这些诗篇均没有宋词名篇中将现在、过去、将来融为
一体的回环顿挫。宋词名篇情感表现之深曲的特点于此亦可见一斑。

三、清类名篇的深曲

宋词名篇之深曲特点不仅体现于婉类和豪类的作品中,清类之作亦趋向于开掘心灵深处的体验,表现人生情思中的精微感情境界。

综观名篇榜上的作品,除上述词风豪放激愤的豪情词外,宋词名篇别调中另有一部分词作表现人生和自然的清旷超逸之调的,如苏轼《念奴娇·赤壁怀古》、《水调歌头》(明月几时有)、《卜算子》(缺月挂疏桐)、《定风波》(莫听穿林打叶声),辛弃疾《清平乐》(茅檐低小)、《西江月》(明月别枝惊鹊),张孝祥《念奴娇》(洞庭青草)、欧阳修《朝中措》(平山阑槛倚晴空)、晁冲之/李邴《汉宫春》(潇洒江梅)①等。这类词作的情感表现有的质朴坦率,如稼轩的表现农村生活的两首清新小令。但细细品味,这类清旷超逸之词中亦总含幽怨委曲之情。譬如苏轼的词,从表现手法来说,以诗为词,被讥为"句读不葺之诗",但试看他的《水调歌头》(明月几时有),空灵超越中虚景、实景交错,现实中的主人公不能乘风归去,而只能徘徊人间。月光照人,思客无眠,情感越转越深,惋恻至深。《卜算子》(缺月挂疏桐),语意双关浑成,委婉含蓄,词人高洁自赏,不与世合污,抒发着自己政治失意无人知的幽独情怀。此类词作"如春空散花,不著迹象,使柳枝歌之,正如天风海涛之曲,中多幽咽怨断之音"②。而东坡《定风波》(莫听穿林打叶声),写词人不惧风雨挫折,听任自然的人生态度,亦全非直笔描述,故郑文焯云"此足徵是翁坦荡之怀,任天而动。琢句亦瘦逸,能道眼前景。以曲笔直写胸臆,倚声能事尽之矣!"③

由此可见,宋词名篇中虽情感类型多样,或抒身世不遇、壮志难酬的幽怨,或写报国无门、请缨无路的悲慨,或述人生超越的体悟,等等,但其审美情感却

---

① 《汉宫春》(潇洒江梅)一词在宋代选本《梅苑》中系于李邴名下,唐圭璋《全宋词》将其作为互见词。

② 夏敬观:《手批东坡词》,见龙榆生:《唐宋名家词选》,上海古籍出版社1980年版,第126页。

③ 郑文焯:《大鹤山人词话》,"东坡乐府"条,见唐圭璋:《词话丛编》,中华书局2005年版,第4323页。

呈现出委婉曲折、细腻深沉的整体特征,彰显着明显的词体文学的特征,和他类的文学经典迥异。

同时,审美情感的深沉婉曲也是这些词作成为经典,能够经受千年时间冲洗仍魅力不减的原因之一。首先,情感不仅是创作活动的中心,也是接受活动的中心,是调动读者心理活动的核心动力。"情感正是以一以贯之的意义成为唤起和整合图式的必然变量。"①创作者感情的投射为读者和作品互动提供条件。"语言文学本身是符号,是冷冰冰的,但经过作家感情的浸染,⋯⋯在读者阅读时,⋯⋯仿佛那些无生命的文字符号刹那间活了起来,与接受主体的情感脉搏共振同跳。"②其次,如上所述,情感的真挚加深曲是宋词经典的一个重要特点,因而,这些名篇所提供的审美情感总能使人从中找到一种似曾相识的感觉,引发读者心灵感应。譬如清沈谦《填词杂说》所云,读了柳永"杨柳岸,晓风残月"之后,"惝怳迷离,不能自主"③。在读者和名篇的对话中,阅读者进入词人创作的纯粹的艺术世界里,直接和创作者进行心与心的对话,与前代伟大心灵的共鸣,把自己和他人联系起来,感受人类普遍共同的感受,放心地抒泄日常生活中原本被抑制的情绪,潜移默化地消解人内心的痛苦。何况这些宋词经典名篇所表现的愁绪如此委婉曲折、细腻深沉,传达出的是人类内心深处最真切的体验,自然化入人心也必久、必深。此即是经典名篇"动摇人心"的重要原因之一。

第三节　情感意蕴的丰富

需要特别指出的是,以上关于宋词名篇的诸多阐释,是笔者关于宋词经典名篇的思想情感意蕴的理解。而作为文学经典的一种,宋词名篇的思想情感

---

① 丁宁:《接受之维》,百花文艺出版社 1990 年版,第 49 页。

② 朱立元:《接受美学》,上海人民出版社 1989 年版,第 110 页。

③ (清)沈谦:《填词杂说》,"词贵于移情"条,见唐圭璋:《词话丛编》,中华书局 2005 年版,第 629 页。

意蕴的丰富性,除了它们总体包含着丰富的人生智慧和情感体验以外,还表现在同一首词被多种阐释的可能,这也就是文学经典内涵的丰富性和无限可读性,是文学经典的重要文本特征之一。笔者统计的宋词经典名篇在这方面的表现也是明显的。

一、名篇艺术结构蕴含多层次的丰富情感体验

宋词名篇意蕴的丰富性表现在作品本身的艺术结构包含着多层次的情感体验,具有相当丰富的显性的情感表现和思想内涵。这在经典长调中表现尤为突出。譬如周邦彦的《兰陵王》(柳阴直)一词,羁旅客游之感中就包含着多层面的情感体验。词中既有"登临望故国,谁识京华倦客"的客游之慨叹,也有"隋堤上、曾见几番,拂水飘绵送行色"的客中送客之悲情;既有"长亭路,年去岁来,应折柔条过千尺"的人事之叹,也有"念月榭携手,露桥闻笛。沉思前事,似梦里,泪暗滴"的相思之情。全词思想情感蕴含丰富,给读者以丰富的内心体验。再如千古名篇第一的苏轼《念奴娇·赤壁怀古》,其中有"遥想公瑾当年,小乔初嫁了"之英雄美人式的潇洒,有"大江东去,浪淘尽、千古风流人物"的人事沧桑,有"多情应笑我,早生华发"的不遇之叹和"人生如梦"的深沉感慨等,多层面的思想情感蕴涵着丰富的人生体验,足以满足不同层次读者的心理要求,这使得它不论是对于大众读者还是精英读者来说,都具有强大的吸引力。宋词名篇中的长调慢词的情感思想含蕴大多具备以上特点,在词作主体情感的支配下,情感意蕴表现出多层次多侧面的特征。词作往往在抒情主人公心理时空的转变过程中,情绪体验也随之回环往复,呈现出立体丰富的表现形态。

二、开放性结构提供了多角度理解和阐释的可能

宋词经典意蕴的丰富性还表现在同一首作品,读者能从不同的角度对它进行理解和阐释。作为一个开放性的结构,构成作品的每一个符号向不同的读者敞开时,其所指内涵往往因人因时因地而异。"伟大的形象总是多侧面

的,它有着无穷的含义,这些含义只有在若干世纪中才能逐渐揭开。每个时代都在经典形象中发现新的侧面和特点,并赋予它自己的解释。"①经典作品总能不断给不同时代的读者提供阐释的空间。这也是文学经典具有长盛不衰的生命力的重要原因。宋词经典名篇不乏此例。

姜夔的《暗香》《疏影》二首咏梅词,历来为文人所喜爱。而它们也在历代文人的阅读中展现出丰富的意蕴。试看陈匪石《宋词举》关于此二词的评论:

> 张炎曰:"词之赋梅,惟白石《暗香》《疏影》二曲,前无古人,后无来者,自立新意,真为绝唱。"宋翔凤曰:"《暗香》《疏影》恨偏安也。"陈廷焯曰:"《暗香》《疏影》二章,发二帝之幽愤,伤在位之无人也。"张惠言曰:"石湖盖有隐遁之志,故作此二词以沮之。《暗香》一章,言己尝有用世之志,今老无能,但望之石湖也。"周济评《暗香》前五句为"盛时如此";"何逊而今渐老"四句,"衰时如此";"长记曾携手处"二句为"想其盛时";"又片片"二名为"感其衰时"。愚就全词观之,以局势转折论,周说诚谛。盖此章立言,以赏梅之人为主,而言其经历,述其感想,就梅花之盛时、衰时、开时、谢时,反复论述,无限情事,即寓其中。此张氏所谓"自立新意",谭献许为"独到"者也。起处首标"旧时","月色"中"吹笛",唤"玉人""与攀摘",是鸡人叫旦之用心,是击楫中流之气象。"何逊"句一转,或自喻,或喻人。"春风词笔"之"忘却",则非畴向"吹笛"兴致,以喻壮志消磨。"竹外"下九字,极写清寒。"冷"字与"春风"针对。"但怪得",前无此顾虑,今则无可奈何,即"渐老"与"忘却"之归宿。宋氏所谓"恨偏安",陈氏所谓"伤在位无人",张氏所谓"己尝有用世之志,今老无能",皆从此种用意推测而出也。过片承前结而下,由"瑶席"之"香冷"说到"江国"之"寂寂"。"寄予路遥",暗用陆凯诗,于陆诗所谓

---

① [苏]鲍列夫:《美学》,乔修亚等译,中国文联出版公司1986年版,第237页。

"陇头人"必有所喻,"路遥"则音问隔绝也。"夜雪初积",似喻绝漠荒寒之境,又似喻阴霾四合,开朗无期。"易泣"以此,"无言"以此。陈氏所谓"发二帝之幽愤",又从此看出。"长记"承"相忆"而一转,又回想旧时,与首句应。"携手",极痛痒相关之旨。"西湖寒碧"又与"琼楼玉宇,高不胜寒"同意,则张氏所谓"望之石湖"者,实于言外得之,忠爱之至也。"又片片"再一转,落到现在。"片片吹尽",则"竹外疏花"亦不得见,"玉人""攀摘",更无可为。伤之极,恨之极。仍曰:"几时见得",则犹欲见之,不认为绝望,又张氏所谓"望之石湖",陈氏所谓"在位无人"之感,宋氏所谓"偏安之恨"也。特其旨隐微,其词浑脱,不见寄托之迹,只运化梅花故实,说看梅者之心事。陈氏称白石"感慨全在虚处,无迹可寻",盖如此乃真能"以有寄托入,无寄托出"者。①

《暗香》《疏影》的寓意,各有说辞。"自立新意""恨偏安""伤在位之无人""发二帝之幽愤""望之石湖""盛衰之感"等说法皆可从词中找到相应的阐释依据,因而陈匪石据词意认为"周说诚谛"。而吴世昌对此二词的看法则完全不同,他在《词林新话》中指出:"白石《暗香》《疏影》二首,游戏之作耳。虽艺术性强,实无甚深意。乍看似新颖可喜,细按则勉强做作。不耐咀嚼,此本拟人之通病。白石以花比美人,甚至谓'暗忆江南江北',即昭君本人又何尝有此感念。且'环佩空归月下魂',老杜已先发其想象,白石学舌,已落第二乘矣。亦峰谓此二词'发二帝之幽愤,伤在位之无人也,特感慨全在虚处,无迹可寻,人自不察耳。''斯为沉郁,斯为忠厚'云云,全是自欺欺人之谈。白石自写情词,与时无关。"②此真可谓是仁者见仁,智者见智,二词丰富的涵蕴由此可见。这为后世读者的理解提供了多样的阐释可能,是词作生命力得以延

①　陈匪石编著,钟振振校点:《宋词举》,江苏古籍出版社2002年版,第49—50页。
②　吴世昌:《词林新话》,见吴熊和:《唐宋词汇评·两宋卷》,浙江教育出版社2004年版,第2783页。

展的重要因素。

比如，苏轼《水调歌头》（明月几时有），乃中秋咏月，兼怀子由，词中由月感发奇想，因月感人生事理，我们现在感受到更多的是词人浪漫的想象和超旷的情怀。而据陈元靓《岁时广记》所载，神宗皇帝却由此读出了"苏轼终是爱君"之意①，虽然这个故事不一定真实，但它源自宋人记载，至少说明宋人已从此词中读出此意。而清代黄苏更进一步从此词中读出了苏轼的"忠爱之思"，他认为，"按通首只是咏月耳。前阕，是见月思群，言天上宫阙，高不胜寒，但仿佛神魂归去，几不知身在人间也。次阕，言月何不照人欢洽，何似有恨遍于人离索之时而圆乎。复又自解，人有离合，月有圆缺，皆是常事。惟望长久，共婵娟耳。缠绵惋恻之思，愈转愈曲，愈曲愈深。忠爱之思，令人玩味不尽。"②一曲《水调歌头》，在不同的读者处有不同的理解。

再如，苏轼《卜算子》（缺月挂疏桐）一词，历来对它的阐释也不尽相同。"山谷云：东坡道人在黄州作此词，语意高妙，似非吃烟火人语。自非胸中有万卷书，笔下无一点尘俗气，孰能至此。鲖阳居士云：'缺月'，刺明微也。'漏断'，暗时也，幽人不得志也。'独往来'，无助也。'惊鸿'，贤人不安也。'回头'，爱君不忘也。'无人省'，君不察也。'拣尽寒枝不肯栖'，不偷安于高位也。寂寞沙洲冷，非所安也。此词与考槃诗极相似"。③"按此词乃东坡自写在黄州之寂寞耳。初从人说起，言如孤鸿之冷落。第二阕，专就鸿说，语语双关。格奇而语隽，斯为超诣神品。"④此即可见关于此词的三种理解。其中，黄庭坚感受到的是东坡高超蹈世的气质，黄苏感受到的是东坡贬谪幽居的寂寞情怀，而鲖阳居士则读出了君国之思。而同以比兴寄托之法读此词，俞文豹又

---

① （宋）陈元靓：《岁时广记》卷三十一引"复雅歌词"，清光绪年间陆心源辑《十万卷楼丛书》。

② （清）黄苏：《蓼园词评》，"苏东坡明月几时有"，见唐圭璋：《词话丛编》，中华书局 2005 年版，第 3069 页。

③ （清）黄苏：《蓼园词评》，"苏子瞻缺月挂疏桐"条，见唐圭璋：《词话丛编》，中华书局 2005 年版，第 3032 页。

④ （清）黄苏：《蓼园词评》，"苏子瞻缺月挂疏桐"条，见唐圭璋：《词话丛编》，中华书局 2005 年版，第 3032 页。

读出了和铜阳居士不同的感受。他认为,"'缺月挂疏桐',明小不见察也。'漏断人初静',群谤稍息也。'时见幽人独往来',进退无处也。'缥缈孤鸿影',悄然孤立也。'惊起却回头',犹恐谗慝也。'有恨无人省',谁其知我也,'拣尽寒枝不肯栖',不苟依附也。'寂寞沙洲冷',宁甘冷淡也。"①此外,还有王楙《野客丛书》卷二十四及袁文《瓮牖闲谈》卷五载,或谓此词为爱慕东坡的惠州女子所作,或谓为黄州女子所作。

宋词经典名篇大多皆能从不同的角度予以解读。以上列举的思想意蕴的多重性皆是从历代论词者的点评中辑出的,有明确文字记载的多重含义。实际上,不同的读者阅读同一首词,同一个读者在不同的情况下阅读同一首词都会有不同的感受,但不是每一个读者的阅读理解都会留下可供研讨的记录,当然大部分情况下这些感受不同却应该是类似的。经典作品却往往存在更广阔的阐释空间,一旦在恰当的历史条件下和某一位读者的阅读心境遇合时,就能迸发出全新的理解,就好像王国维从晏殊《蝶恋花》(槛菊愁烟兰泣露)、柳永《凤栖梧》(伫倚危楼风细细)②、辛弃疾《青玉案》(东风夜放花千树)三首情词中能读出古今成大事者的三重境界一样。这毫无疑问促成了古典的作品在新的时代中焕发出勃勃生机。

---

① (宋)俞文豹:《吹剑录》,见谭新红、萧兴国、王林森编著:《苏轼词全集汇校汇注汇评》,崇文书局 2015 年版,第 160 页。

② 该词又系于欧阳修名下,仅个别字有差异,首句作"独倚危楼风细细"。

第三章　宋词名篇的艺术表现

　　诗词艺术，是人对于世界的独特的审美把握，是人的生命感性和个体精神的心理需要，它来源于人类生命的最初的冲动，是个体乃至人类集体无意识的吁求，它是人类情感中最有效的沟通手段之一。优秀的词作，不仅要能提供丰厚的思想意蕴和真挚情感，而且要能给读者提供生动的审美意象。优秀的创作者皆善于巧妙地运用一定的艺术表现手法将意蕴情感渗透于意境、意象和某种结构之中。借助于审美的力量，一切的睿智哲思、任性情之真情将在时间中发酵，随着时间的流逝被酿得愈美愈醇。宋词经典应该是诗性与思想、情感的结合。探讨了宋词经典名篇中的思想情感意蕴之后，我们要剖析宋词经典的总体特征，就完全有必要透视宋词名篇的艺术表现。宋词经典名篇的审美情感特征总体上表现为委婉曲折、细腻深沉。这种审美特征彰显着宋词名篇的独特品质，它的形成和很多因素相关，其中艺术表现手法即是其中一个重要原因。

第一节　艺术时空结构的开宕

　　情、景，不但是构境时最重要的因素，而且也是中国古典诗词的灵魂。诗词作品中，随着时间和空间的变化，相应地会景迁情移，因而文学作品中时空的转换无疑会影响抒情主人公的情感变化，影响作品审美情感表现，因此，探讨作品中的时空转变之迹有助于我们审视作品的审美情感特征的形成。需要说明的是,这里的时空,不单指实在的物理时空,亦指心理时空。后者相对于自然的物理时空而言具有假想性和灵活性,它突破现实时空的限制,是主人公身在此而念在彼的结果,它往往在抒情主人公思绪转变之际产生,有利于加强情感表现力。

一、宋词名篇艺术时空结构的类型

宋词 100 首名篇的时空表现模式如图 3-1 所示,有以下三大类型:

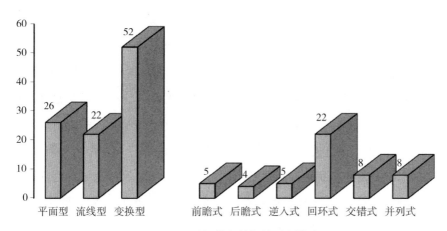

图 3-1 宋词经典名篇抒情时空模式图

第一类为平面型。也就是抒情主体在某一时间某一地点抒发所见所思所感的情况,当中人事活动不涉及时空的变换。唐诗经典名篇中大部分作品的时空抒情模式属于这种类型,而宋词 100 名篇中此类作品共 26 首,如辛弃疾《清平乐》(茅檐低小)一词,词人所描绘的就是他捕捉到的某个乡村一时一地所展现的一幅温馨农家乐的图画。再如苏轼《卜算子》(缺月挂疏桐)、秦观《鹊桥仙》(纤云弄巧)、李清照《渔家傲》(天接云涛连晓雾)等词作即属此类。

第二类为流线型。这也就是通常我们所说的按照事情发展的顺序写景叙事抒情的。这种抒情模式中时间和空间按照事情发展的自然规律行进,有时空的推进但无时空的跳跃跌宕。唐诗名篇中有少量抒情方式属于此类,而宋词经典名篇属此类者共 22 首。如李清照《一剪梅》(红藕香残玉簟秋)一词,词中主人公在清秋时节,独上兰舟,见空中飞雁,动思念之情,主人公的行动和情绪体验皆按时间在自然顺序中展开。再如苏轼《定风波》(莫听穿林打叶声)、周邦彦《少年游》(并刀如水)、欧阳修《采桑子》(群芳过后西湖好)等作品亦属此类。

第三类为变换型。唐诗经典名篇的抒情模式基本上没有此类,而宋词经典名篇中此类最多,共 52 首。在这种抒情模式中,或述主人公在不同地方的所观所感,或者写主人公的思绪情感在过去、现在、未来的不同时空中穿梭变换。而根据时空转换形式的不同,又可分为以下几种模式。其一为前瞻式。这种抒情模式以现在为起点,思绪随着情感的发展会跳跃到将来,100 首宋词名篇中共有 5 首前瞻式的作品,如张先《天仙子》(水调数声持酒听)一词从午间闲愁,写至晚来风不定,最后词人思绪一跳,“明日落红应满径”,思绪跳跃中见词人惜春伤春之情。再如蒋捷《一剪梅》(一片春愁待酒浇)、苏轼《贺新郎》(乳燕飞华屋)等也属“今—将”模式。其二为后瞻式。此模式同样以现在为起点,由眼前的情景引起对过去情事的追念,即“今—昔”式。宋词名篇 100 首中如晏几道《临江仙》(梦后楼台高锁)、史达祖《绮罗香》(做冷欺花)属于此种模式。“记得小苹初见,两重心字罗衣。琵琶弦上说相思。”“记当日、门掩梨花,翦灯深夜语”,皆是由眼前景所引发的追念之情。其三为逆入式。这是以过去为起点,以现在为终点的抒情模式,即时间发展按“昔—今(一昔一今)”的顺序进行的,共 5 首宋词经典名篇按此模式抒情。如欧阳修《生查子》,词一开始便追忆去年元夜时主人公和情人约会的情景,尔后再回到现在,抒写情人不见的惆怅痛苦之情。这种模式和流线型的不同在于两个方面。首先是时间的起点不同,其次是这种模式中有时空的隔断和跳跃。晏几道《鹧鸪天》(彩袖殷勤捧玉钟)、陈与义《临江仙》(忆昔午桥桥上饮)、秦观《望海潮》(梅英疏淡)等词作均为此式。其四为回环式,这是宋词经典抒情的时空模式中最为复杂的一种,即按“今—昔/将—今/昔/将—今”的时空转换为序抒写情意。它的特点是以现在为起点,以现在为终点,但情思在过去、现在、未来间任意转换。譬如辛弃疾《摸鱼儿》(更能消、几番风雨),词之上片呈现出的是词人所处之当下的情景,春天即将逝去之景及词人惜春伤春之情,当中隐含着词人对时局的忧虑。下片词人思绪转入古代,借长门之事及飞燕、玉环之典抒自己内心愤懑之情,末词人思绪回到现在,以"斜阳正在,烟柳断肠处"作结。整首词的心理时空在"今—昔—今"中转换。宋词100首名篇中共22首作品按此种时空模式抒情写意,如王安石《桂枝香》(登临送目)、张元幹《贺新郎》(梦绕神州路)、吴文英《风入松》(听风听雨过清明)。其五为交错式。该抒情模式中,现在、过去、将来交错出现,和回环式不同的是,作品终篇之时并不以现在为指归,而是指向将来或过去的,即"今—昔/将—今—昔/将"式。宋词100首名篇属于此类的共8首作品,如周邦彦《花犯》(粉墙低),首述今日之梅,"露痕轻缀""净洗铅华",次述去年胜赏之景,又次则思绪返回现在,写今年对花时的情绪,末述"相将见"之景,以将来情事作结,全词的时空结构为"今—昔—今—将"的交错式。另外,周邦彦《解连环》(怨怀无托)、柳永《雨霖铃》(寒蝉凄切)、辛弃疾《念奴娇》(野棠花落)等作品即是按此模式抒情的。其六为并列式。譬如欧阳修《踏莎行》(候馆梅残),上片写候馆驿站送别之情景,下片写佳人倚楼怀人的思念之情。这种抒情模式中,时间上没有过去、现在和未来的变换,但空间上有变换。共9首名篇的抒情模式属于此类,如柳永《八声甘州》(对潇潇暮雨洒江天)、苏轼《江城子》(十年生死两茫茫)、周邦彦《风流子》(新绿小池塘)。

二、艺术时空转换开合促成情感表现的深曲

由上可知,艺术时空转换是宋词经典名篇抒情的一个重要特点,这种艺术表现手法的巧妙使用与宋词情感表现的深曲之致有着紧密的联系。

如姜夔《暗香》一词的艺术时空结构跌宕起伏,有效地增强了"我"深沉的身世之慨和沧桑之感,并使词作情感表现委婉曲折。词以"旧时月色"开头,将人的思绪带入到了对往事的回忆之中。共"玉人"吹笛梅边、和月采梅是

“我”一段抹不去的记忆，是“我”心中抹不去的年轻时热烈浪漫的意气才情。然从过去美好情景的回忆转入现在的“我”却是已老之“何逊”，苍老孤独但却又多情惆怅，一切美好都成了前尘往事。“易泣”“无言”之中思绪再次转入当年的梅林，“千树压、西湖寒碧”，何其盛哉。末尾忽以现在梅花“片片吹尽”作结，惆怅无限。前人也早有注意到《暗香》结构的这个特色，《词综偶评·宋词》指出“‘旧时月色’二句。倒装起法。‘何逊而今渐老’二句。陡转。‘但怪得竹外疏花’二句。陡落。‘叹寄与路遥’三句。一层，‘红萼无言耿相忆’。又一层。‘长记曾携手处’二句。转。‘又片片吹尽也’二句。收。”①在时空的顿挫转折中，在“昔—今—昔—今”时空跳跃中，词人的感情也是回环往复，喜悲扬抑之间，情感的内在张力扩大，正是在这陡转起落中愈增所抒之情的委婉曲折，含蕴蕴藉。

清明上河图

---

① （清）许昂霄：《词综偶评·宋词》，“暗香”条，见唐圭璋：《词话丛编》，中华书局 2005 年版，第 1558 页。

再如周邦彦《兰陵王·柳》，第一叠以柳起兴，写现在的所见所想。河边柳"几番拂水飘绵送行""应折柔条过千尺"，道客中送别之别情，诉长期淹留他乡的"倦客"情绪。第二叠接下来词人却没有直抒淹留他乡的愁苦，而是就此顿住，写主人公活动的另一时空中的人事，"闲寻旧踪迹。又酒趁哀弦，灯照离席。梨花榆火催寒食。"接着，又一时空转换，代行者设想，"愁一箭风快，半篙波暖，回头迢递便数驿。望人在天北"。第三叠"凄恻。恨堆积。渐别浦萦回，津堠岑寂。斜阳冉冉春无极。"词人思绪在此又陡转，回到送别之处。此时人已离开，唯是"津堠岑寂""斜阳冉冉"，静境之中，离忧渐长时又咽住，折入前事，怀念当时月榭携手，露桥闻笛之事。而沉思前事，更让人伤感，不禁潸然泪下，又是时空的转换。整首词极吞吐之妙，"遥遥挽合，妙在才欲说破，便自咽住，其味正自无穷"①。这种艺术效果的产生和周词时空转换的表现技巧紧密相关。词中"京华倦客"的愁怨、别后的怅然、"月榭携手"的温馨、"泪暗滴"的哀伤，在时空的演进中开合动荡，动摇人心。再如周邦彦《瑞龙吟》（章台路）一章，虽"不过桃花人面，旧曲翻新耳"②，但时空交错中融情、景、人、事为一体。"章台路"以下写今日，"黯凝伫"以下写昔日，第三片"前度刘郎重到"至末尾则今昔交错，亦使词作回环婉转，极具感染力。

宋词经典名篇综合排名前 100 首的名篇有时间和地点变换的作品近80%，而在 53 首艺术时空跌宕起伏的作品中，又以变换复杂的回环式最多，此不赘述。宋词名篇深曲之审美风貌的形成和时空转换的抒情手法的运用密切相关，借用黄苏的话，可谓是"缠绵悱恻之思，愈转愈曲，愈曲愈深"③。

---

① （清）陈廷焯:《白雨斋词话》卷一，"美成词无处不郁"条，见唐圭璋:《词话丛编》，中华书局 2005 年版，第 3787 页。

② （清）周济:《宋四家词选目录序论·附录》，（宋四家词选眉批），见唐圭璋:《词话丛编》，中华书局 2005 年版，第 1646 页。

③ （清）黄苏:《蓼园词评》，"水调歌头"条，见唐圭璋:《词话丛编》，中华书局 2005 年版，第3069 页。

第二节　比兴艺术手法的妙用

比兴,是中国古典诗歌最常用的表现手法,是古典美学中最具中国特色的范畴之一,具有丰富的内涵。从诗经"六义"中比兴分体到后来的比兴合一,历来关于它们的阐释颇多,兹不赘述。笔者在此拟论述的是比兴手法对于经典文学作品的意义及其在宋词经典名篇中的表现。

对于比兴的具体含义和艺术效果,古人有精要的概括。钟嵘说:"故诗有三义焉:一曰兴,二曰比,三曰赋。文已尽而意有余,兴也;因物喻志,比也;直书其事,寓言写物,赋也。"[①]朱熹对比兴的阐释亦具有代表意义,他在《诗集传》中认为,"比者,以彼物比此物也","兴者,先言他物以引起所咏之辞也",并进一步指出:"比是一物比一物,而所指之事常在言外;兴是借彼一物以引起此事,而其事常在下句。但比意思切而却浅,兴意虽阔而味长。"[②]叶嘉莹则进一步指出了情意和物象之间的关系,她说:"'比'与'兴'二种写作方式,其所代表的原当是情意与形象之间的两种最基本的关系。'比'是先有一种情意然后以适当的形象来拟比,其意识之活动乃是由心及物的关系;而'兴'则是相对于一种物象有所感受,然后引发起内心之情意,其意识之活动乃是由物及心的关系。前者之关系往往多带有思索之安排,后者之关系则往往多出于自然之感发。"[③]可见,比兴的共同之处在于利用事物之间某种类似的关联展开想象和联想,依赖于具体可感的物象,利用的是心物交感的心理机制取象设喻,托物感兴,造成意味深长、生动贴切的艺术效果。

从创作和文本的角度而言,比兴关注的核心是如何形象而深刻地表达情意,体现的是由心及物和由物及心的双向互动。[④]"比兴思维是一种受某一

---

① (南朝)钟嵘:《诗品·序》,见陈延杰注:《诗品注》,人民文学出版社1961年版,第2页。
② (宋)朱熹:《朱子语类》卷八十,"诗一",中华书局1986年版。
③ 叶嘉莹:《叶嘉莹说词》,上海古籍出版社1999年版,第115页。
④ 李健:《比兴思维研究》,安徽教育出版社2003年版,第201页。

(类)事物的启发或借助于某一(类)事物,综合运用联想、想象、象征、隐喻等手段,表现另一(类)事物的美的形象,展示其美的内涵的艺术思维方式。它的目的是表现美、展示美,给人们提供其乐无穷的精神食粮。"①比、兴、比兴,由于想象、象征、隐喻等手法的运用,灵感的参与而使得作品的情感表达形象可感而深具艺术魅力。从接受的角度而言,比兴是中国独特的思维方式的体现,传统的思维方式一代代地沉淀形成读者的集体无意识,妙于比兴者总能备受后代读者的青睐。而且贴切的比兴有助于使某种情绪聚焦或扩大化。比兴有助于作品艺术美的产生和传达。当然,"专用比兴,患在意深,意深则词踬"②。宋词名篇作品的艺术成就妙在能恰到好处地使用这一手法,并不是一味地求含蓄。恰如其分地妙用比兴之艺术手法是宋词经典名篇的一大特色,亦是宋词经典名篇深于情且情深婉而缠绵委曲的重要影响因素。

一、咏物名篇巧用比兴

妙用比兴手法首先集中体现在宋词经典名篇中的咏物词中。宋词 100 首经典名篇共 16 首咏物词,其中咏梅的 5 首,分别是姜夔《暗香》(旧时月色)、姜夔《疏影》(苔枝缀玉)、陆游《卜算子》(驿外断桥边)、周邦彦《花犯》(粉墙低)、晁冲之/李邴《汉宫春》(潇洒江梅);咏杨花词 2 首,苏轼《水龙吟》(似花还似非花)、章楶《水龙吟》(燕忙莺懒芳残);咏柳词 1 首,周邦彦《兰陵王》(柳阴直);咏蔷薇词 1 首,周邦彦《六丑》(正单衣试酒);咏荷花词 1 首,姜夔《念奴娇》(闹红一舸);咏雁词 2 首,苏轼《卜算子》(缺月挂疏桐)、张炎《解连环》(楚江空晚);咏燕词 1 首,史达祖《双双燕》(过春社了);咏蟋蟀词 1 首,姜夔《齐天乐》(庾郎先自吟愁赋);咏春雨词 2 首,史达祖《绮罗香》(做冷欺花)、周邦彦《大酺》(对宿烟收);咏雪词 1 首,史达祖《东风第一枝》(巧沁兰心)。宋词经典名篇中的咏物之作借鉴比兴之法,或以物喻人,或以物造境,

---

① 李健:《比兴思维研究》,安徽教育出版社 2003 年版,第 146 页。
② (南朝)钟嵘:《诗品·序》,见陈延杰注:《诗品注》,人民文学出版社 1961 年版,第 2 页。

通过审美物象这个中介抒情达意，形成咏物词含蓄隽永的风格。正如研究者所认为的那样，"咏物词题材范围虽然狭窄，却包含词中众多法门，最能体现词的要渺宜修、深美闳约的特性"①。

优秀的咏物之作或善用比，以物喻人，本体与喻体往往契合一体，物象与情志融二为一，抒情主人公主观情志蕴含于所咏之客观物象中，词情蕴藉，风格委曲。如苏轼笔下的杨花是"寻郎去处，又还被莺呼起"，"点点是离人泪"，周邦彦笔下的蔷薇是"多情为谁追惜"，"似牵衣待话，别情无极"。词人以情语描摹物象，既赋予所咏之物以生命，又使所抒之情含蓄蕴藉。再譬如周邦彦之咏柳词中，柳暗示柔情，正好借它来抒发他那积郁于心、吞吐不尽、缠绵悱恻之情。而姜夔之梅词，亦见其个性与那超凡孤高的梅趣的吻合。咏梅诸作也最能反映出白石词的本色，所谓"姜白石词幽韵冷香，令人挹之无尽；拟诸形容，在乐则琴，在花则梅也"②。物我深度契合的则是"我"或被潜入物象中，造成人入物，物即人的效果，如东坡《水龙吟》，抒情主人公"似乎进入了一种'无我'的状态，'我'化入对象物之中，以物之眼来观'物''我'的情感，'我'的思绪，甚至于'我'的感觉触须，无不附著于对象物之上"③。难怪清人沈谦称此词"幽怨缠绵，直是言情，非复赋物"④。

有的咏物名篇或善于借鉴兴的表现手法，以物造境。词人能以敏锐的感觉，形神兼备的物态描摹，将审美经验融入景中，构筑一个让人兴发感动的境界。如姜夔《齐天乐·咏蟋蟀》一词，词人以铜铺、石井、候馆、离宫之地的吟声、私语声、机杼声、雨声、砧杵声和琴声衬托蟋蟀的叫声，构成一幅幅凄冷的画面，烘托思妇、征人、游子及帝王在听蟋蟀时感发的幽思，以此言词人心中之块垒。姜夔的咏荷词《念奴娇》的"水佩风裳无数。翠叶吹凉，玉容销酒，更洒

① 陈磊：《从清真、白石词看宋代咏物词的嬗变》，《复旦学报》1998年第6期。
② （清）刘熙载：《词概》，"姜词如琴如梅"条，见唐圭璋：《词话丛编》，中华书局2005年版，第3694页。
③ 路成文：《宋代咏物词的创作姿态》，《南京师范大学文学院学报》2002年第4期。
④ （清）沈谦：《填词杂说》，"东坡杨花词直是言情"条，见唐圭璋：《词话丛编》，中华书局2005年版，第631页。

菰蒲雨","嫣然摇动,冷香飞上诗句"等词句则营造出烟水风荷之境,令人仿佛置身于一片浩瀚的荷花丛中。而咏梅词《暗香》中由梅构筑的不同境界——"梅边吹笛"、"竹外疏花"、千树压枝、飞花落尽等境分别与词人不同时间不同地点的情感体验相感发。再如周邦彦《大酺》咏春雨一词,"通首俱写雨中情景"①,将无聊的羁旅之愁,客游思归之情俱融入雨境之中。

咏物词赋物吟情之时,比兴之法往往合而为一,史达祖《双双燕》,描写燕子,巧极天工。摹写燕子时融入人的情思,既是比,又是兴,通过燕子双双入旧巢并栖的温馨、软语商量的亲热、贴地争飞的浪漫反衬"愁损翠黛双蛾,日日画阑独凭"的女主人公独自凭栏的孤独冷清。再如周邦彦《兰陵王·柳》以柳起兴,开头描写柳阴丝丝弄碧,已含有依依惜别之意。杨柳依依,烘托送别之时的百结柔肠。而烟里弄碧,凄迷朦胧之境中烘托出迷离怅惘之别情,正是"不辨是情是景,但觉烟霭苍茫"②。再如周邦彦《六丑》(正单衣试酒)正如黄苏所言,该词"自叹年老远宦,意境落寞,借花起兴。以下是花是自己,比兴无端,指与物化,奇情四逸,不可方物。人巧极而天工生矣。结处意致尤缠绵无已,耐人寻绎。"③比兴手法的使用增强了这些宋词名篇审美情感表现的蕴藉与委婉。

二、妙用比兴书写抽象情思

形象化抒情的比兴之法除了妙用于以上宋词名篇中的咏物词之外,它同样是其他名篇中惯用的表现手法。试看比兴法在表现宋词名篇中的经典主题"愁"的情况。当然境界的营造是宋词名篇愁情重要的烘托手法,如"落花人独立,微雨燕双飞"之境中,主人公的愁绪不言自明。前已论及,此不复论。

---

①　(清)许昂霄:《词综偶评·宋词》,"大酺"条,见唐圭璋:《词话丛编》,中华书局2005年版,第1554页。

②　(清)周济:《宋四家词选目录序论·附录》(宋四家词选眉批),见唐圭璋:《词话丛编》,中华书局2005年版,第1647页。

③　(清)黄苏:《蓼园词评》,"六丑"条,见唐圭璋:《词话丛编》,中华书局2005年版,第3095页。

这里重点讨论比兴手法下宋词名篇言愁的手法及其所呈现的审美情感特质。"愁"是情绪体验,它是无形无影、无色无味的。我们发现宋词名篇中采用比兴手法言愁主要通过以下两种形式。

其一,巧摹动态中形象化对愁的心理体验。这表现为将愁这一情绪体验比喻为可以凭主体意志挪移的物,如秦观《踏莎行》:"砌成此恨无重数"。词人将愁恨的累积用一"砌"字来形容,增强其可感性;再譬如李清照《武陵春》中"只恐双溪舴艋舟,载不动,许多愁",将愁比喻为连船都载不动的东西,衬托愁之深重而难以消除。

其二,妙取物象渲染氛围烘托愁绪。飞絮、丝雨、流水、春草、海等意象常常被用来烘托环境,比喻愁情。"离愁渐远渐无穷,迢迢不断如春水"(欧阳修《踏莎行》);"飞红万点愁如海"(秦观《千秋岁》)都是写愁名句。再如贺方回"试问闲愁都几许,一川烟草,满城风絮,梅子黄时雨"。兴中有比,"一川烟草"是二三月之间景物,"满城风絮"是三四月间景物,"梅子黄时雨"是四五月间景物,以历时如此之长的景物喻说不尽的愁,而且这些物象迷迷蒙蒙,如同无所不在的迷离情思与绵绵愁绪。它们随风飞舞的形态,变幻不定的特点往往能引发人心中莫名的,若有所失的惆怅感。主人公幽居之中无人共度,空想伊人的相思怀人之愁情,含蓄不尽、意味深长。可见,妙用比兴一方面极大地增强了宋词名篇的艺术魅力,另一方面对于宋词名篇审美情感委婉深沉、细腻幽曲的特点形成也起着十分重要的作用。

以上我们探讨了宋词经典名篇中抒情的时空模式、比兴手法及其对宋词经典的艺术魅力和深曲之审美情感风貌的影响。当然,宋词经典名篇呈现出何种审美风貌,并不单纯局限于某一种表现手法的运用,譬如合理想象、虚实相生、对比映衬、移情通感,甚或是一些程度副词的恰当使用也对审美情感特质的形成起着重要的作用并促进作品与读者心灵的共鸣。如"一片深情,低回往复,真不厌百回读也"①的晏几道《鹧鸪天》(彩袖殷勤捧玉钟),采用对比映衬和虚实相生的手法,短短55字中包蕴着昔日深情和今日相思。上片,极言当年浓情蜜意、心心相印,歌女尽情歌舞,通宵达旦,其多情、兴奋,可以想见。下片言别后夜夜相思、相忆之深。而不期重逢,却似信非信,疑在梦中,乃举灯相照,可见惊喜交集之状。梦乃疑为真,真乃疑为梦,虚实相衬,极婉转蕴藉、曲折细腻。再如李清照《武陵春》(风住尘香花已尽)上片言景、事、情之不堪,妙用移情通感之法,下片尤以"闻说""也拟""只恐"三处转折,合理想象传神表达抒情主人公痛苦哀愁之深。宋词名篇中,不同的艺术手法巧妙运用,共同构筑了宋词名篇的美,但不得不说,时空转换模式和妙用比兴手法确实是最典型最具宋词名篇艺术特色的两种方式。

---

① (清)陈廷焯:《词则辑评·闲情集》卷一,见孙克强:《清词话全编》(12),凤凰出版社2019年版,第184页。

第四章　宋词名篇的经典品质

人类的感物之情,古今相通。文学经典,这些记载人类心灵的精妙篇章,千百年来永远长青的重要因素便在于其所蕴含的丰富的人生体验和智慧以及其中穿透人类精神和心灵的审美力量。宋词名篇能够贯通古今人心,与后代的读者产生超越时空的共鸣,其蕴含于文本内部那些古今不易的审美力量以及浸润着个体生命体验的情感和智慧,便是其内在动力之源。毫无疑问,经典作品中的思与情必然是个性真切的生命体验,必然是人类心灵普遍易感的情愫,故而独创性与普遍性的融合是一个极其重要的经典品质。同时,艺术性是作品感动人心的催化剂,经典名篇艺术上的浑成性与多样性是又一不可或缺的经典品质。宋词经典名篇的经典品质的彰显程度如何呢?

第一节　独创性和普遍性

宋词经典名篇的独创性是明显的,或突出体现于表现手法上的新颖,或体现于表现手法的拓展,或体现于审美情感、艺术境界的独创开拓。词人"真实的主体性"显现在宋词经典名篇之中。这是宋词经典名篇生命力穿越时空的重要条件。独创性给人耳目一新的感觉,同时,情感思想方面的普遍性则唤起千千万万接受者内心深处的共鸣。独创性和普遍性,看似矛盾的两端实则和谐地统一于宋词名篇中。

一、独创性

文学经典毫无疑问应当具有高度的艺术表现力,其艺术表现必须具独创性和典范性,"任何一部要与传统做必胜的竞赛并加入经典的作品首先应该具有独创魅力"①。文学经典的独创性的呈现有赖于作家个人独特的人生体验,有赖于作家独特的艺术创造,从而给读者提供某些前人未曾提供过的审美感受,并因此给后世作家的创造提供典范。

独创性,在于对流俗的偏离,"差不多每一种伟大艺术的创作,都不是投合而是要反抗流行的好尚"②。对流俗的偏离并不意味着作家凭自己的主观任意性故意生产些稀奇古怪的东西,独创性必须绝对排除主观任意性,应该特别和偶然幻想区别开来。"独创性是和真正的客观性的统一,……从一方面看,这种独创性揭示出艺术家的最亲切的内心生活;从另一方面看,它所给的却又只是对象的性质。"③独创性应该是"在所表现的对象里同时也表现出他自己最真实的主体性"④。也就是说,伟大作品的独创性就在于表现他自己"最真实的主体性"。文学作品是表现心灵的艺术,在人类的心灵体验中存在着诸多普遍性的情感,但是不可否认的是每个个体对任何一种情感的体验都存在着个体差异性。世界上没有两个完全相同的心灵。从这个意义上讲,表现了作家"最真实的主体性"的作品毫无疑问是独创的,所谓"吐纳英华,莫非情性"⑤。人是一个无法逃离各种规定性的社会存在。笔者以为,"最真实的主体性"不仅仅包含着创作主体内在主观的情性,还熔铸着影响作家所浸染的社会文化、审美思潮等外在因素,它们共同造就独特的"最真实的主体性"。文学作品表现什么,表现得怎么样和怎样表现很大程度上取决于创作主体

---

① [美]哈罗德·布鲁姆:《西方正典》,江宁康译,译林出版社 2005 年版,第 5 页。

② [德]格罗塞:《艺术的起源》,蔡慕晖译,商务印书馆 1998 年版,第 13 页。

③ [德]黑格尔:《美学》第一卷,朱光潜译,商务印书馆 1997 年版,第 373 页。

④ [德]黑格尔:《美学》第一卷,朱光潜译,商务印书馆 1997 年版,第 374 页。

⑤ (南朝梁)刘勰著,范文澜注:《文心雕龙注》卷六,体性第二十七,人民文学出版社 1962 年版,第 506 页。

"最真实的主体性"。"最真实的主体性"于作品中不仅表现为蕴含着独特人生体验的审美情思,别具一格的审美风格,更突出地表现为彰显个性的独特的艺术手法运用。

需要注意的是,就宋词经典名篇艺术独创性而言,由于名篇的生成受多方面因素的影响,文学作品本身的审美特质只是其中的一项影响因素之一,而且排名亦有前有后,因而纵观100首宋词经典名篇并不是所有的名篇都具有相等的独创性,即使是十大名篇其独创性亦有强弱大小之别。然从表现"最真实的主体性"看,宋词经典名篇则都是独创之作,具有划时代、开新风的名作的独创性远远超出其他同类型作品。笔者拟分三个层面,以作家为经、名篇为纬试析宋词经典名篇的独创性特征的表现。

首先,宋词经典名篇独创性极强的作品是艺术表现具独特性且彰显着作者深厚文化底蕴和独特人生经历的词章。

譬如名篇排行榜第一的《念奴娇》(大江东去),表现出和当时词坛流行之风截然不同的面貌,开创一代词风,属于名篇中极具独创性这一类型。该词的意、情、境和表现手法在词坛都具有鲜明的独特性。词发展至北宋神宗时,是本色词唱主角的时代。很多词人沿袭着晚唐五代以来所形成的词学传统,视词为小道,以艳情为表现对象,描写的景物环境局限于香闺深闺、庭院楼阁,很多词作都是男性词人以女子口吻作的代言体,侑酒娱情、"聊佐清欢"被视为词的表现功能。苏轼则将词带入了一片更广阔的表现天空,"一洗绮罗香泽之态,摆脱绸缪宛转之度,使人登高望远,举首高歌,而逸怀浩气,超乎尘垢之外"[1]。当然苏轼词作中大部分的作品仍是绸缪宛转的,但他的创作昭示着宋词的一个新时代即将来临。这首赤壁怀古词就是其中最典型的代表作品,从词的艺术外象来看,这是一首"须关西大汉,执铁绰板"[2]唱的曲子,"语意高

---

[1] (宋)胡寅:《酒边集序》,见施蛰存:《词籍序跋萃编》,中国社会科学出版社1994年版,第169页。
[2] (宋)俞文豹:《吹剑录》,冯金伯:《词苑萃编》卷十一,"评苏轼大江东去"条,见唐圭璋:《词话丛编》,中华书局2005年版,第2013页。

妙,真古今绝唱"①。该词抒写的是词人自己真切的人生感受,而非代言之作,景物环境由香闺酒筵间走向大自然,"乱石穿空""惊涛拍岸",词境雄阔,是"东坡范式"的典型作品。从词创作的内在冲动来看,此词作于苏轼贬黄州时,是"是坡公雄才自放"②之作,"题是赤壁,心实为己而发"③。借对古代英豪的怀念,写自己人生失意之情,于失意之情的抒写中又见东坡豁达胸襟。这是一首充分显示了东坡"最真实的主体性"作品之一,集中体现了艺术独创性,因而千百年以来,传为绝唱,影响深远。该词不仅以豪放的风格,引领苏辛一派,而且可以说,因为此词的诞生,《念奴娇》这个词牌的影响力日渐深远,历代文人就极喜唱和此词。它又另名《酹江月》《大江东去》,皆因东坡此词内有"大江东去""一尊还酹江月"而名。东坡词除大江东去一阕外,多有佳作入名篇,而且多有创制,如以下诸篇,"明月几时有,把酒问青天"中秋词,"乳燕飞华屋,悄无人,桐阴转午"初夏词,"明月如霜,好风如水,清景无限"夜登燕子楼词,"玉骨那愁瘴雾,冰肌自有仙风"咏梅词,"冰肌玉骨,自清凉无汗"夏夜词,"有情风万里卷潮来,无情送潮归"别参寥词,"缺月挂疏桐,漏断人初静"秋夜词,"霜降水痕收,浅碧鳞鳞露远洲"重九日词等经典名篇亦多为古人推崇,被誉为"皆绝去笔墨畦径间,直造古人不到处"④。苏轼及其经典名篇的独创性获得了广泛的认可。

独创性可追踵东坡赤壁词的作品还有辛弃疾的名篇。如辛弃疾《摸鱼儿》(更能消、几番风雨)历来备受赞赏,被誉为"沉郁动宕,笔势飞舞,千古所

---

① (宋)胡仔:《苕溪渔隐词话》卷一,"和东坡赤壁词"条,见唐圭璋:《词话丛编》,中华书局 2005 年版,第 168 页。

② (清)王又华:《古今词论》,"毛稚黄词论"条,见唐圭璋:《词话丛编》,中华书局 2005 年版,第 608 页。

③ (清)黄苏:《蓼园词评》,"苏子瞻大江东去"条,见唐圭璋:《词话丛编》,中华书局 2005 年版,第 3077 页。

④ (宋)魏庆之:《魏庆之词话》,"东坡"条,见唐圭璋:《词话丛编》,中华书局 2005 年版,第 204 页。

无"①,"多少曲折,惊雷怒涛中,时见和风暖日。所以独学古今,不容人学步"②。作于词人南归后八年的《水龙吟》(楚天千里清秋)和作于词人奉表南归后 43 年的《永遇乐》(千古江山),则"慷慨豪放,一时无两"③。再譬如《鹧鸪天》(壮岁旌旗拥万夫)、《破阵子》(醉里挑灯看剑)、《南乡子》(何处望神州)、《水龙吟》(渡江天马南来)等,都极具独创性。这些作品皆充分展现了英雄词人辛弃疾独特的情感世界和审美风格。词的艺术空间由闺房、情场拓展到自然江山、军中马上。用词写人生、自然,苏轼功不可没,辛弃疾更进一步拓展了词的表现功能,抒情主人公由红粉佳人、文人志士转变为失路英雄,"笔作剑锋长",关注民族社会的忧,进而在词里开辟出雄壮的战争场面。"平戎""看吴钩""看剑""吹角连营""金戈铁马"等入词,气势雄壮,境界阔大,彻底打破了词体轻、狭、小的美学风貌。辛弃疾经典名篇的独创性不仅在于开拓了新审美风貌,更重要的是这些名篇中所展示的悲剧英雄人物形象及其情感体验是词史上独一无二的。曾"壮岁旌旗拥万夫",渡江南来,一心欲"补天裂"的英雄志士,南归后徒然地"把吴钩看了,栏杆拍遍,无人会,登临意",本欲"了却君王天下事,赢得生前身后名"却"可怜白发生","却将万字平戎策,换得东家种树书"。稼轩"沉滞下僚,满腹经纶,迄无所用","胸中积郁乃不能不以一吐为快矣"④。稼轩的禀赋个性和经历都是他者所无法效仿的。另外,稼轩名篇中表现农村乡土特色的代表作《西江月》(明月别枝惊鹊)、《清平乐》(茅檐低小)则以人物形象的丰富多彩、情态各异,浓郁的农村生活气息进一步深化了东坡词中的农家题材,亦是词史的开拓之笔。

---

① (清)陈廷焯:《云韶集辑评》卷五,见孙克强:《清词话全编》(11),凤凰出版社 2019 年版,第 128 页。

② (清)陈廷焯:《白雨斋词话》卷六,"稼轩词于雄莽中饶隽味",见唐圭璋:《词话丛编》,中华书局 2005 年版,第 3916 页。

③ (清)李佳:《左庵词话》卷上,"稼轩词"条,见唐圭璋:《词话丛编》,中华书局 2005 年版,第 3107 页。

④ (宋)辛弃疾撰,邓广铭笺注:《稼轩词编年笺注》(增订本)卷一,上海古籍出版社 1993 年版,第 36 页。

可以说,苏轼以人所难以企及的睿智超越的胸怀写词,辛弃疾则以独特经历和英雄气概入词,这都是他人所无法效仿的,因而以"最真实的主体性"为内动力的独创性在他们经典词章中的表现亦是独一无二的,这也是为什么两位伟大词人能在重本色的词学传统中脱颖而出,别立一宗,以压倒多数的综合影响力成为最伟大的经典词人的内在原因。

其次,除苏、辛别调中的经典名篇以外,宋词经典名篇艺术独创性高的本色作品当数柳永、李清照、周邦彦、姜夔、吴文英等经典词人的佳篇。作为本色词人当中的大家,他们创作的名篇的开创性虽比不上苏、辛名篇那样为词坛开辟一片新天地,但也各以创造性的手法传达各自"真实的主体性",在很大程度上推动了宋词的发展。

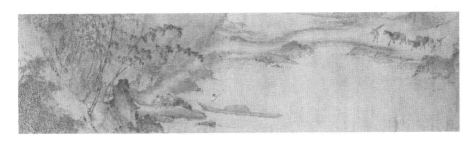

春雨富士图

柳永的名篇《雨霖铃》(寒蝉凄切)、《八声甘州》(对潇潇暮雨)、《望海潮》(东南形胜)皆是艺术独创性佳的作品。从表达的情感意蕴来看,前两首深度吻合词人长期羁旅客游的遭遇。写别后独处之景,或清幽,或萧索;独自客游之情,或凄凉,或落寞;怀念情人的绵邈之思,功业无成的深沉悲慨,皆词情真切而动人。从审美风格看,则三首词各具特色。《雨霖铃》最宜"十七八岁女郎,执红牙板"而歌,而《八声甘州》沉雄壮阔,"不减唐人高处",《望海潮》的富丽非凡之笔,写城市繁华,在宋词中亦属稀见。从抒情手法来看,柳永入选宋词名篇前100名的这三首作品皆善于铺叙展衍,通过空间的转换,刻画主人公的内心情感,或以心理活动转换为脉络,通过联想将来、回忆过去将不同时空中的景物情境和人物的情感体验组合起来,超越了唐五代以来以小令为主的抒情技巧,丰富了词的表现手法,推动了宋词进程,深远地影响着后世慢词的创作。

周邦彦入选前100名的作品共15首,《兰陵王》(柳阴直)、《六丑》(正单衣试酒)、《满庭芳》(风老莺雏)、《瑞龙吟》(章台路)、《花犯》(粉墙低)、《少年游》(燎沉香)等皆是历来颇受关注的作品。这些名篇基本上代表了周邦彦在宋词领域所取得的成就。《花犯》《六丑》皆为其首创之调,《瑞龙吟》(章台路)创双拽头的体制,而以上诸多篇章中亦多见词人善于以故为新,点铁成金的手法,借鉴融合前人诗句的特点。词人在炼字、造句、谋篇方面成就突出,佳处如"长条故惹行客……别情无极"[《六丑》(正单衣试酒)]用意用笔极奇。表现手法上继承柳永开创的慢词,更多用曲笔、逆入的方式,在现实与过去、将来,此地和彼处,自我与他者之间回环往复,纵横交错,构成一个完美的艺术整体。进一步发展了柳永慢词的铺叙之法。错综复杂的章法结构传达出深婉、细腻、幽深的主观情绪体验,悱恻动人,将顿挫之法锻炼得炉火纯青,在熔铸着他生命体验的同时彰显其艺术上的独创性。

李清照10首作品入选100首宋词名篇,《声声慢》(寻寻觅觅)、《如梦令》(昨夜雨疏风骤)、《醉花阴》(薄雾浓云愁永昼)、《一剪梅》(红藕香残玉簟秋)、《凤凰台上忆吹箫》(香冷金猊)等名篇在词史上拥有很高的影响力。她以女性身份写爱情生活和个人愁绪,婉而不媚,清而不俗,是真正的闺情绝调,艺术独创性相当高。如李清照《声声慢》,连下十四叠字,历来为人所称颂。"连下叠字无迹,能手"①,"创意出奇如此"②。叠字体,后人效之者甚多,然去易安俱远。整首词"写一天之实感。一种茕独恓惶之景况,动人魂魄"③,这种境况是这位女词人真实的生活和内心写照,是其"真实主体性"的表现。李清照《如梦令》,"绿肥红瘦"造语极新,又含无限凄婉,深合这位处于深闺之中的

---

① (明)陆云龙:《词菁》卷二,见邓子勉:《明词话全编》,凤凰出版社2012年版,第5085页。

② (宋)罗大经:《鹤林玉露》乙编卷六,"诗叠字"条,见《宋元笔记小说大观》(第五册),上海古籍出版社2001年版,第5308页。

③ 梁启勋:《词学》(下编),"促节之回荡"条,中国书店1985年版,第22页。

女主人公的惜花伤花之情。再如李清照的《醉花阴》(薄雾浓云愁永昼)一词据说曾被赵明诚与自作词50阕混在一起,但仍被其友陆德夫一眼评出高下,此虽来源于笔记小说,但"帘卷西风,人比黄花瘦"确实是易安独到之语,极具易安艺术个性。李清照的这些名篇历来为人所称道的很大原因,也正是缘自其词的独创性——表现手法的新颖和易安"真实主体性"的结合。

姜夔有《扬州慢》(淮左名都)、《齐天乐》(庾郎先自吟愁赋)、《暗香》(旧时月色)、《点绛唇》(燕雁无心)等6首作品入选经典名篇100首。姜夔在词史上以清刚、疏朗、清空、骚雅等美学风神别开生面,影响深远。其《暗香》《疏影》二词在咏梅词中被张炎誉为"前无古人,后无来者,自立新意,真为绝唱"①之作。他气体超妙,独有千古,艺术独创性从审美风格、表现技巧等诸多方面得以体现。入选的名篇或见其意趣所归,志之所之。他"用健笔写柔情,情深韵胜,不用粉泽浓妆,丰神独绝","艺术成就颇高,确可称一代巨匠"②。艺术上创新和"最真实的主体性"在姜夔的名篇中妙合无垠,彰显着作品的独创性。

吴文英入选100首宋词名篇的作品是《风入松》(听风听雨过清明)和《南楼令》(何处合成愁),另外能典型地代表他艺术独创性的还有列名篇榜136和148位的《八声甘州》(渺空烟四远)、《莺啼序》(残寒正欺病酒)。吴文英的词有意打破时空序列,调动各种感官的感受渗入艺术创作,用丰富的想象和奇特的联想,虚实杂糅,沉挚之思隐于闪烁迷离的抒情表现中。这种手法虽易让读者如坠云中,因而有"七宝楼台"之讥,但在中国古代文学的艺术表现手法中确是独树一帜的,赏赞者认为"梦窗立意高,取径远,皆非余子所及"③。而随着现代文学解读理论的发展,吴文英这种具有鲜明个性的独创性越来

---

①　(宋)张炎:《词源》卷下,"杂论"条,见唐圭璋:《词话丛编》,中华书局2005年版,第266页。

②　唐圭璋:《姜夔评传》,见《中国历代著名文学家评传》,山东教育出版社1980年版,第556页。

③　(清)周济:《宋四家词选目录序论》,见唐圭璋:《词话丛编》,中华书局2005年版,第1644页。

受到更多的关注。

另外，不仅上述名家的名篇深合独创性的特点，其他名篇亦然。譬如，宋词经典名篇中的咏物词是集中体现了独创性的一批作品。除了上述苏轼、周邦彦、姜夔等人的咏物词外，譬如史达祖《双双燕》（过春社了）、《绮罗香》（做冷欺花）、晁冲之/李邴《汉宫春》（潇洒江梅）、张炎《解连环》（楚江空晚）、章楶《水龙吟》（燕忙莺懒芳残）等作品亦妙合物性与人情。而其他名篇如晏几道《鹧鸪天》（彩袖殷勤捧玉钟）、《临江仙》（梦后楼台高锁）善于化用前人诗句，亦显词人的"痴"的性情品格，富创造性的是他吸收慢词时空跌宕的表现手法，将令词表现得曲折有层次。贺铸《青玉案》"一川烟草，满城风絮，梅子黄时雨"既创造性地化用前人诗句，又创造性地运用了楚骚的比兴之法，余味无穷。秦观《踏莎行》（雾失楼台）、《满庭芳》（山抹微云）、《千秋岁》（水边沙外）借艳情寄身世之感，牢骚之情，词的发展史上，这亦颇具独创性。欧阳修《朝中措》（平山阑槛倚晴空）、《采桑子》（群芳过后西湖好）等赏玩中隐含着对人生美好之情的眷恋与悲慨，豪放中有沉着之致亦是别具一格。

总之，宋词经典名篇中的绝大部分作品都是自抒性情之作，少代言体。独创性——"最真实的主体性"典型地体现于宋词经典名篇中。宋词经典名篇中除上述苏、辛、周、柳、李、姜、吴等人的名篇因各自的独创性在词史上影响深远外，其他的亦有各自独特的姿态，此不一一列举。

二、普遍性

文学是人学。生死、爱情、童心、母爱、荣誉、勇敢、同情心、爱国情等永恒的人性一代代相传，一次次感动不同的读者。真挚而深刻地传达独特的个体人生体验的独创性是重要的经典品质，但成为一代经典名篇，作品个性化表达中必然含蕴着普遍性的人生体验。经典的作品总是让读者能够从中找到一种似曾相识的情感体验，仿佛作品展示出来的世界就是自己的心灵故乡，这种揭示出人类普遍性心灵体验的"还乡感"是经典名篇的又一个重要品质。童庆炳就曾指出："在作品艺术价值方面，还必须考虑到某些文学经典写出了人类共通的'人性心理结构'和'共同美'的问题。就是说,某些作品被建构为文学经典,主要在于作品本身以真切的体验写出了属人的情感,这些情感是人区别于动物的关键所在,容易引起人的共鸣。"①这充分强调了人类普遍共通的情思的艺术性表达对于经典名篇的重要意义。

古人曾云:"每览昔人兴感之由,若合一契……后之视今,亦犹今之视昔。"②又云:"尝思感物之情,古今不易。"③每个独立个体生命中的情感体验会情随境迁,每个人的人生感触亦不尽相同,但人类却有着普遍共通的情感体验和哲理认知。经典名篇一方面能传达出个体独特的人生感受,另一方面亦能表现出普遍共通的人类情感和哲思。而如果仅囿于抒发一己之感受,未能通过造境写意等艺术表现手法将其升华至人类普遍共通的情感体验,则其难以成为广为人知的经典名篇。

宋词名篇中的情感表达往往既能形象地表现出个体生命的独特感受,又能巧妙地将其升华至人类普遍共通之情感体验。譬如李清照《如梦令》(昨夜雨疏风骤)一词,造语新奇,曲折有致,问答有味,极有创意,特别是"知否、知否,应是绿肥红瘦"历来备受称赏。但这首词最终成为经典名篇一方面缘于艺术上的创新出奇,另一方面在于词人既委婉表达了闺中人惜花伤春的个体体验,又能唤起受众对于美好事物的无可奈何地无情消逝的感伤。也就是说,这首词的情感既极具闺阁女子的个性特点,又通过曲折有致的问答和典型意象的抓取刻画,传达出了人类普遍共通的情感。由此,这样的作品总会不断唤起后代接受者共情共鸣的情感体验,产生穿越时空的生命力。又如秦观《鹊桥仙》"两情若是久长时,又岂在朝朝暮暮",用语极富创意,前人早已指出此特点,如李攀龙云:"相逢胜人间,会心之语,两情不在朝暮,破格之谈。七夕歌以双星,会少别多为恨。独少游此词谓'两情若是久长时,又岂在朝朝暮

---

① 童庆炳:《文学经典建构的内部要素》,《天津社会科学》2005 年第 3 期。
② (晋)王羲之:《兰亭集序》,见《晋书》卷八十,中华书局 1977 年版,第 2099 页。
③ (宋)晏几道:《小山词自序》,见施蛰存:《词籍序跋萃编》,中国社会科学出版社 1994 年版,第 52 页。

暮'二句,最能省人心目。"沈际飞云:"独谓情长不在朝暮,化臭腐为神奇。"①同时,这首词极写世间多情儿女的痴心,所传达出来的是千百年来牵动无数痴情人普通共通的对美好爱情的神驰向往,因而千百年来脍炙人口。

这种极具个性与普遍共通性的情感赋予了宋词名篇感动人心的力量。"但愿人长久,千里共婵娟"(苏轼《水调歌头》),是古往今来无数有情人的美好愿望,"大江东去,浪淘尽,千古风流人物"(苏轼《念奴娇》)引发时光流逝中多少敏感心灵对人事代谢的深沉感叹!"待从头,收拾旧河山,朝天阙"(岳飞《满江红》)又曾唤起国家民族处于危难之时的多少志士仁人们的昂扬斗志!再如南宋后期刘辰翁"诵李易安《永遇乐》,为之涕下","每闻此词,辄不自堪。遂依其声,又托之易安自喻"②。李清照《声声慢》(冷冷清清),令读者觉得"动人魂魄"③;秦观《踏莎行》一词"杜鹃声里斜阳暮"令读者"尤堪断肠"④;周邦彦《齐天乐》"绿芜凋尽台城路,殊乡又逢秋晚"令读者"黯然销魂"⑤。诸如此类贯通古今人心的情思在宋词经典名篇不胜枚举。

伟大的作家善于书写自己独特的人生体验,借助高超的艺术表现手法,将自己的个人感受普泛化,用审美的形式实现个体性情感和人类普遍性情感的统一,从而唤起潜藏于读者内心深处,仿佛无限遥远的记忆,引发读者心理上的共鸣。那些传达了真切独特的个体情感体验和人生思考,既具独创性又具普遍性的经典品质让宋词经典名篇的生命力生生不息、代代相传。

---

① 点评秦观《鹊桥仙》(纤云弄巧)之语引自吴熊和:《唐宋词汇评·两宋卷》,浙江教育出版社 2004 年版,第 704 页。

② (宋)刘辰翁:《须溪词》,上海古籍出版社 1998 年版,第 345 页。

③ 梁启勋:《词学》(下编),"促节之回荡"条,中国书店 1985 年版,第 22 页。

④ (清)徐釚:《词苑丛谈》卷三,上海古籍出版社 1981 年版,第 49 页。

⑤ (清)陈廷焯:《云韶集辑评》卷四,见孙克强:《清词话全编》(11),凤凰出版社 2019 年版,第 97 页。

第二节 多样性与浑成性

笔者此处所指的多样性与浑成性是相对于经典品质中的艺术境界而言的。艺术境界由情、景二元构成,境界的浑成在于巧妙地处理好了情、景关系,从而造成情景两契,融为一体的美感。天地万物与我并生合一是重要的中国传统思想,这种哲学观投射到古典诗歌中,体现为情景交融的美学追求。创作主体在内心情绪的引导下,自觉或不自觉地选取某些景物,营造出一定的情感氛围,便形成一定的艺术之境,情和景高度融合时,那便是有境界而自成高格了。

艺术境界,是关乎着艺术水准高低的一杆秤,也是影响艺术作品经典化的重要因素。人类的大脑似乎对形象的东西有着先天的敏感。有生气、有韵味的形象画面更有利于读者沉浸于作者所营造的氛围中,有利于调动读者各种感觉,能让读者更深刻地体味作品所传达的情感意绪,从而有利于作品生命力的延伸。

古典韵文体裁中,诗词有别,“诗显而词隐,诗直而词婉,诗有时质言而词更多比兴,诗尚能敷畅而词尤贵蕴藉”,词侧重于表现那些“人生情思之尤细美者”①。诗有诗境,词有词境。当词体尚未完全定型而成为独立的文学体式时,词境的美学取向就不同于诗境了。诗境阔,词境细;诗境显,词境隐。杨海明、邓乔彬、吴惠娟等学者在谈论唐宋词美学特征时都谈到了这点。缪钺则更形象地描述道:“以天象论,斜风细雨,淡月疏星,词境也;以地理论,幽壑清溪,平湖曲岸,词境也;以人心论,锐感灵思,深怀幽怨,词境也。”②从诗境到词境,是从犷放、恢宏到细腻、精微,由追求气势转而追求情韵。那么,宋词经典名篇的艺术境界的特色如何呢?

---

① 缪钺:《缪钺说词》,上海古籍出版社1999年版,第4—5页。
② 缪钺:《缪钺说词》,上海古籍出版社1999年版,第10页。

一、多样性

宋词经典名篇中所构建的艺术境界具多样性,雄奇、壮丽、苍茫、幽寂、凄冷、萧索、迷离、明丽、空灵、恬静、热闹、繁华、温馨等,诸多词境各显神韵。概括起来约略可归为以下四种类型。其一,词境阔大的,包括那些境界雄奇、壮丽、苍茫的。这类词境是在抒情主人公的悲慨愤懑或豪迈超脱的情绪体验下所产生的一个情感场。100 首名篇中有 18 首词中出现此种类型,譬如苏轼《念奴娇》(大江东去)、辛弃疾《水龙吟》(楚天千里清秋)、王安石《桂枝香》(登临送目)、范仲淹《渔家傲》(塞下秋来风景异)、张孝祥《念奴娇》(洞庭青草)等,其中绝大部分属于风格雄豪或清旷的别调词。其二,静隐之境,是抒情主人公哀怨幽深、缠绵悱恻之愁情投射下所产生的境界。宋词经典名篇共有 54 首词所构建的词境属此类型,为数量最多的一类。这种词境以本色词居多,如李清照《声声慢》(寻寻觅觅)、柳永《雨霖铃》(寒蝉凄切)、姜夔《扬州慢》(淮左名都)、秦观《踏莎行》(雾失楼台)、贺铸《青玉案》(凌波不过横塘路)等。其三,乐境。这种境界是抒情主人公或内心宁静超脱、或情绪的乐观开朗的产物,也包括那类哀情衬以乐景之境的境界。如柳永《望海潮》(东南形胜)、宋祁《玉楼春》(东城渐觉风光好)、李清照《如梦令》(昨夜雨疏风骤)、辛弃疾《清平乐》(茅檐低小)、周邦彦《少年游》(并刀如水)等。其四,经典名篇中有少部分作品是直接用抒情或议论的表现手法,词境不显,如李清照《武陵春》(风住尘香花已尽)。需要指出的是,并不是每一首经典名篇中的境界都是单一的,其中有一部分词作中可能出现的境界有两种以上。譬如史达祖《双双燕》(过春社了),描写燕子的那是一片明丽之境,而描写佳人的则是属于凄冷之境了。像这种类型,我们统计时以该词主要景物所构筑之境为主境,而不以抒情主人公的感情为移,如《双双燕》一阕,则归类到乐境中。

值得注意的是,宋词经典名篇的艺术境界一方面可谓是丰富多彩;另一方面又特色明显,幽寂、凄冷、萧索、迷离为特色的静隐之境是其显著特色。对比唐诗经典的艺术境界,这个特点更为明显。(按以上四种类型归类,唐诗宋词名篇的艺术境界,如图4-1所示。①)

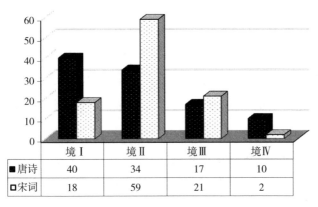

	境Ⅰ	境Ⅱ	境Ⅲ	境Ⅳ
■唐诗	40	34	17	10
□宋词	18	59	21	2

图4-1　经典唐诗宋词境界比较

唐诗名篇和宋词名篇的艺术境界表现出较大的差异,如图4-1所示,100首名篇中唐诗名篇之境以阔大者居多,而宋词名篇之境则以静隐者为主。而影响效应极大的十大名篇中,唐诗经典之阔境八首,静隐之境二首;宋词十大经典之境,阔境三首,静隐之境五首,其他二首。这基本上体现了唐诗和宋词取境的差别,反映出两种文学体裁所彰显的不同风貌。这也约略可见唐人和宋人的整体心态。境阔者,大多以外在自然之景为构境要素,属外倾型心态的表现;境隐者大多取景于亭台楼阁、深闺内院,属于内倾型心态的外化。

二、浑成性

宋词名篇的艺术境界又一个重要特点是,不论是静隐之境,还是阔大之境,大多情景交融,境界浑成。情境两偕使读者在具体可感的浑成之艺术境界中和主人公的情感相感发,共鸣共感,作品由此焕发出旺盛的生命力。

宋词经典名篇不同的艺术境界涵容着不同的情感,但皆情景交融,境中含

---

① 图中横坐标所示为境界类型,纵坐标所示为诗词篇数,黑柱代表唐诗,白柱代表宋词,表格中的数值分别是经典名篇一百首中唐诗宋词在不同境中各自所占的篇数。

情,情境两偕。静隐之境者譬如周邦彦《瑞龙吟》"归骑晚,纤纤池塘飞雨。断肠院落,一帘风絮",纤纤风雨中柳絮飞扬,迷离之境中触发人悠扬之情思,仿佛满目全是像柳絮一样缭乱的"离愁意绪"。再如秦少游《踏莎行》"雾失楼台,月迷津渡",缘情写景,雾、月、楼台、津渡诸意象即展现出一幅凄冷迷茫、黯然销魂的画面。月色朦胧中,迷迷朦胧的雾气隐去了楼台,渡口显得迷茫难辨,既展现出谪居生活中寂寞凄清的环境,又衬托出主人公怅惘孤独的心境。欧阳修《蝶恋花》一词,"庭院深深"、帘幕重重,所居之境幽深静寥,"杨柳堆烟"、"雨横风狂"、乱红纷飞,境界迷离,愈衬幽深迷离之境中女主人公的孤寂落寞之情。再如柳永《雨霖铃》"杨柳岸,晓风残月"所构之词境涵容"客情之凄凉,风景之清幽,怀人之绵邈"①,情景交融,境界浑成。凄凉之境,难堪之情,产生"惝恍迷离,不能自主"②的艺术效果,感动人心。

阔大之境者如辛弃疾《水龙吟·登建康赏心亭》,"此阕悲壮苍凉,极咏古能事"③,千里清秋,秋水无际的阔大词境中涵容的是词人心系天下却报国无门、英雄失路的悲愤之情,境界浑成。范仲淹《渔家傲》(塞下秋来风景异),上片写塞外秋来之景,苍茫无际,境界阔大。然落日孤城,飞雁南翔,边声四起,燕然未勒,苍茫之境中含凄凉之意,情景相契。再如张孝祥《念奴娇》(洞庭青草)、苏轼《水调歌头》(明月几时有),阔大高远之境中含纳旷逸超脱之情。乐境者如辛弃疾《西江月》(明月别枝惊鹊)、宋祁《玉楼春》(东城渐觉风光好),清丽欢快之境中涵愉悦乐观之情的,周邦彦《少年游》(并刀如水)温馨之境中含缱绻柔情蜜意的,艺术境界皆浑然一体。

宋词经典名篇浑成的艺术境界的营造最主要的方式即在于根据情感的需要,恰当地选取不同时间和地点的景物,营造出风格各异的艺术境界。

---

① 俞陛云:《唐五代两宋词选释》,见吴熊和:《唐宋词汇评·两宋卷》,浙江教育出版社2004年版,第65页。

② (清)沈谦:《填词杂说》,"词贵于移情"条,见唐圭璋:《词话丛编》,中华书局2005年版,第629页。

③ (清)李佳:《左庵词话》卷上,"辛词永遇乐"条,见唐圭璋:《词话丛编》,中华书局2005年版,第3108页。

在宋词名篇中，那些娇嫩、轻盈且带着淡淡愁思，映射着创作主体伤感、孤寂、柔约的审美心理和情趣的景物，如微雨、晓风、远山、残月、飞絮、杨柳、落红、浮萍、孤雁、帘幕、重门等，往往成为构筑幽寂、凄冷、萧索、迷离的静隐之艺术境界的主要意象。贺铸《青玉案》写幽居怀人，锦瑟年华，无人共渡，"月桥花院，琐窗朱户"，境极岑寂。史达祖《绮罗香·咏春雨》营造出由绵绵丝雨编织而成的迷离朦胧境界，抒写惜花伤春之情。如李清照"满地黄花堆积……梧桐更兼细雨"，落花、细雨、梧桐，哀景叙悲情。李清照《念奴娇》一阕中，"萧条庭院""斜风细雨，重门须闭""楼上几日春寒，帘垂四面"亦借助于庭院、重门、垂帘、风雨，构建了一个深幽之境，衬托主人公慵懒、寂寞之情。同时，时间和地点的选择对艺术境界的营造也有着十分重要的意义。一天中不同的时间，一年中不同的季节以及不同的地方带给人的情绪体验是不同的。我们可以看到，宋词经典名篇中，抒发孤寂、凄凉之情时，总是爱将事件发生的时间安排在梦后酒醒之时，或深夜、或黄昏、或天曙等静谧时分。所谓宁静则致远。在静谧的状态下，人的思绪往往能穿越时空的阻隔而翩翩飞扬。在浮喧消逝的夜的寂静之中，内心深处情感的渴求最易被感发。一静境往往愈衬深情。就地点而言，则依赖于庭院楼台、小桥幽林、深闺香闺、月下柳前等深微幽隐的地方。如"渐黄昏，清角吹寒，都在空城……波心荡，冷月无声"（姜夔《扬州慢》），空城寒角，碧波冷月，词境凄寂，而黄昏月下，越添冷清之感。再譬如"一场愁梦酒醒时，斜阳却照深深院"（晏殊《踏莎行》），"风不定，人初静，明日落红应满径"（张先《天仙子》），"梦后楼台高锁，酒醒帘幕低垂"（晏几道《临江仙》），恰当的时间、地点的景物为主人公情绪的抒发作铺垫，也让读者感发类似情感体验。

阔大之境中抒壮志豪情，清旷之境中述清兴逸致，其浑成的艺术境界的营造亦得力于恰当地选取时、地、景，营造情境两偕之境。如以大江大河为背景的王安石《桂枝香》（登临送目）、辛弃疾《菩萨蛮》（郁孤台下清江水）、辛弃疾《永遇乐》（千古江山）、苏轼《念奴娇》（大江东去）；以战场塞外为地点的范仲淹《渔家傲》（塞下秋来风景异）、张孝祥《六州歌头》（长淮望断）、辛弃疾《破阵子》(醉里挑灯看剑);以乡村郊外为依托的辛弃疾《清平乐》(茅檐低小)、宋祁《玉楼春》(东城渐觉风光好)等名篇中,抒壮志豪情者相应的艺术境界的构成物多是那些恢宏的景物,如长江大河、浩渺湖泊、苍茫边塞、乱石惊涛、长烟孤城,抒发清兴逸致则多是乡村郊外、花间溪边、玉鉴琼田、天上宫阙等远离红尘喧闹之所。其中所抒之情与时、地、景所构成艺术境界均交融契合,浑然一体。

古典诗词的艺术境界的建构,景物是其结构的重要元素,情感是其活性因子,情景交融、缘境引情是其重要法则。宋词经典名篇的这种浑成之境不仅和抒情主人公的心境相映照,使创作的情绪得到更好的发泄,同时,情景相融的浑成境界又使得后代的读者容易产生心灵的共感共振,这些经典名篇的生命力因此而生生不息。

综上所述,宋词名篇一方面具有意蕴内涵的丰富性,艺术情感的独创性与普遍性,思想、情感和艺术性的契合的浑成艺术境界等文学经典所具有的普遍特性而穿越时空流传后世;另一方面具有源自于词体文学这个母体而不同于诗、文等其他文体经典的个性特征。

从思想情感看,宋词经典在离别相思的真挚爱恋中,焕发出明显的个性解放的色彩,体现出更高层次的对女性价值的体认;在恢复故土、感念家国的理想追求和壮志难酬的苦闷悲愤中,在深沉的黍离之悲和桑梓之恸的感叹中蕴含着强烈的社会忧患意识和责任感;在对人生忧患的感悟和超越中表现出深刻的生命感悟和睿智的处世之道,当中既有惜春悲秋的忧生悲慨中闪烁着的生命喜悦,又有对缺陷人生的理性认识却悲而不沉、乐观旷达的人生取向。其审美情感特质则无论是婉约名篇,还是豪放清旷之作,其情感表现基本上彰显出词体文学的独特的要眇婉转、含蓄曲折的深曲特性。这种特性又和宋词名篇跌宕起伏的时空结构与比兴手法的巧妙运用密切相关。宋词名篇主题、情感和艺术方面的特点又共同促成了艺术情感的独创性与普遍性融合、境界的多样性与浑成性兼有的经典品质。

总之,一方面,宋词名篇在表达人类永恒的爱情、友情、亲情、爱国情等各种真挚情感和人生哲理等主题,营造情景交融、浑然一体的艺术境界,在表现独具个性又具人类普遍共通性情感等方面,毫无疑问具有文学经典的共性;另一方面,在相关主题涉及的角度和深广层次、情感特质的深曲、艺术时空的起伏变换等方面融入了宋代独特的时代文化和宋词独特的文体品格,具有区别于和诗、文等其他文学经典不同的特质,在中国文学史上具有独特的魅力而影响深远,生命力绵绵不绝。

中编 文本细读:宋代名家词的阐释

作为宋代一代之文学,词承载了宋人的日常生活审美中的种种生命体验,沉淀着宋型文化的厚重内涵。同时词作为一种起源于民间流传于市井的艺术样式,宋代的文人士大夫一方面在这种被视为小道末技的文体中书写着一种不同于诗文的思想情感,另一方面又自觉或不自觉地将个体的丰厚学养和源于文化传统的审美观念融入词的创作中,不经意地改变着词的本质。宋代的文化名人的传世词作因此而具有独特的历史文化价值和艺术价值。笔者拟以欧阳修、陈师道、陈亮三位宋代名家的传世词作为例,尝试从不同的视角阐释宋词的内涵特征。

第五章　欧阳修词的时间书写
与"深致"之美

　　人的活动,不论是社会实践还是心理意识,无一能逃离时间而存在。"历史和生命,最终都需要定格在时间的结构里——时间其实是人类本身的结构。"①时间意识由于如此紧密地与人的心灵和精神相连,因而对于一切文化艺术活动具有不可或缺的意义。文学,是心灵反映世界的最直接的艺术方式之一,时间意识在此获得了典型而集中的表现,诸如伤春、悲秋、惜时、叹老、别离、伤逝、追忆、悼亡、咏史、怀古等主题,无不打上时间的烙印。日本学者松浦友久在《中国诗歌原理》中也曾指出:"时间意识对于把抒情与韵律作为客观表现对象的诗歌来说,具有最为有效而又持续的'抒情源泉'的功能。"②从时间意识的表现形态——时间书写方式的视角观照文学,当不失为对作家作品进行阐释的有效途径之一。这或许有利于更深层而真实地接近创作主体的心态、情境,揭示作品和世界、作家与风格的关系。

---

　　①　[英]泰瑞·伊果顿:《文学理论导读》,吴新发译,书林出版有限公司1995年版,第85页。

　　②　[日]松浦友久:《中国诗歌原理》,孙昌武、郑天刚译,辽宁教育出版社1990年版,第3页。

第一节　欧阳修词中的时间书写方式

文学作品中的事件或审美情感总是在一定方式的时间书写中完成的。通常，创作主体或用纪实性的手法述当下事抒当下情，或用追忆的笔调书写曾经的往事，或展开想象的翅膀思来者而书写将来可能发生的事情。不同的创作主体的作品中，或偏重于某一种，或三种形式灵活组合，因而时间书写的方式在不同作家的作品中各有特色。关于欧阳修的词，时间书写方式则主要表现为以下类型。

一、平铺式书写

这是时间书写中表现形式最为单一的方式，即是那种以纪实性的手法，按时间发生的先后顺序平铺直叙，述写当下场景或多个场景中所发生的事件，抒发主人公即时性的感受。这种时间书写方式合并空间书写的话则包含上编提及的平面型与流线型时空书写模式。

词人青年时期于洛阳任西京留守推官时作的这首《减字木兰花》即属于此类：

> 画堂雅宴。一抹朱弦初入遍。慢捻轻笼。玉指纤纤嫩剥葱。　拨头撼利。怨月愁花无限意。红粉轻盈。倚暖香檀曲未成。

这首词只是简单地叙述了歌舞筵席上的一个场景，依次写琵琶女的演奏过程，表现侑酒歌女高超熟练的琴艺、哀怨琴曲和忧愁心事，时间书写完全遵循经验生活中的时间逻辑。

需要指出的是有的词述写的场景不止一处，结构较为复杂，但不同场景之间的变换与经验世界中的时间吻合，不存在时间的大幅度的翻转跳跃，时间书写亦属于平铺式。如作于早期的《御街行》：

天非华艳轻非雾。来夜半、天明去。来如春梦不多时,去似朝云何处。乳鸡酒燕,落星沉月,鼧鼧城头鼓。　　参差渐辨西池树。朱阁斜欹户。绿苔深径少人行,苔上屐痕无数。遗香余粉,剩衾闲枕,天把多情赋。

　　这首词写了三个场景中的情事。其一,主人公与女子晚间梦幻般的约会情形。其二,约会即将结束之场面:星沉月落,城头鼓声纰纰、天色将晓、西池树丛渐明之时主人公斜倚画阁朱门,目送女子离开。其三,女子离开后男主人焦虑而孤独地等待及多情主人公的失落与惆怅。很明显,这三个场景中发生的事情及主人公的感受都是按时间顺序发生的,词中没有任何刻意将时间艺术化处理的表现,完全遵循经验生活中的时间逻辑将所发生的事与情用平铺直叙的方式表现出来。

牧牛图

这种类型的时间书写方式在欧阳修的词中被广泛地运用,欧词中大量写闺怨相思、艳情离别、筵席欢乐的词基本上都是采用这一方式。写新婚甜美生活的《南歌子》(凤髻金泥带)、咏歌伎舞女的《蝶恋花》(帘下清歌帘外宴)、《减字木兰花》(歌檀敛袂)、(楼台向晓)、(画堂雅宴),咏琵琶的三首《玉楼春》,咏节序的《御带花》(青春何处风光好)、《越溪春》(三月十三寒食日)、《渔家傲》(乞巧楼头云幔卷)、《蓦山溪》(新正初破),述闺怨之情的《玉楼春》(江南三月春光老)、(湖边柳外楼高处)、(别后不知君远近)、《虞美人》(炉香昼永龙烟白)、《渔家傲》(对酒当歌劳客劝)等,在诸如此类的词中,都是采用纪实性的手法,按照经验生活中的时间逻辑叙事、写景、抒怀,它们中涉及的时间大多与生活中的时间吻合,时间跨度大的通常也限于一天之内。

平铺式的时间书写方式由于采用纪实性的手法,遵循经验世界中的时间逻辑,因此涉及的心理时间与客观世界中的物理时间并不冲突。但以下两种类型的时间书写则具有明显的主观建构性。它们不同于经验世界中的时间,而是心理体验式的,主体此时突破生活中实存时间的限制,徜徉于"过去—现在—未来"的时间长河中,古人所谓"寂然凝虑,思接千载;悄然动容,视通万里"①"收视返听,耽思傍讯,精骛八极,心游万仞"②便是对文学作品中时间的这种超越性的形象化描述。具体表现在欧阳修的词中,则又有以下两种形式。

二、静态化书写

在这一种书写方式中,场景往往也是单一的,但和平铺式书写不同,这里的场景中主体没有遵循时间先后顺序活动的迹象,时间在此处仿佛是静止的。此时的宁静往往突破经验生活中物理时空的局限,带主体进入一种永恒的审美时空中,俗世的繁华与喧嚣似乎绝尘而去,心灵与宁静之境此时仿佛合而为

① (南朝梁)刘勰著,范文澜注:《文心雕龙注》卷六,神思第二十六,人民文学出版社1962年版,第493页。
② (晋)陆机:《文赋》,见金涛声点校:《陆机集》卷一,中华书局1958年版,第1页。

一,于是主体此时体验到的审美时间仿佛无限延伸。

欧阳修的西湖鼓子词《采桑子》中几首写西湖静谧之美的词中的时间书写就具有上述特点。如第一首所描写的:

> 轻舟短棹西湖好,绿水逶迤。芳草长堤。隐隐笙歌处处
> 随。　　无风水面琉璃滑,不觉船移。微动涟漪,惊起沙禽掠岸飞。

词人对堤岸和湖面的自然风景进行全景式的扫描,一轻舟、一短棹、一片绿水、一堤芳草、一派悠悠笙歌、几只惊飞沙禽,构筑了一清幽宁静的场面,尤其是"微动涟漪,惊起沙禽掠岸飞",以动写境,更突显其境之幽静。在这片幽静的审美世界中,审美的心灵忽略了时光的流逝,主人公陶醉在这片静谧的山水自然中,以致竟产生"无风水面琉璃滑,不觉船移"的审美感受。此时,时间与空间一起仿佛凝滞了,经验世界中时间的流动性在此时审美之境中是静止的,客观生活中的时间在词人的主观世界中被无限延伸了,其悠然于山水间的情致也随之延展。

《采桑子》第八首上下两片两个场景中的时间书写也都具有静态化的特点。"天容水色西湖好,云物俱鲜。鸥鹭闲眠。应惯寻常听管弦。"上片描绘的天光水色中,鸥鹭自由自在地在岸边休憩。笙歌阵阵,不时响起,却没有惊扰闲眠鸥鹭。此处,没有事件的发生发展经过,没有人的介入,也没有经验世界中依照"过去——现在——将来"这样的次序的时间流逝,完全是一片审美化的悠然之静境。下片中所描写的"风清月白偏宜夜,一片琼田。谁羡骖鸾。人在舟中便是仙",写主人公在月白风清之夜泛舟湖上的感受。清风吹拂,在皓月的映照下,西湖之水澄静得如晶莹剔透的玉鉴琼田。此时天上月色与水中月色融为一体,此种境界下,红尘俗世的一切纷纷扰扰都会烟消云散。"谁羡骖鸾。人在舟中便是仙",既是一种浪漫的幻想,也是在水月一体的澄明之境的感发下,抒情主人公审美感受的自然抒发。这里人虽然出现了,但仅是以抒发此时审美感受的姿态发言,亦没有经验世界中按逻辑先后次序流逝的时

间,此处的审美时间仍然是静态化的。

静态化的书写方式在欧词中数量最少,《全宋词》所收录的 240 首欧词①中,如上所述西湖鼓子词《采桑子》中写静谧之美的词也寥寥无几,或许因为在欧阳修生活的时代,主要用于雅集宴饮之时"娱宾而遣兴"②的曲子词,其文化品格与宁静悠远的审美特征实在相距太远。

三、跳跃式书写

这是主观建构性最强的一种时间书写方式。在这一方式中,文学作品中出现的场景往往不止一处,场景与场景之间的时间与客观世界中经历到的物理时间完全不同,时间在此处或被浓缩、或被错合,具有巨大的跳跃性。这种时间书写方式与空间书写合并观察的话则类同宋词经典名篇时空模式的变换型。"观古今于须臾,抚四海于一瞬"③就是对跳跃性时间书写的生动说明。这种时间书写方式具有巨大的表现力,因为随着时间之流有意识地被浓缩、错合,作品的意蕴内涵、情感张力亦会自然而然地随之跌宕起伏,此时,主体对曾经发生过的事件的体会并不会随着时间的消逝而消失,反而会由于今昔的强烈对比而深化,而相应地对未来的憧憬也更具有感动人心的力量。

在欧阳修的词中,这样的时间书写并不少见。如青年时期在洛阳写的《少年游》④:

去年秋晚此园中。携手玩芳丛。拈花嗅蕊,恼烟撩雾,拼醉倚西

---

① 欧阳修词别集《近体乐府》和《醉翁琴趣外篇》中的作品,历来有不少存疑之作。本章以唐圭璋先生的《全宋词》所录为准。

② (宋)陈世修:《阳春录序》,见施蛰存:《词籍序跋萃编》,中国社会科学出版社 1994 年版,第 15 页。

③ (晋)陆机:《文赋》,见金涛声点校:《陆机集》卷一,中华书局 1958 年版,第 2 页。

④ 此首或被认为是代言之作,今依王水照和崔铭的《欧阳修传:达者在纷争中的坚持》(天津人民出版社 2008 年版)第 52 页所述及严杰的《欧阳修年谱》,系为明道二年怀念胥氏之作。

风。　　　今年重对芳丛处,追往事、又成空。敲遍阑干,向人无语,惆

怅满枝红。

此首词可能作于明道二年(1033),他的第一位妻子,年仅 17 岁的胥氏夫

人逝世之后。词作所涉及的物理时间实际上在一年之前,但在主人公再次踏

足花园重对芳丛的时候,同一地方的两幕场景在主人公眼前浮现:去年秋晚携

手芳丛,无比浪漫甜美;今年独自对花,无限伤感惆怅。一年前和一年后的同

一空间呈现的不同情景在主人公重返此园时浓缩于一块,两种截然不同的情

感在浓缩的瞬间强烈冲击着主人公的心理,所造成的沉痛之情以巨大的感染

力冲击心灵。再如《临江仙》一词的时间书写则不仅涉及过去和现在,还涉及

将来,也具有明显的跳跃性特点:

记得金銮同唱第,春风上国繁华。如今薄宦老天涯。十年歧路,
空负曲江花。　　　闻说阆山通阆苑,楼高不见君家。孤城寒日等闲
斜。离愁难尽,红树远连霞。

释文莹《湘山野录》卷上载:"欧阳公顷谪滁州,一同年(忘其人)将赴阆

倅,因访之,即席为一曲歌以送,曰:'记得金銮同唱第(笔者按:全词略)'。"①

据此,则此词作于 1045 年十月至 1048 年闰正月期间,即欧阳修贬滁州期间,

为送别远赴阆州任通判的同年而作。词上片展现了两种场景:一为"金銮同

唱第",在繁华汴京春风得意,一为人渐老而仕途连蹇、薄宦天涯。而这两情

景实际间隔的物理时间是十年,但在词人的艺术表现下,十年前迅速跳跃到十

年后,在心理体验中则化为一瞬。意气风发的十年前与落魄无奈的当下几乎

同时触动主体的心灵。由于十年浓缩为一瞬的跳跃性书写,曾经的得意更美,

---

① (宋)释文莹:《湘山野录》卷上,见《宋元笔记小说大观》(第二册),上海古籍出版社
2001 年版,第 1395 页。

此刻的失落更伤,"十年歧路,空负曲江花"就是这种失落之情深化后的深沉慨叹。这首词下片的时间书写也是跳跃性的。词人从送别的现场转到了友人将去的处所与旅途,由现在跳跃到了想象中的将来,孤城寒日、霜染红林、余霞满天,时间的跳跃性书写中包含无尽离愁,显得深婉多致。

第二节　欧阳修词"深致"审美特色

欧阳修是有宋一代词坛大家,其词在词史上具有承前启后的意义。他的词内容广泛,涉及闺愁别绪、自然风光、节令时序、人生感慨等诸多方面,若从风格方面讲,或绮艳,或俚俗,或清旷,或娴雅,或深婉,或疏俊,或豪放。以其风格的多样性,欧词可谓是上承晚唐五代①,下启苏轼、秦观②,在词史上产生了较深远的影响。欧阳修词的主题表现、审美风格与时间书写方式之间有没有联系呢?

笔者以为,两者之间的联系是肯定的,总体上看以上三种时间书写方式,那些或俗或雅、或艳或丽,有关宴饮冶游的词和代人立言的相思闺怨之作多采用的是平铺式的时间书写方式。静态化的时间书写则往往与娴雅静谧的山水题材的词相关。这两个特点已如上述。而那些感慨人生、自抒怀抱的词,尤其是其中被认为具有"深致"之特色的词,则基本上运用到了主观建构性最强的跳跃式的时间书写方式。换言之,欧词中的"深致"之作很大程度上得益于跳跃式时间书写方式的运用。显然,时间主观建构意识的介入,让这部分作品或情深绵邈,或意蕴深厚,或深婉多致。相对于当时词坛普遍流行的通俗冶艳之风,这部分"深致"之词仿佛如水面风荷,亭亭而举,备受赞赏。

欧词的"深致"之美,早为词学批评者所提及并首肯。此处致是"态"的意

---

① "欧阳公词,飞卿之流亚也……未尽脱五代风气。"(陈廷焯:《词坛丛话》,"欧词未脱五代风气"条,见唐圭璋:《词话丛编》,中华书局 2005 年版,第 3721 页)
② "宋至文忠,文始复古……即以词言,亦疏隽开子瞻,深婉开少游……超然独鹜,众莫能及。"(冯煦:《蒿庵论词》,"论欧阳修词"条,见唐圭璋:《词话丛编》,中华书局 2005 年版,第 3585 页)

思,所谓"深致",就是深沉、深刻、深婉之态。欧词之"深致",意为欧阳修的词具有情感表现深沉、深婉而思想意蕴丰富深刻的特征。欧词中那些"深致"之作中的时间书写方式具体表现如何呢?

一、言情而深沉绵邈、哀婉动人之作的时间书写

欧词中言情而深沉绵邈、哀婉动人者,其时间书写基本上都表现出明显的跳跃性。除了上述《少年游》(去年秋晚此园中)外,这种现象还存在于不少词中。同为追忆之作中脍炙人口的《生查子》(去年元夜时)亦是此中典型。这首词写约会,或被认为是景祐三年(1036)词人怀念他的第二任妻子杨氏夫人的作品。词中描述了两幕时间跨距一年之久的场景:去年那个"花市灯如昼"的上元之夜,主人公与恋人在月光柳影下,两情依依,柔情万种;今年花市依然灯如昼,只是伊人不见,只余惆怅的他忧伤地悲悼他的爱情,在灯火辉煌中,独自潸然,泪落春衫。在此处,因为追忆场景与当下场景碰撞,过去窜入现在,审美时间跳跃性明显。而由于这种主观建构的过去场景的介入,曾经的美更让人心碎,当下的悲更让人神伤,词中的相思之情表现得深沉而哀婉动人,铸就"深致"特色。再譬如念友感怀之作《采桑子》:

> 画楼钟动君休唱,往事无踪。聚散匆匆。今日欢娱几客同。　　去年绿鬓今年白,不觉衰容。明月清风。把酒何人忆谢公。

这是一首抒发念友伤逝之情的词,或为宝元二年(1039)谢绛逝世后的作品,字里行间蕴含着深切真情。词中的审美时间书写同样具跳跃性,并且影响着词作"深致"的形成。"往事无踪,聚散匆匆""去年绿鬓今年白,不觉衰容"之语亦暗含将经验世界中的绵长时间压缩于心理时间之一瞬的意思,在"往事无踪""聚散匆匆""今日欢娱几客同"的感叹中,过去亦窜入现在,此时抒情主人公心理时间中的曾经与现在的种种体验无疑交织在一起。这份感叹中隐含着主人公面对当下宴会欢娱,不禁神驰昔日好友雅集同乐的曾经岁月的跳

动思绪;感叹中仿佛让人可以想见当年洛中好友诗酒畅怀的浪漫岁月。因而这份感叹中往事如烟、友朋凋零的伤感显得如此深情而感人。词下片"去年绿鬓今年白,不觉衰容"的伤逝之悲中,主人公心理体验中去年与今年的时间亦是错合于一处的。在主观建构的时间书写中,主人公感受到"绿鬓"与"白发"仿佛瞬间改变,彰显主人公所历的人世的沧桑与磨难。如此,此词不仅包含着念友的深情,亦饱含着深沉的人生感受,进一步突出"深致"特色。

二、抒怀而意蕴深刻者的时间书写

欧词中抒怀而意蕴深刻者亦与跳跃性的时间书写密切相关。譬如西湖鼓子辞《采桑子》的最后一首:

> 平生为爱西湖好,来拥朱轮。富贵浮云。俯仰流年二十春。　　归来恰似辽东鹤,城郭人民。触目皆新。谁识当年旧主人。

此首词当作于宋神宗熙宁四年(1071)六月致仕归颍后。词中的时间跳跃了20余年。宋仁宗皇祐元年(1049)春词人"来拥朱轮"自扬州徙至颍州上任的场景,20余年后退居颍州无人识得当年太守的情形,都浓缩于词人当下的心理体验中。"俯仰"一词,尤其明显地表明20余年的时间之流浓缩为一瞬的感受。一瞬间,20余年"历事三朝,窃位二府,荣宠已极而忧患随之,心态索然而筋骸惫矣"①的种种沧桑世事,人生风雨,浓缩于"俯仰"一瞬的主观世界中。这一瞬之间包含着词人"平生为爱西湖好"的西湖情结,包含着已然看透功名富贵,一心寄于云水却纠结于人生苦短的词人的深沉慨叹。遂令一首仅40余字的小令包含着深刻的人生体验和巨大的信息。

再如词人重过洛阳写的一首《采桑子》中的时间书写同样的具有鲜明的

---

① （宋）欧阳修:《思颍诗后序》,见李逸安点校:《欧阳修全集》卷四十二,中华书局2001年版,第600页。

主观建构的特点——跳跃性：

> 十年前是尊前客，月白风清。忧患凋零。老去光阴速可惊。　　鬓华虽改心无改，试把金觥。旧曲重听。犹似当年醉里声。

这首词作于宋仁宗庆历四年（1044），距离宋仁宗景祐元年（1034）词人西京留守推官任满离洛的实际时间是十年。从词中书写内容看，由"旧曲""金觥"触动的追忆之弦，让词人心理感觉十年一瞬，所谓"老去光阴速可惊"。一"速"字，将十年前月白风清与洛中好友诗酒酬唱、豪饮的激情岁月，十年以来的知交零落、忧患加身的困顿失意，全挤压于词人瞬间的心理时间中，仿佛可见从初仕洛阳到庆历四年，欧阳修人生的种种沧桑[1]：仕途上经贬谪夷陵、外放滁州之变；亲情方面，历胥氏和杨氏两位夫人辞世、幼子夭亡以及妹夫张龟正逝世之伤；友情方面，饱受洛中友人钱惟寅、谢绛、石延年和张先[2]等先后谢世之恸。词作深沉的情感体验和丰厚的人生意蕴与时间书写的主观性跳跃不无关系。

三、筵席游戏之作的时间书写

由于时间书写强烈的主观性跳跃，即便是筵席游戏之作，欧阳修也将情感体验表现得深婉多致。《渔家傲》十二月鼓子词，本为宋英宗治平初年（1064）前后，时任参知政事的词人在太尉李端愿府宴上所作，但其中第四首由于跳跃性时间手法的运用，不论从艺术上还是思想上都极具"深致"特色。

> 四月园林春去后。深深密幄阴初茂。折得花枝犹在手。香满袖。叶间梅子青如豆。　　风雨时时添气候。成行新笋霜筠厚。题

---

① 参见刘德清：《欧阳修纪年录》，上海古籍出版社 2006 年版。
② 此张先非词坛享有盛誉，号称"张三影"的乌程人张先，而是博州人，曾与欧阳修同在洛阳为官。

就送春诗几首。聊对酒。樱桃色照银盘溜。

词作首先描绘了一幅春去夏来绿树成荫的图景，表现初夏盎然生机。接着，词人构建了一个生动的场景来表现主人公对春逝夏至的感受。"折得花枝犹在手。香满袖。叶间梅子青如豆。"主人公从春天折来的花枝还拿在手里，花的香气还飘盈在衣袖之间，林间梅子遽然已青青如豆了。这是用夸张想象手法构建的一个充满诗意的想象画面。在这被极度浓缩的时间里，两种不同的场景交融碰撞，形象表现了季节更替、时光流动的飞逝之感。在这极度浓缩的时间里，有春天逝去的怅惘，有夏季骤至的惊喜，以致下片写初夏生机都更令人心情激动，真可谓构思巧妙而意蕴丰富，颇具深婉之致。

松枝黄鹂图

由于时间书写的跳跃性而具"深致"特色之作在欧阳修的词中数量并不少，如"十年一别流光速，白首相逢。莫话衰翁。但斗尊前语笑同。　　劝君满酌君须醉，尽日从容。画鹢牵风。即去朝天沃舜聪"（《采桑子》）；"相别重相遇，恬如一梦须臾。尊前今日欢娱事，放盏旋成虚。　　莫惜斗量珠玉，随他雪白髭须。人间长久身难得,斗在不如吾"(《圣无忧》);"把酒祝东风,且共从容。垂杨紫陌洛城东。总是当时携手处,游遍芳丛。　　聚散苦匆匆,此恨无穷。今年花胜去年红。可惜明年花更好,知与谁同"(《浪淘沙》)。诸如此类的词作中的时间都具有打破人们经验生活中时间秩序的特征,具明显的跳跃性,而且都因其明显的时间主观建构性而涵容着深情深意。

林纾指出:"欧文之多神韵,盖一追字决。追者,追怀前事也……抚今追昔,俯仰沉吟,有令人涵咏不能自已者。"[1]"欧公一生本领,无论何等文字,皆寓抚今追昔之感。"[2]套用其语,欧词之多深致者,亦盖一追字决。当然这里的所谓"追",既指追往日,亦指追来者。"追"实际上就是时间书写跳跃性的一种表现。时间的跳跃——回忆与展望,总是带主体进入两种或以上的场景或情境,此时的艺术表现自然而然地会淡化事件细节,淡化叙述而寓情于景,通过场景与情境的交融碰撞表现情与意,从而有利于形成深婉多致的艺术效果。同时,对于不断流逝的时间而言,现在感的产生来源于回忆与展望,所以追思曾经、憧憬将来,都更易让主体更关注于人的内心世界,让人的情感显得更加深沉,思绪变得更加深刻。所以,时间书写具跳跃性的欧词自然也更容易形成"深致"的审美特点。

第三节　欧阳修词时间书写与"深致"
特色的内在动因

以上,笔者所论的是艺术创作手法与作品审美表现之间的联系,欧词的"深致"之美毫无疑问与跳跃性的时间书写方式有关。不过,这仅是对欧词审美表现的表象的探析,因为真正促使一种审美特征形成的是支配艺术创作手

---

① 林纾选译:《林纾选评古文辞类纂·河南府司录张君墓表》,浙江古籍出版社1986年版,第345页。

② 林纾选译:《林纾选评古文辞类纂·张子野墓志铭》,浙江古籍出版社1986年版,第355页。

法后面的动因。那么,欧词中那些具"深致"之美的词为什么会不自觉地表现出时间书写的跳跃性,这是欧阳修的词学观念在起主导作用还是有其他因素在不自觉地支配这种手法的运用呢?

一、对时间的敏锐体悟与生活阅历而非词学观影响欧词之时间书写

客观上讲,欧阳修的词虽然以其风格的多样性"疏隽开子瞻,深婉开少游",在一定程度上表现出了突破晚唐五代词学传统局囿的开拓性,但从主观上讲,欧阳修仍然将词的功能看做娱乐、消遣之用,亦未摆脱词为艳科的观点。欧阳修200多首词中,3/4为代言之作,而且大部分词的内容不外乎就是写筵席之乐、歌舞之欢、游宴之趣。即便是欧词中那些触及时间本身并由此追问人生的作品,也表现出了与诗文同类题材迥然不同的价值取向。在欧阳修的诗文中,人生盛衰死亡的焦虑是以儒学传统意义上的立功、立德、立言来消解的。他出于这样的动机作《集古录》:"若愚家所藏《集古录》,尝得故许子春为余言:'集聚多且久,无不散亡,此物理,不若举取其要,著为一书,谓可传久。'余深以其言为然。"①他晚年编定《居士集》时:"用思甚苦。其夫人止之曰:'何自苦如此,当畏先生嗔耶?'公笑曰:'不畏先生嗔,却怕后生笑。'"②他著《六一诗话》认为"得所附托,乃垂于不朽"是人生之幸。③ 在这里,欧阳修是以不朽为追求目标的。这种论调时时见于他的诗文中,如他对王安石说:"平生所怀,有所未必,遂恐为庸人以死尔。"④贬夷陵时,致书尹洙合撰《五代史》时

① (宋)欧阳修:《与刘侍读原父》,见李逸安点校:《欧阳修全集》卷一百四十八,中华书局2005年版,第2420页。
② (宋)沈作喆:《寓简》卷八,见《丛书集成初编》,中华书局1985年版,第61页。
③ (宋)欧阳修:《诗话》,见李逸安点校:《欧阳修全集》卷一百二十八,中华书局2001年版,第1954页。
④ (宋)欧阳修:《与王文公介甫》,见李逸安点校:《欧阳修全集》卷一百四十五,中华书局2001年版,第2367页。

说:"吾等弃于时,聊欲因此粗申其心,少希后世之名。"①重读《徂徕集》感慨:"不若书以纸,六经皆纸传"②。而纵观欧词,在思索时间流逝与生命价值时,在对人生困境的彷徨中,并无立功、立德、立言的不朽之论,表现出的是尽情享受当下、珍惜眼前快乐的态度,彰显欧阳修将词视为娱乐小道之技的观念。如六首联章组词《定风波》,乃把酒花前惜花惜春之作,词中所唱"对酒追欢莫负春""今岁春来须爱惜。难得。须知花面不长红""暗想浮生何时好。唯有。清歌一曲倒金尊"等词句清晰地传达出组词的主题便是感叹春光易逝、花开易谢、好景难常、韶光易逝,因此劝人把握美好时光,尽情玩赏而勿负韶华。这种主题在欧阳修词中处处可见,如"白首相逢。莫话衰翁。但斗尊前语笑同"(《采桑子》)、"人生聚散长如此,相见且欢娱"(《圣无忧》)、"莫惜斗量珠玉,随他雪白髭须。人间长久身难得,斗在不如吾"(《圣无忧》)、"浮世歌欢真易失,宦途离合信难期。尊前莫惜醉如泥"(《浣溪沙》)。

可以这样说,欧阳修承袭的是晚唐五代以来视词为娱情佐欢之用的观点。那些时间书写具跳跃性且有"深致"特色的词并不是在某种新的词学观念的主导下创作完成的。可以看到欧词中有些具有明显时间跳跃性特征的"深致"之作多是"娱宾遣兴"的词学观念支配下创作而成的。如《蝶恋花》一词:

> 尝爱西湖春色早。腊雪方销,已见桃开小。顷刻光阴都过了。
> 如今绿暗红英少。　　且趁余花谋一笑。况有笙歌,艳态相萦绕。
> 老去风情应不到。凭君剩把芳尊倒。

这首晚年居西湖时作的伤春感怀词由乐景入笔,词情由乐而哀,变而为旷达,转而为无奈,将迟暮之人赏春时的复杂心情表现得细致入微。其中主人公

---

① (宋)欧阳修:《与尹师鲁第二书》,见李逸安点校:《欧阳修全集》卷六十九,中华书局2001年版,第1000页。

② (宋)欧阳修:《重读徂徕集》,见李逸安点校:《欧阳修全集》卷三,中华书局2001年版,第46页。

的伤春之情便是浓缩在审美感受的瞬间。从冬雪消融、桃绽蓓蕾的初春到绿叶苍翠、红花凋零的暮春,这在词中主人公的体验中仅是"顷刻"光景。但从下片所描述的"笙歌""艳态""芳尊"等内容表明这首具有跳跃性时间特色的词也是宴饮游乐的产物。再譬如西湖鼓子词《采桑子》十首如欧阳修在《西湖念语》中自言的那样就是在"敢陈薄伎,聊佐清欢"①的观念下完成,但其中"平生为爱西湖好"一词便是具时间跳跃性的"深致"之作。上述《渔家傲》十二月鼓子词的第四首"四月园林春去后",也是在太尉李端愿府宴上的游戏之作。

由此可见,并没有一种别样的词学观念影响欧阳修词让他有意识地采用跳跃性的时间书写方式创作"深致"之词,那么,导致欧词艺术手法上不自觉地采用跳跃性时间书写并导致"深致"之美学特征的原因是什么呢?笔者以为,上述艺术手法与审美表现的结合主要是创作主体对时间的敏锐体悟作用于他的生活阅历的结果。

欧阳修对时间的体悟是极其敏锐和深刻的,欧阳修在自抒己怀时,往往贯注着强烈的时间意识,其作,无论诗、词、文,但凡涉及朋友聚散,时光易逝,世事无常的时间主题时总是写得情深绵邈,意蕴丰富。陈衍在《石遗室论文》五中甚至感叹道:"欧阳永叔,全写友朋交好零落可悲之情。"②而综观欧阳修一生经历,可谓不平凡而充满沧桑。他是北宋一代文宗,诗文革新运动的领袖,开一代文学新风,他又是经学家、史学家,并驰骋北宋政坛,官至参知政事。但是他人生坎坷不平,四岁丧父,两试不中。入仕后,他饱受官场倾轧之苦,遭受非议、中伤、贬谪。此中种种,研究颇多,兹不复赘。种种人生遭际在敏感的心灵中碰撞的时候,人生阅历越丰富,则当下与曾经越易产生联想,也更容易感发将来之念。沉淀在心灵深处的人生体验一旦与当下发生联系,作品中的审美时间自然而然地会表现出更多的主观建构性,表现出与经验生活中的时间

---

① 唐圭璋:《全宋词》,中华书局1999年版,第153页。
② 王水照:《历代文论》第七册,复旦大学出版社2007年版,第1327页。

不同的或浓缩或错合的跳跃性,词作亦便自有"深致"。

二、欧词具时间跳跃性的"深致"之作与人生阅历的联系

欧阳修词具时间跳跃性的"深致"之作与人生阅历的紧密联系至少表现在以下几个方面:

其一,时间书写具跳跃性的"深致"之作多为欧词中的自言体词。

《全宋词》收录的欧阳修 240 首词中,大部分是代言之作,自抒情怀的词有 60 多首。欧词时间书写的跳跃性主要体现在这些自抒情怀的词中。书写自我情怀的作品与创作主体的生活体验的紧密联系是毋庸置疑的。

欧词中"深致"之作大抵都与词人的生活阅历相关。上述《少年游》(去年秋晚此园中)很可能是明道二年(1033)词人追思他的第一位妻子、年仅 17 岁而逝的胥氏夫人的作品。《浪淘沙》(把酒祝东风)是景祐元年(1034)欧阳修西京留守任满离洛之时,感慨亲友离散之作。《生查子》(去年元夜时)则是景祐三年(1036)前后词人怀念情人或悼念他的第二任妻子杨氏夫人所作。《采桑子》(十年前是尊前客)是宋仁宗庆历四年(1044)词人离开洛阳十年后重归旧地的感慨。《临江仙》(记得金銮同唱第)作于 1045 年十月至 1048 年闰正月,欧阳修贬滁州期间,是为送别远赴阆州任同判的同年而写。《采桑子》(平生为爱西湖好)及《蝶恋花》(尝爱西湖春色早)都是宋神宗熙宁四年(1071)六月致仕归颍后词人西湖情结的自我书写。时间书写的这种跳跃性特点在欧阳修自抒己怀的词作中确实不在少数。譬如词人在伤春中感叹,"急景流年都一瞬。往事前欢,未免萦方寸"(《蝶恋花》),在故人欧世英过访时感慨"十年一别须臾"(《圣无忧》),在好友刘敞即将赴任扬州时写道"手种堂前垂柳,别来几度春风"(《朝中措》)。凝聚着词人无限美好回忆的《玉楼春》(常忆洛阳风景媚)是中年词人缅怀洛阳浪漫生活的作品;"忆昔西都欢纵""白发天涯逢此景"(《夜行船》)是庆历八年(1048)与挚友梅尧臣的扬州之聚中的感慨;"人生聚散如弦筦。老去风情尤惜别。"(《玉楼春》)是晚年与老友赵概相聚时的感叹。与经验生活中的时间相比,这些蕴含着词人深切体验的作品都将曾

经与现在的场景联系起来,心理体验浓缩在当下的一瞬,时间书写都表现出明显的跳跃性。

其二,欧词中具时间跳跃性特征的"深致"之作的数量与词人的年龄成正比,而且基本上创作于景祐三年(1036)贬谪夷陵以后。

不同时期的欧词的时间书写呈现出不同的特点。早年词作一般表现为平铺式,记一时一地事情,少有场景的变换。随着年龄的增长,欧词中跳跃性的时间书写增多,尤其是自抒情怀的词作中多表现出时间的浓缩或错合。综观欧词中,那些时间书写具跳跃性特征的"深致"之作除了《少年游》(去年秋晚此园中)、《浪淘沙》(把酒祝东风)、《生查子》(去年元夜时)等少数几首词是早年居汴洛时期所作外,其余的都是词人贬夷陵之后的作品。这种现象亦说明创作主体的人生阅历对于作品时间书写方式及其所表现出来的"深致"不无关系。

在欧词中,对青年时期的生活述写集中在天圣八年(1030)至景祐三年(1036),特别是在洛阳任西京留守推官时期。欧阳修早年初仕洛阳,任西京留守推官,时任西京留守的钱惟演雅好文学,宽待属官,西京留守府聚集着一批文学才士。那时的生活可谓诗酒流连,从《孔氏野史》所载的一则逸事即可见欧阳修洛中生活情形:"欧阳永叔、谢希深、田无均、尹师鲁在河南携官妓游龙门半月不返,留守钱惟公作简招之,亦不答。"①欧阳修词《临江仙》(柳外轻雷池上雨)的本事即可见洛中生活之一斑。另外,在洛阳,欧阳修被称"逸老",自称"达老"②,由此亦可以想象那时放纵个性的浪漫生活。从总体上

---

① (宋)洪迈:《容斋随笔》卷一五引《孔氏野史》,上海古籍出版社1978年版。

② 明道元年,洛中诸友给欧阳修起了个"逸老"的外号。"逸"实际就是放纵个性,风流狂逸之意。比如"天圣、宝元间,范讽与石曼卿皆喜旷达,酣饮自肆,不复守礼法,谓之'山东逸党'。"时人以为"苟不惩治,则败乱风俗"(叶梦得《石林燕语》卷七,中华书局1984年版,第103页)。这让欧阳修非常不高兴,而写信给好友梅尧臣说:"前承以'逸'名之,自量素行少岸检,直欲使当此称。然伏内思,平日脱冠散发,傲卧笑谈,乃是交情已照外遗形骸而然尔。"(《欧阳修全集》卷一百四十九,《与梅圣俞》其三)并要求改为"达老"。笔者按,此注参陈湘琳《欧阳修的文学世界与生命情境》(复旦大学2010年博士学位论文,第227页)及王水照、崔铭《欧阳修传:达者在纷争中的坚持》(天津人民出版社2008年版,第41—42页)。

讲,欧阳修早年居洛阳、汴京的生活充满了浪漫与豪情,洋溢着青春的欢乐,人世的沧桑相对来说在词人心灵烙下的印记并不算深,因此,此时的词相对来说缺乏深刻的人生体验,少有抚今追昔的时间跳跃。

景祐四年(1037)十月至夷陵后,词人的生理年龄虽也不过 30 岁,但离开洛阳后的仕途风波和亲友相继离世让欧阳修不复曾经的意气和浪漫。伊川水、洛阳花,京洛时期的好友亲朋诗酒流连的生活,那些洋溢着理想豪情的岁月,一去不复返。事实上,欧阳修在景祐四年(1037)娶薛氏夫人后的生活状态也确实改变不少,如他自己所说:"每日区区,不敢似西都时放纵"①。之后,欧阳修在夷陵自称"迁客",在滁州自号为"醉翁",到颍州后自称"衰翁"②。这也可以看出欧阳修心态的变化。经过时间的沉淀,年轻的美好浪漫与中年后的无奈苦痛,诸如亲友离散之恸、宦游贬谪之伤、政治官场中诋毁中伤等相互碰撞,对于敏感的心灵而言,自然而然易于引发抚今追昔之叹,表现在他的词中便是在书写当下情事时不自觉地触动尘封的记忆,曾经的过去场景窜入主体当下的心理体验中,从而表现出时间的浓缩与错合现象,彰显出时间书写的跳跃性。

一代文豪的欧阳修,虽仅以其余力③作词,但对时间书写跳跃性的巧妙运用使他的词既不失词的本色特性,却又将情感意蕴表现出深沉、深刻和深婉的特点,形成让历来论词者无不称道的"深致"特色。而时间书写的跳跃性,这一促使欧阳修词"深致"特色的重要因素,在欧阳修的前期和后期、自言和代言体词作中表现出明显的差异。这表明欧词词风的变化更大程度上是主体的

---

① (宋)欧阳修:《与梅圣俞》其七,李逸安点校:《欧阳修全集》卷一百四十九,第 2447 页。

② 贬夷陵时自作《下牢津》诗则云:"迁客初经此,愁吟作楚歌。"(《欧阳修全集》卷五十二)又《望州坡》诗云:"闻说夷陵人为愁,共言迁客不堪游。崎岖几日山行倦,却喜坡头见峡州。"(《欧阳修全集》卷十)于滁州时作的《醉翁亭记》一文中自号醉翁。又有《题滁州醉翁亭》诗云:"四十未为老,醉翁偶题篇。醉中遗万物,岂复记吾年。"如在颍时有词云:"十年一别流光速,白首相逢。莫话衰翁,但斗尊前语笑同。"(《采桑子》)又有词云:"行乐直须年少,尊前看取衰翁"(《朝中措》)

③ (宋)李之仪:《姑溪居士集》卷四十,引自洪本健编:《欧阳修资料汇编》下册,中华书局 1995 年版,第 96 页。

内在因素决定的,与主体的人生阅历息息相关,与词学观并无多大关系。需要说明的是,跳跃性的时间书写与"深致"特色都不是词人刻意追求的结果,词人只是在创作时真诚地袒露了自己的内心情绪,然后凭借他的文学才华与对时间的敏锐感悟,在自抒情怀时将涌入心灵的种种艺术地表现了出来。正因为如此,欧阳修才得以在词史上占据一席之地,成为词史上的经典名家之一。而我们可以看到这样一个事实,不论是时间书写的跳跃性还是"深致",都不是欧阳修的专利,这是文学中普遍存在的现象,是优秀作品的特征之一。

第六章 欧阳修西湖鼓子词
《采桑子》的经典性

鼓子词是词体文学中一种较为特殊的形式,它通常采用联章的形式,用同一曲调反复演唱,有的也间以说白,分为只唱不说、有说有唱两种形式。宋代不少词人创作过鼓子词,譬如:赵令畤写过咏崔莺莺故事的 12 首《商调蝶恋花》,洪适用 14 首《生查子》写了《盘州曲》,吕渭老用两首《点绛唇》写了《圣节鼓子词》,张抡用 10 种词调分别咏春、夏、秋、冬、山居、渔父、酒、闲、修养、神仙,每调各 10 首,合成《道情鼓子词》。在鼓子词的创作中,欧阳修是高手。单从数量上看,《全宋词》所收录的欧阳修词中,鼓子词就颇为可观,有《渔家傲》咏 12 个月份两套 24 首,《定风波》赏花辞 6 首,《渔家傲》七夕辞 3 首,《玉楼春》琵琶辞 3 首,《采桑子》咏西湖 10 首。从艺术表现上看,欧阳修的鼓子词在用同一个曲调吟咏同一个主题的时候,单首面目各异而整个联章却浑然一体,无论写景抒情都臻于佳境。其中最为优秀的是他的十首西湖鼓子词《采桑子》,堪称鼓子词中当之无愧的经典,在全宋词中亦属佳构。

从现存的鼓子词来看,大抵是朝廷州府宴会游玩时"娱宾而遣兴"①之作,欧阳修的 10 首《采桑子》也不例外。他在组词作前的《西湖念语》中说:

---

① (宋)陈世修:《阳春录序》,见施蛰存:《词籍序跋萃编》,中国社会科学出版社 1994 年版,第 15 页。

昔者王子猷之爱竹,造门不问于主人;陶渊明之卧舆,遇酒便留于道上。况西湖之胜概,擅东颍之佳名。虽美景良辰,固多于高会;而清风明月,幸属于闲人。并游或结于良朋,乘兴有时而独往。鸣蛙暂听,安问属官而属私;曲水临流,自可一觞而一咏。至欢然而会意,亦傍若于无人。乃知偶来常胜于特来,前言可信;所有虽非于己有,其得已多。因翻旧阕之辞,写以新声之调,敢陈薄伎,聊佐清欢。①

这里,明确指出了 10 首《采桑子》乃"聊佐清欢"之作,是词人或独自乘兴而往,或与良友同游颍州西湖时所填的词。千年流传过程中,这组娱情之作从众多鼓子词中脱颖而出,最终成为流传千年而魅力不减的名篇。这组西湖鼓子词屡屡受到学者们的首肯,许霄昂、谭献、陈廷焯、王国维、夏敬观、俞陛云、刘永济、钱钟书、唐圭璋等先生或赞其遣词造句之巧,或叹其构境写意之佳。均不乏赞美之辞②。当代研究人员用定量分析的方法研究宋词的影响力,这组词中的《采桑子》(群芳过后西湖好)名列第 84 位③,是宋代众多鼓子词中唯一一首名列 100 首名篇的作品。是什么样的魅力让这组原本只是"聊佐清欢"的词作成为千百年来生命力不衰的经典作品?换言之,欧阳修这组西湖鼓子词具有什么样的经典性?

所谓经典性,指的是文学作品能穿越时空而不朽的内在属性,具体表现为审美的独创性和典范性,情感表现的真挚性与意蕴的丰富性,艺术手法的巧妙运用及情感哲思的诗性而自由地表达等特征。符合以上特征越多的作品其经典性越强。欧阳修的西湖鼓子词毫无疑问是一组具有较强经典性的组词。

---

① 唐圭璋:《全宋词》,中华书局 1999 年版,第 153 页。
② 吴熊和:《唐宋词汇评·两宋卷》第一册,浙江教育出版社 2005 年版,第 199—201 页。
③ 王兆鹏、郁玉英:《宋词经典名篇的定量考察》,《文学评论》2008 年第 6 期。

第一节　词意无一重复,艺术手法高妙

这组鼓子词,写颍州西湖秀美山水及词人优游其间的闲情逸致。词人从不同角度,采用不同的表现手法,创造了一系列情景交融的优美意境,10首词浑然一体但无一重复之意,构思不可谓不巧妙,兹录词于下:

其一

轻舟短棹西湖好,绿水逶迤。芳草长堤。隐隐笙歌处处随。　　无风水面琉璃滑,不觉船移。微动涟漪。惊起沙禽掠岸飞。

其二

春深雨过西湖好,百卉争妍。蝶乱蜂喧。晴日催花暖欲然。　　兰桡画舸悠悠去,疑是神仙。返照波间。水阔风高飏管弦。

其三

画船载酒西湖好,急管繁弦。玉盏催传。稳泛平波任醉眠。　　行云却在行舟下,空水澄鲜。俯仰留连。疑是湖中别有天。

其四

群芳过后西湖好,狼藉残红。飞絮濛濛。垂柳阑干尽日风。　　笙歌散尽游人去,始觉春空。垂下帘栊。双燕归来细雨中。

其五

何人解赏西湖好,佳景无时。飞盖相追。贪向花间醉玉卮。　　谁知闲凭阑干处,芳草斜晖。水远烟微。一点沧洲白鹭飞。

其六

清明上巳西湖好,满目繁华。争道谁家。绿柳朱轮走钿车。　　游人日暮相将去,醒醉喧哗。路转堤斜。直到城头总是花。

其七

荷花开后西湖好,载酒来时。不用旌旗。前后红幢绿盖随。　　　画船撑入花深处,香泛金卮。烟雨微微。一片笙歌醉里归。

其八

天容水色西湖好,云物俱鲜。鸥鹭闲眠。应惯寻常听管弦。　　　风清月白偏宜夜,一片琼田。谁羡骖鸾。人在舟中便是仙。

其九

残霞夕照西湖好,花坞苹汀。十顷波平。野岸无人舟自横。　　　西南月上浮云散,轩槛凉生。莲芰香清。水面风来酒面醒。

其十

平生为爱西湖好,来拥朱轮。富贵浮云。俯仰流年二十春。　　　归来恰似辽东鹤,城郭人民。触目皆新。谁识当年旧主人。

这10首词中前三首首先就形成了鲜明的对比。第一首"轻舟短棹西湖好"主要侧重写西湖的静景,表现词人陶醉于山水之间的怡然自乐之情。第二首"春深雨过西湖好"则别是一番风味,无论上片还是下片,都是描写西湖的动态之美。在对西湖动景的描述中,洋溢着词人对生活的热情,洋溢着词人对颍州西湖的喜爱。第三首"画船载酒西湖好"则采用虚实相结合的方法,用充满诗意的想象,形象巧妙地刻画了词人的醉态、醉意和醉眼中的西湖之景,以此来写春天载酒游湖之乐及乘着酒兴所见的西湖美景,而尽兴尽欢中,则透露出词人几分豪逸情致。以下几首则或写西湖的热闹繁华,或写西湖的宁静悠然,无论是闹境还是静境,均各具特色。

第四、五、九首写西湖静谧之美,其艺术手法便各不相同。其中,第四首"群芳过后西湖好"当作于欧阳修熙宁四年(1071)六月致仕归颍后。这首词的特色,俞陛云在《唐五代两宋词选释》中就曾说过:"西湖在宋时,极游观之盛。此词独写静境,别有意味。"①但与第一首中展现的清幽静谧不同,这首词展现的是繁华喧嚣、热闹绚丽之后归于平淡的宁静之美。第五首"何人解赏

---

①　吴熊和:《唐宋词汇评·两宋卷》第一册,浙江教育出版社2005年版,第199页。

西湖好"，其旨趣和"群芳过后西湖好"有异曲同工之妙。词人突出对西湖的热爱实是对西湖澄静的山水的热爱，是对西湖自在生活的热爱，但表现手法却与第四首迥异。它采取对比和以宾衬主的映衬之法，以上片为宾，下片为主，通过上片的热闹繁华映衬下片的宁静悠然之美。第九首"残霞夕照西湖好"写的则是夏去秋来，游客无踪时候的西湖景象。此时，春夏之际畅游西湖的游人已不见踪影，只有主人公凭轩倚槛，独自欣赏着西湖静谧清幽。

同样都是写西湖闹境，第二、六、七首也各具面目。第二首"春深雨过西湖好"写的是雨后西湖生机勃勃的灿烂春景及湖中美景与游宴之乐。第六首"清明上巳西湖好"则通过朱轮钿车争道、游人簪花而归的特写镜头，形象描绘了一幅颍州西湖清明上巳时期繁华热闹的风情画。第七首"荷花开后西湖好"则主要写西湖夏季荷花盛开的艳丽之状以及荷花深处的宴饮之乐，洋溢着欢快的气息，透露出作者怡然自得之情。

至于第八首和第十首则无论是情还是境都迥然不同。其八"天容水色西湖好"突出西湖鸥鸟"应惯寻常听管弦"、游人"人在舟中便是仙"，各得其乐的美好境界，表现西湖的天光水色及悠游于水国云乡的惬意。至于最后这首作于宋神宗熙宁四年（1071）致仕退居颍州时的"平生为爱西湖好"，则是直抒胸臆，写富贵浮云、物是人非的人生感慨。既表明了自己20余年对西湖的眷恋之情，又抒发了20余年后重归西湖的深沉感慨，可谓是词人西湖情结的总结。

至于各首词的遣词构意，则时有妙笔。如第一首"轻舟短棹西湖好"，在这首不足50字的小令中，通过动与静、视与听的结合，将主人公的心境与自然物境完美地结合在了一起。上阕写堤岸风景，"绿水逶迤，芳草长堤"，从视觉着笔，写西湖的幽静。而"隐隐笙歌处处随"一句又从听觉的角度写游览西湖的欢乐情调，而且"隐隐"和"处处"，形象地突出了轻舟划过水面的动感。下阕亦是先渲染西湖的静谧。在清澈而平滑的西湖水面，游人"不觉船移"。接着词人笔锋一转，写船动惊禽，划破了湖面的平静，"无风水面""惊起沙禽"，静动转换之间，展现了一派充满生机的西湖春景。再如，其三下片之"行云却在行舟下，空水澄鲜"一语，看似平常，实际上却形象而符合逻辑。它道出了天光云影倒映水中的景象,它道出了"行云"之所以看似在"行舟"之下的原因,乃是由于"空水澄鲜"。此语真可谓是妙语。再譬如,第九首之"十顷波平。野岸无人舟自横",词人巧改一字,巧用一字,便十分形象地将夕阳残照下的"静"表现了出来。"野岸无人舟自横",只将韦应物《滁州西涧》中的诗句中的"野渡"换成"野岸",这既表现了西湖之静,又合西湖无渡口之实。而"十顷波平",只一"平"字,便让我们可以想见此时的西湖,断无人荡舟其上,自然更无笙歌宴饮等人世之音。只这一"平"字,让人仿佛进入无声无息的境界。诸如此类的妙语巧思,组词中不时出现,兹不赘述。

第二节　情真意赡,娴雅中含丰富的生命体验

欧阳修的西湖鼓子词作作于颍州(今安徽阜阳)是毫无疑问的。但具体作于何时,却并不太好确认。欧阳修一生曾有三次较长时间在颍州居住。其一,皇祐元年(1049)二月从扬州徙知颍州,次年七月离任。其二,皇祐四年(1052)其母郑氏夫人去世后归颍守制。其三,熙宁四年(1071)六月致仕后归颍①。另外,治平四年(1067)闰三月欧阳修出知亳州途中,熙宁三年(1070)八月由青州赴蔡州任的途中,他先后分别到颍州停留了一个月左右。② 考词意,此10首联章组词,当非作于同一时期。又据《西湖念语》可知,词人晚年退居颍州时将其整理成章。

事实上,不论是身在何处,颍州的山山水水是欧阳修心灵的栖息所。而且,越是经历了宦海生涯中的荣宠、毁誉、忧患,他对颍州的眷念越深。他自己曾在《思颍诗后序》中明确地说:"宋皇祐元年春,余自广陵得请来颍,爱其民讼简而物产美,土厚水甘而风气和,于时慨然而有终焉之意也。迩来俯仰二十年,历事三朝,窃位二府,宠荣已极,而忧患随之,心志索然而筋骸惫矣。其思

---

① 刘德清:《欧阳修纪年录》,上海古籍出版社 2006 年版,第 220、243、463 页。
② 刘德清:《欧阳修纪年录》,上海古籍出版社 2006 年版,第 418、450 页。

颍之念,未尝一日稍忘于心。"①所以,10 首词虽非作于一时,但可见欧阳修对颍州山水的喜爱,"……西湖好"的咏叹是发自内心的,是主体情怀的诗意而自由的表达。这使得这组词虽仅是"聊佐清欢",但仍然流露着词人的深情,融化着他丰富的人生体验和感悟。

首先,这组鼓子词描写了颍州西湖一系列澄澈的意境和词人悠游于水国云乡的惬意,足见词人超旷情怀。第八首"天容水色西湖好"即是此情此景的典型写照。词上片展现了一幅天人合一的图画。在这幅图画中,云水、鸥鹭、游人和谐地融为一体。在澄澈的湖水映照下,一切的云霞景物都显得那么鲜明。在这片天光水色中,鸥鹭自由自在地在岸边休憩,笙歌阵阵,不时响起,却没有惊扰闲眠鸥鹭。"应惯寻常听管弦",生动地描绘出人鸟和谐共处,各得其乐的美好境界。词下片写主人公在月白风清之夜泛舟湖上的感受。清风吹拂,在皓月的映照下,西湖之水澄静得如晶莹剔透之玉。此时天上月色与水中月色融为一体,此种境界下,红尘俗世的一切纷纷扰扰都会烟消云散,仿佛"飘飘乎如遗世独立,羽化而登仙"(苏轼《前赤壁赋》)。词人在最后直抒胸怀说"谁羡骖鸾。人在舟中便是仙",既是一种浪漫的幻想,也是在水月一体的澄明之境的感发下,词人审美情感的自然抒发。全词上片与下片所营造的意境和谐统一,皆澄明清澈。所谓意境,作者心中之境也。词中超尘脱俗之境正是词人超旷情怀投射于自然物象所产生的结果。再譬如第一首"轻舟短棹西湖好",一轻舟、一短棹、一片绿水、一堤芳草、一派悠悠笙歌、几只惊飞沙禽构筑的静谧之境亦与词人悠闲的意趣融为一体。而在湖天一色、空水澄鲜中"俯仰留连""稳泛平波任醉眠"(其三),在"水远烟微。一点沧洲白鹭飞"(其五)中静静地欣赏着西湖之美又何尝不是在澄澈之境中彰显着超旷之怀。

其次,组词中还透露着一股繁华过后的真淳之气,足见词人退隐后的恬淡自适之怀。这主要体现在第四首"群芳过后西湖好"一词中。词上片写西湖

---

① (宋)欧阳修:《思颍诗后序》,见李逸安点校:《欧阳修全集》,四十二,中华书局 2001 年版,第 600 页。

暮春的自然景光。落花凋零、散乱满地,柳絮随风飞舞、迷迷濛濛,栏杆旁边的绿柳柔条在春风中摇曳不定。通过落花、飞絮、垂柳等意象,寥寥数语,词人就描摹出一幅清寂的暮春图景。当笙歌渐渐声息,游人已然散去时,蓦然之间发现春意即将消失了。但"群芳过后"这一派带着衰残之味的西湖不是令人惋惜、伤感吗?为什么词人一开篇即赞美说"好"呢?答案在下片末韵:"双燕归来细雨中"。君不见,垂杨轻风间,一双燕子正从微风细雨中归来。繁华喧闹消歇之后,一切依然是那么静谧、悠然,得自然之趣。这就是暮春西湖的"好"——不需要百花争妍、游人如织、急管繁弦、笙歌阵阵,当百花凋残,繁华落尽的时候,有这股清淡平和的真淳之气足矣。词人眼中西湖的这种美是一种不同于流俗的美,一种绚丽至极归于平淡的美,是一种曾饮誉文坛、叱咤政坛的风云人物在隐退闲居西湖时才可能发现的别样之美。欧阳修晚年退居颍州的恬适自得的胸怀自然流露于这幅西湖暮春图中。

最后,组词不仅流露出对颍州西湖的喜爱之情,还抒发着词人面对人生终极问题时深沉而无奈的永恒喟叹。词人在《采桑子·咏西湖》其五中说过,"何人解赏西湖好,佳景无时"。在词人眼中,西湖之美,无时无处不在。不论是春光灿烂、车马如龙,还是繁华消歇、游人散去,词人都能发现它的美。颍州西湖,说到底是词人心灵的栖息所。西湖的繁华与热闹中沉淀着他对生活的热情,西湖的静谧与清幽中沉淀着他的超旷情怀。因此无论春秋冬夏,他都真正热爱着西湖,依恋着西湖。难怪在这一联章组词的最后,词人会写道"平生为爱西湖好",表达着他对西湖的喜爱,表达着他面对好山好水所感发的哲思。而正是因为对颍州的热爱,对山水的眷念,所以当年"来拥朱轮",到颍州做太守就有了终老此山水间之志。而俯仰之间,20余年的光阴转瞬即逝。如今回首往昔,功名富贵恍若浮云。"富贵浮云",词人的这一感慨是真诚而深沉的。出仕以来,他历仕仁宗、英宗、神宗三朝,官到枢密副使、参知政事,人生功名富贵可谓极矣。但数十年的仕宦生涯中,他也不断遭受过打击贬谪、诋毁中伤。人生的荣耀与苦痛,备尝之矣。作为一个社会个体,每个人都有无法逃避的责任,但作为一个自然个体,人生的价值当是自由而自在地活着。因此,当年逾花甲的词人终于逃离官场这个是非之所,回归于自然时,曾经的一切,在他看来,真的似镜中花水中月,皆是虚幻。词作下片则借丁令威化鹤归辽的典故抒发物是人非的感慨。当词人终于解职归田,重归颍水之畔,享受自在人生的时候,却发现山水依旧,人事已非。自己是白发苍苍,触目所见,尽是陌生的面目。此情此景,物是人非之感油然而生,词人不禁感叹道,有谁认得如今的花甲老翁便是当年曾经的颍州太守呢?"谁识当年旧主人",这一反问,蕴含着几多人世沧桑与无奈。

第三节　开苏轼一派的疏俊之风, 具一定的艺术典范性

突破前代作家的创作模式,创作有别于同时代作家作品的具有艺术典范性的作品,是成为一代文学经典的重要因素之一。就作家创作的经典作品来讲,它无论在文体上还是在艺术上都有典范性特征,能给读者以新的启迪和示范。真正的文学经典"它自身不是由模仿产生,而它对于别人却须能成为评判或法则的准绳"①。鲁迅先生之所以不赞成青年一代读者去读什么小说作法之类的书,而建议他们应该去看中外古今伟大作家的成功之作的原因应当在于恰恰是经典作品的艺术典范性能给读者以创作的启发。哈罗德·布鲁姆也指出:"一切有力的文学原创性都具有经典性。"②"直接战胜传统并使之屈从于己,这是检验经典性的最高标准"③。而莎士比亚之所以是经典,即在于"他建立了文学的标准和限度"④。

艺术上的典范性是宋词中诸多脍炙人口的名篇的重要特征之一。譬如千古宋词名篇第一的苏轼《念奴娇·赤壁怀古》开创一代词风,极具典范性。这

---

① [德]康德:《判断力批判》上卷,宗白华译,商务印书馆1985年版,第153页。

② [美]哈罗德·布鲁姆:《西方正典》,江宁康译,译林出版社2005年版,第18页。

③ [美]哈罗德·布鲁姆:《西方正典——伟大作家和经典作品》,江宁康译,译林出版社2005年版,第20页。

④ [美]哈罗德·布鲁姆:《西方正典》,江宁康译,译林出版社2005年版,第36页。

首词的情、意、境和艺术表现手法都极具鲜明的独特性,如前所述。其"一洗绮罗香泽之态,摆脱绸缪宛转之度,使人登高望远,举首高歌,而逸怀浩气,超乎尘垢之外"①的独创风格开启了宋词的一大发展方向,成为后来宋代词人效法的典范。所谓"其后元祐诸公,嬉弄乐府,寓以诗人句法,无一毫浮靡之气,实自东坡发之也。"②这首语意高妙,堪称古今绝唱的赤壁词是极具艺术典范性的典型。"剪红刻翠之外,屹然别立一宗"③的稼轩其人其词同样以别样的风神在词坛独树一帜,其词作的典范空前绝后,成为词史上令人难以企及的经典。另外,宋词别调之外,本色名家词亦然。譬如,张先的词也被称为是"古今一大转移"④。宋词名家李清照"集中名句皆深刻精透,不拾人牙慧,宜其睥睨一切矣"⑤。其名作《声声慢》开头所下 14 叠字,历代为人所称奇,而后人效仿者也众多。姜夔的《暗香》《疏影》"自立新意,真为绝唱"⑥。诸如此类,不一而足,其艺术典范性不言而喻。

欧阳修的词,绝大部分也不出花间藩篱,深深打上了北宋词坛流行之风的印记。但这组西湖鼓子词却清新俊逸,在描山绘水时融入真切的人生体悟,以词抒写个人怀抱,打破了词主艳情的抒情传统,虽然其开创性指数不如苏、辛等开宗立派的宋词名家,但毫无疑问相对于当时词坛的流行风,这组词是具一定的艺术典范性的。词史上评价欧阳修词"疏隽开子瞻"⑦,殆指此类作品。

---

① (宋)胡寅:《酒边集序》,见施蛰存:《词籍序跋萃编》,中国社会科学出版社 1994 年版,第 168 页。

② (宋)汤衡:《张紫微雅词序》,见施蛰存:《词籍序跋萃编》,中国社会科学出版社 1994 年版,第 213 页。

③ (清)纪昀:《四库全书总目提要》卷一百九十八,河北人民出版社 2000 年版,第 5472 页。

④ (清)陈廷焯:《白雨斋词话》卷一,"张子野词古今一大转移"条,见唐圭璋:《词话丛编》,中华书局 2005 年版,第 3782 页。

⑤ 王易:《词曲史》,东方出版社 1996 年版,第 165 页。

⑥ (宋)张炎:《词源》卷下,"杂论"条,见唐圭璋:《词话丛编》,中华书局 2005 年版,第 266 页。

⑦ (清)冯煦:《蒿庵论词》,"论欧阳修词"条,见唐圭璋:《词话丛编》,中华书局 2005 年版,第 3585 页。

刘永济先生在《唐五代两宋词简析》中点评"群芳过后西湖好"时就曾言："此词虽意在写暮春景物,而作者胸怀恬适之趣,同时表达出之。作者此词,皆从世俗繁华生活之中渗透一层着眼。盖世俗之人,多在群芳正盛之时游观西湖;作者却于飞花、飞絮之外,得出寂静之境。世俗之游人皆随笙歌散去;作者却于人散、春空之后,领略自然之趣。其后苏轼作词,皆直写胸怀,因而将词体提升与诗同等。此种风气,欧阳修已开其端,特至东坡方大加发展,遂令词风为之一变。盖风气之成,必有其渐,非可突然而至也。"[①]

听琴图

---

① 吴熊和:《唐宋词汇评·两宋卷》第一册,浙江教育出版社 2005 年版,第 200 页。

　　其实,整组词共 10 首《采桑子》无一不具有刘永济先生说的在写景状物之时表达抒情主人公的胸怀之特点,这在上述对组词《采桑子》情感表现真挚,思想意蕴丰富,娴雅中蕴含着丰富的人生体验和感悟的分析中可见一斑。这组西湖鼓子词实际上具有相当程度的艺术创作上的典范性,开启了苏轼以词直抒胸臆的词坛新路,启苏轼一派的疏俊之风,在词史上具有较为重要的意义。

　　综上所述,在很大程度上,欧阳修的这组西湖鼓子词本身就具备了文学作品之所以能穿越时空的内在属性——经典性,这就具备了成为鼓子词中的经典、宋词中的名篇的基本条件。当然,能否成为传世经典,这是个相当复杂的问题,除了作品本身的内在属性之外,还必然要受到诸多外在力量的影响,诸如不同历史时代的政治和经济情况、不同时空中的文化气候、不同历史时期的艺术审美观念和社会思潮。一部文学作品最终能不能在历史时空中传之不朽,是内外合力共同作用的结果。这 10 首《采桑子》穿越千年时空,最终成为鼓子词中的经典化之途拟待他文再述。

第七章　欧阳修早年居洛词的
主题及其意义

欧阳修的词上承晚唐五代①,下启苏轼、秦观②,承前启后,他是中国词史上一位颇有影响的词人。从总体上看,欧词题材广泛,涉及闺愁别绪、节令时序、自然风光以及人生感慨等诸多方面,但欧阳修早年在洛阳的时候所创作的词的主题鲜明却相对单一,不出相思愁怨、游冶宴乐之外。笔者在此拟简析此现象及其成因。

第一节　欧阳修居阳词的主题

洛阳,是欧阳修的初仕之处。天圣八年(1030),24 岁的欧阳修进士及第,五月充西京留守推官,第二年三月,至洛阳,景祐元年(1034)三月秩满离任。在此三年期间,唯明道二年(1033)正月至三月因事离开过洛阳。

---

① “欧阳公词,飞卿之流亚也……未尽脱五代风气。”(陈廷焯:《词坛丛话》,“欧词未脱五代风气”条,见唐圭璋:《词话丛编》,中华书局 2005 年版,第 3721 页)“其词与元献同出南唐,而深致则过之。”(冯煦:《蒿庵论词》,“论欧阳修词”条,见唐圭璋:《词话丛编》,中华书局 2005 年版,第 3585 页)“冯延巳词,晏同叔得其俊,欧阳永叔得其深。”(载刘熙:《词概》,“晏欧学冯”条,见唐圭璋:《词话丛编》,中华书局 2005 年版,第 3689 页)

② “宋至文忠,文始复古……即以词言,亦疏隽开子瞻,深婉开少游……超然独骛,众莫能及。”(冯煦:《蒿庵论词》,“论欧阳修词”条,见唐圭璋:《词话丛编》,中华书局 2005 年版,第 3585 页)

《全宋词》所录欧阳修的 240 首词,可确切系年的并不多,基本可确认为欧阳修早年居洛时所作的词大概有 40 首①:譬如《南歌子》(凤髻金泥带)、《清平乐》(小庭春老)、《临江仙》(柳外轻雷池上雨)、《望江南》(江南蝶)、《玉楼春》(南园粉蝶能无数)、《减字木兰花》(楼台向晓)、《减字木兰花》(歌檀敛袂)、《减字木兰花》(画堂雅宴)、《蝶恋花》(帘下清歌帘外宴)②、《浣溪沙》(云曳香绵彩柱高)、《渔家傲》(红粉墙头花几树)、《诉衷情·眉意》《长相思》(深花枝)、《御街行》(夭非华艳轻非雾)、《少年游》(玉壶冰莹兽炉灰)、《玉楼春·琵琶辞》《玉楼春》(春山敛黛低歌扇)、《玉楼春》(西亭饮散清歌阕)、《玉楼春》(尊前拟把归期说)、《玉楼春》(洛阳正值芳菲节)、《玉楼春》(残春一夜狂风雨)、《鹤冲天》(梅谢粉)、《玉楼春》(风迟日媚烟光好)、《浪淘沙》(把酒祝东风)等。其主题涉及以下几个方面:

一、爱恋相思

从天圣九年到景祐元年的洛阳,承载着欧阳修浪漫青春的欢乐与忧愁。这里既有词人亲历的爱恨离愁,也有渗透到词人生活中的他者的爱恋相思。

天圣九年(1031),初仕洛阳的欧阳修大婚,娶恩师胥偃的女儿为妻。写甜蜜温馨的新婚生活的《南歌子》(凤髻金泥带)当是此时生活场景的展现。词中展现的新嫁娘娇憨可爱,生活甜蜜温馨。但好景不长,明道二年(1033)三月,年仅 17 岁的胥氏夫人生子未满月而卒。据严杰《欧阳修年谱》,怀人追思之作《少年游》当为悼念胥夫人而作。上片"去年秋晚此园中。携手玩芳丛。拈花嗅蕊,恼烟撩雾,拼醉倚西风。"回忆去年秋天两人携手同游的甜美温馨。下片"今年重对芳丛处,追往事、又成空。敲遍阑干,向人无语,惆怅满枝红"。写今年独自面对芳丛,无限惆怅。

另外,洛中三年,还有不少代言之作,记录的是他者的相思哀乐。如《清

---

① 吴熊和:《唐宋词汇评·两宋卷》,浙江教育出版社 2004 年版;郁玉英:《欧阳修词评注》,江西人民出版社 2012 年版。
② 此首又见柳永《乐章集》。

平乐》：“小庭春老。碧砌红萱草。长忆小阑闲共绕。携手绿丛含笑。　别来音信全乖。旧期前事堪猜。门掩日斜人静,落花愁点青苔。”通过携手同游的快乐与独居幽院的孤单写女主人公的惆怅相思之情。再如“阑干倚遍重来凭。泪粉偷将红袖印”(《玉楼春》去时梅萼初凝粉)写思妇的幽怨之情。“遗香余粉,剩衾闲枕,天把多情赋。”(《御街行》天非华艳轻非雾)写主人公与女子晚间的约会情形及情人离去后的失落与惆怅。诸如此类的大多是词人代他者立言,写离恨相思的作品。

荷亭消夏图

二、游冶宴集

天圣、明道年间的西京留守府,人才荟萃。西京留守府上下官员,闲于吏事,诗酒流连。欧阳修等一批文士在西京过着优游而浪漫的生活。

在洛阳,欧阳修被人称"逸老",他自己则自称"达老"①,欧阳修在西京洛阳的浪漫生活可见一斑。离洛后,他在给好友梅尧臣写信时曾自我感慨:"每日区区,不敢似西都时放纵"②。欧阳修词《临江仙》(柳外轻雷池上雨)所记录该词③的本事即是洛中个性放纵生活的折射。

这一时期游冶宴集是欧阳修生活的重要内容之一,踏青、宴乐、游冶则成了此时欧阳修词作的又一重要主题。譬如,有"寻花去。隔墙遥见秋千侣"(《渔家傲》红粉墙头花几树),"绛旗风飐出花梢。一梭红带往来抛。束素美人羞不打,却嫌裙慢褪纤腰"(《浣溪沙》云曳香绵彩柱高)等,是词人暮春时节踏青郊外,见佳人秋千嬉戏,有感而作的词。描写词人早年居洛时翠袖红巾,金樽美酒的游宴生活的词有《减字木兰花》(楼台向晓)、《减字木兰花》(歌檀敛袂)、《减字木兰花》(画堂雅宴)、《蝶恋花》(帘下清歌帘外宴)、《玉楼春·琵琶词》《诉衷情·眉意》等。这些词或描写歌妓的美丽,或刻画她们技艺的高超,有的则字里行间饱含着对身处下层的歌妓们的同情。如"桐树花深孤凤怨。渐遏遥天,不放行云散。坐上少年听不惯。玉山未倒肠先断"(《蝶恋花》),座中少年听歌肠断,与歌者产生强烈共鸣,同情其孤怨之怀。再如"拨

---

① 明道元年,洛中诸友给欧阳修起了个"逸老"的外号。"逸"实际就是放纵个性,风流狂逸之意。比如"天圣、宝元间,范讽与石曼卿皆喜旷达,酣饮自肆,不复守礼法,谓之'山东逸党。'"时人以为"苟不惩治,则败乱风俗"(叶梦得:《石林燕语》卷七,中华书局1984年版,第103页)。这让欧阳修非常不高兴,而写信给好友梅尧臣说:"前承以'逸'名之,自量素行少岸检,直欲使当此称。然伏内思,平日脱冠散发,傲卧笑谈,乃是交情已照外遗形骸而然尔。"(李逸安点校:《欧阳修全集》卷一百四十九,《与梅圣俞》其三)并要求改为"达老"。笔者按,此注参陈湘琳的《欧阳修的文学世界与生命情境》(复旦大学2010年博士学位论文,第227页)及王水照、崔铭著的《欧阳修传:达者在纷争中的坚持》(天津人民出版社2008年版,第41—42页)。

② (宋)欧阳修:《与梅圣俞书》,见李逸安点校:《欧阳修全集》卷一四九,中华书局2001年版,第2447页。

③ 据《钱氏私志》载:欧阳文忠任河南推官,亲一妓。时先文僖(钱惟演)罢政,为西京留守,梅圣俞、谢希深、尹师鲁同在幕下。惜欧有才无行,共白于公,屡讽而不之恤。一日,宴于后园,客集而欧与妓俱不至,移时方来,在坐相视以目。公责妓曰:"末至何也?"妓云:"中暑往凉堂睡著,觉失金钗,犹未见。"公曰:"若得欧推官一词,当为偿汝。"欧即席云:"柳外轻雷池上雨,雨声滴碎荷声。小楼西角断虹明。阑干倚处,待得月华升。燕子飞来窥画栋,玉钩垂下帘旌。凉波不动簟纹平。水精双枕,旁有堕钗横。"坐客皆称善。遂命妓满酌觞歌,而令公库偿钗。

头儇利。怨月愁花无限意。红粉轻盈。倚暖香檀曲未成"(《减字木兰花》)，写歌声之愁怨与歌女由于伤感而难以成曲，暗藏着词人对女主人公的深切同情。流传下来的词当中，还有刻画轻薄狂荡的浪子形象的作品，如《望江南》："江南蝶，斜日一双双。身似何郎全傅粉，心如韩寿爱偷香。天赋与轻狂。微雨后，薄翅腻烟光。才伴游蜂来小院，又随飞絮过东墙。长是为花忙。"这当是词人游冶生活所见所闻，亦是有感而发之作。《玉楼春》(南园粉蝶能无数)中那"度翠穿红来复去，倡条冶叶恣留连""宿粉栖香无定所，多情翻却似无情"的粉蝶则可谓是繁华都市中寻花问柳的纨绔子弟的写照。

三、伤春伤别

"变通莫大乎四时"[1]，春夏秋冬，四季变换对人产生巨大影响。而季节更替、自然物象的盛衰变化尤其易触发文人墨客们敏感心灵，影响他们的文学创作，正如陆机《文赋》所言"遵四时以叹逝，瞻万物而思纷。悲落叶于劲秋，喜柔条于芳春"[2]，刘勰《文心雕龙》亦曰："春秋代序，阴阳惨舒。物色之动，心亦摇焉。"[3]四季变换，尤以春天的来去最容易触动心灵。"每到春来，惆怅还依旧"(冯延巳《鹊踏枝》)，伤春伤别，是文学中一个永恒的主题，也是欧阳修居洛时词作的另一大主题。

在西京留守推官的任上，繁华热闹、青春浪漫的生活并没有让青年欧阳修忽略对春光易老、韶华易逝的体验，反而增添了体味当中伤感怅惘的深度与强度。伤春之情怀在此时欧阳修的词作中比比皆是。如《玉楼春》"残春一夜狂风雨。断送红飞花落树。人心花意待留春，春色无情容易去。　高楼把酒愁独语。借问春归何处所。暮云空阔不知音，惟有绿杨芳草路。"上片写风雨推花的残春景象。下片写主人公高楼把酒临风，因春色无情逝去而无限惆怅，

---

① (曹魏)王弼等注，(唐)孔颖达正义：《周易正义》卷七，"系辞上"，见《十三经注疏》，上海古籍出版社1997年版，第82页。
② (晋)陆机：《文赋》，见金涛声点校：《陆机集》卷一，中华书局1958年版，第1页。
③ (南朝梁)刘勰著，范文澜注：《文心雕龙注》卷十，物色第四十六，人民文学出版社1962年版，第693页。

流露出韶华易逝之悲和世事易变之叹。再如,"花无数。愁无数。花好却愁春去。戴花持酒祝东风。千万莫匆匆。"(《鹤冲天》梅谢粉)在把酒祝东风中咀嚼的是一份伤春之逝的无奈感伤。"把酒临风千万恨。欲扫残红犹未忍。夜来风雨转离披,满眼凄凉愁不尽。"(《玉楼春》东风本是开花信)以凄美残春之景,述惜春伤春之愁。另外,这种伤春之愁甚至跨越时空,延续到他的梦里,他的另一个宦游之地。如"关心只为牡丹红,一片春愁来梦里"(《玉楼春》风迟日媚烟光好)写离洛后对洛阳尤其是洛阳牡丹的不舍之情,这其中词作表现伤春的同时,实际上是词人对洛阳青春岁月无限美好的回忆。

随着胥氏夫人的离世与好友尹洙、梅尧臣、谢绛等人离洛,欧阳修的伤春之作中亦蕴含着深深离伤,如《浪淘沙》"把酒祝东风。且共从容。垂杨紫陌洛城东。总是当时携手处,游遍芳丛。　　聚散苦匆匆。此恨无穷。今年花胜去年红。可惜明年花更好,知与谁同。"词上片祈时光慢逝,忆游春盛况。下片抚今追昔,抒发聚散匆匆,好景难长的千古悲慨。再如《玉楼春》(春山敛黛低歌扇)一词,即是明道二年(1033)春送别好友谢绛离洛时所作。歌女唱着忧伤的曲子,画楼的钟声、岸边的马嘶,令人黯然销魂。词人唯有唱着"洛城春色待君来,莫到落花飞似霰",用重逢的期望,抚慰别离的忧伤。而随着景祐元年(1034)春天的到来,欧阳修的伤别词创作数量增多。任满离洛,词人成了被送之客,在春天里写下了一系列伤别之作,如《玉楼春》(西亭饮散清歌阕)、《玉楼春》(尊前拟把归期说)、《玉楼春》(洛阳正值芳菲节)等词,均抒发对佳人、朋友、洛城花(牡丹)等洛阳人、事、物的依依难舍之情。

第二节　洛阳的地理环境对欧词主题选择的影响

从上可见,欧阳修的洛阳词的主题选择涉及游冶宴乐、婚恋相思、伤春伤别三个方面。它们记载着他在洛阳的爱情、友情,他的喜乐、哀愁。他在洛阳的诗酒流连的浪漫生活,其风格则以绮艳与深婉为主,仅少数几首词如《玉楼春》(尊前拟把归期说)那样"于豪放之中有沉着之致"①。

主题选择与风格特色的形成一样,是一个复杂的文学事件。欧阳修所处的时代、他的词学观念、性格心理以及对前辈词人风格的承继等都是影响其词风格特色的原因②。其主题选择亦然。但我们看到,具有同样个性特征,秉承着同样的前辈词人风格,自始至终均认为词是"敢陈薄伎,聊佐清欢"③之技的欧阳修,在离开洛阳后,其词在主题的选择方面呈现了较大的变化。离洛之后虽然也有《浣溪沙》(翠袖娇鬟舞石州)这样的绮丽之作,但感慨仕途、人生,寄情山水的作品明显增多,风格也更趋多样化,清旷、疏俊、豪放之类的词作出现。譬如《临江仙》(记得金銮同唱第)、《夜行船》(忆昔西都欢纵)、《圣无忧》(世路风波险)、《浣溪沙》(十载相逢酒一卮)、《采桑子》(十年一别流光速)、《采桑子》(十年前是尊前客)等述人生沧桑之慨叹。而《采桑子》西湖鼓子词十首以及《蝶恋花》(尝爱西湖春色早)、《玉楼春》(西湖南北烟波阔)、《浣溪沙》(堤上游人逐画船)及(湖上朱桥响画轮)等作则是情寄自然山水,优游水国云乡之作。这种变化除了与词人人生旅途中遭遇的社会事件相关外,创作主体所处的地理环境也对欧阳修词作主题变化影响重大。

创作主体所处的自然地理环境和人文地理环境对他们的心理气质、知识结构、文化观念、审美倾向、艺术感知产生重要作用,从而影响到文学主题的选择。北宋时期洛阳的地理环境与欧阳修洛阳词的主题表现有着相当紧密的联系。

一方面,从洛阳的自然环境来说,作为陪都的洛阳,既有山川之胜景,又不减都市之繁华。嵩山风光自不待言。伊、洛之水,清流环绕。洛阳园林更是遍布城中,据李格非《洛阳名园记》,著名的园林就有 19 所之多④。更有"洛阳衣

① 王国维:《人间词话》,"永叔词沉着"条,见唐圭璋:《词话丛编》,中华书局 2005 年版,第4245 页。

② 姜树景:《浅论欧阳修词风的成因》,《文学界》(理论版)2011 年第 2 期。

③ 唐圭璋:《全宋词》,中华书局 1999 年版,第 153 页。

④ (宋)李格非:《洛阳名园记》,见(元)陶宗仪:《说郛三种》卷二十六,上海古籍出版社1988 年版,第 457 页。

冠之渊薮,王公将相之圃第,鳞次而栉比"①的景象。北宋西京洛阳,山水皆
佳,花木俱美,诚如苏辙所叙:"洛阳古帝都,其人习于汉唐衣冠之遗俗,居家
治园池、筑台榭、植草木,以为岁时游观之好。其山川风气,清明盛丽,居之可
乐。平川广衍,东西数百里。嵩高、少室、天坛、王屋,冈峦逶迤,四顾可挹。伊
洛瀍涧,流出平地。故其山林之胜,泉流之洁,虽其闾阎之人与其公侯共之。
一亩之宫,上瞩青山,下听流水,奇花修竹,布列左右。而其贵家巨室园囿亭观
之盛,实甲天下。"②

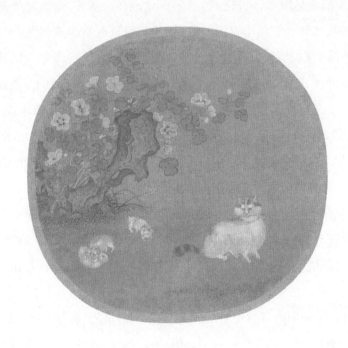

麝香图

　　另一方面,从人文环境来说,虽然作为政治中心的九朝古都风光不再,但
减少了作为京城的浓烈政治氛围后,洛阳的富贵休闲之气,鲜有城市能与之比

---

　　① (宋)周叙:《洛阳花木记》,见(元)陶宗仪:《说郛》卷二十六,上海古籍出版社 1988 年
版,第 461 页。
　　② (宋)苏辙:《栾城集》,四部丛刊本,卷二十四。

肩。西京留守府的官员们,没有多大实权,也没有繁重的公务,人才荟萃的陪都成了文人士大夫们优游的乐园。特别是欧阳修居洛的天圣、明道年间,时任西京留守的钱惟演雅好文学,宽待属官。西京留守府,一时名士云集,有钱惟演、欧阳修、梅尧臣、谢绛等,"一府之士,皆魁杰贤豪,日相往来,饮酒歌呼,上下角逐,争相先后以为笑乐"①。譬如《孔氏野史》所载的一则逸事也足可见当时氛围之宽松融洽:"欧阳永叔、谢希深、田无均、尹师鲁在河南携官妓游龙门半月不返,留守钱惟公作简招之,亦不答。"②洛阳民俗,则尤好赏花游乐。欧阳修曾言,"洛阳之俗,大抵好花。春时,城中无贵贱,皆插花,虽负担者亦然。花开时,士庶竞为游遨,往往于古寺废宅有池台处,为市井,张幄帟,笙歌之声相闻"③。而且每年春季,均举行花会:"西京牡丹闻于天下。花盛时,太守作万花会,宴集之所,以花为屏帐,至于梁栋柱拱悉以竹筒贮水簪花钉挂,举目皆花也。"④

　　总之,北宋自太祖倡导功臣享乐以养天年以来,士人优游度日,宴饮成风,城市和商业的发达,"金钱和富贵的价值、自由与享乐的价值、才子词人的独立人格价值构成宋代新文化观念中主要的人生价值观念"⑤。在这样的大背景下,洛阳的山水花木的佳美,都市游乐的繁盛以及西京留守府任上的宽松和谐与快乐,共同构筑了欧阳修洛阳词产生的环境氛围。耳之听之、目之遇之、心之感之,词人无意识地受到北宋洛阳地理环境与人文环境的浸润感染。而欧阳修的词学观念也与当时词坛主流词学观一致,认为词不过是娱乐性情之物,无关乎经国之大业,与立德立功大相径庭。作为当时远离诗教束缚的词,成为了词人表现他在洛阳三年浪漫激情生活的最佳载体。洛阳的自然与人文

---

①　(宋)欧阳修:《张子野墓志铭》,见李逸安点校:《欧阳修全集》卷二十七,中华书局 2001 年版,第 410 页。

②　(宋)洪迈:《容斋随笔》卷一五引《孔氏野史》,上海古籍出版社 1978 年版。

③　(宋)欧阳修:《洛阳牡丹记·风俗记》,见李逸安点校:《欧阳修全集》卷七十五,中华书局 2001 年版,第 1101 页。

④　(宋)张邦基:《墨庄漫录》卷八,四部丛刊本。

⑤　沈家庄:《宋词文化与文学新视野》,人民文学出版社 2001 年版,第 64 页。

地理环境和其文化观念、词体观念等因素整合一体,于是以爱恋相思、游冶宴乐和伤春伤别为主题,风格绮丽、深婉的洛阳欧词应时应地而生。洛阳的盛游、洛阳的牡丹,洛阳的春天,洛阳的美酒佳人、洛阳的浪漫豪情、洛阳的伤感惆怅,成为欧阳修早期洛阳词作的主角。而且特别值得一提的是,作为承载着词人青春浪漫的洛阳,那里的场景人物还成为了他生命中永恒的回忆,在以后诗词创作中反复出现。正如王水照先生所言:"洛阳不只是一个具体的地理名词,而是他的一个永不消褪的记忆场景,是他人生感悟的一种象征与符号。"①地理环境之于文学创作的意义由此可见一斑。

---

① 中国文学地理学三人谈,http://www.chinawriter.com.cn/bk/2006-07-08/24925.html。

第八章　语汇棱镜中的陈师道词之"花间"渊源①

　　陈师道(1053—1102),字无己,自号后山居士,徐州彭城(今江苏徐州市)人,苏门六君子之一,有《后山集》流传于世。作为"江西诗派"的"三宗"之一,陈师道生前诗名可谓不凡,得与黄庭坚并称"黄陈",更获"黄、陈诗为宋诗之冠"②的赞誉。文章一道,则有纪昀"简严密栗,实不在李翱、孙樵之下"③之评价。然唯独有关其词的讨论不多,且评价多较诗文而言,亦不乏争议。但从陈师道自谓"余它文未能及人,独于词自谓不减秦七黄九"④"拟作新词酬帝力。轻落笔。黄秦去后无强敌"⑤等自我评价中可见陈师道对自己的词作颇为自负。《宋史·陈师道传》曰:"熙宁中,王氏经学盛行,师道心非其学,遂绝意进取。"⑥可知陈师道在仕途上颇具气节。在求学上,师事曾巩又能从一而终,似曾作《妾薄命》以表心志。在党争激烈的形势下,他亦敢于越境送别对

---

　　① 本章由郁玉英与孙国栋合作完成。

　　② (元)方回选评,(清)纪昀刊误,诸伟奇、胡益民点校:《瀛奎律髓》,黄山书社1994年版,第20页。

　　③ (清)纪昀:《四库全书总目提要》卷一百五十四,河北人民出版社2000年版,第3986页。

　　④ 刘野编:《次山集·后山集》,吉林出版集团有限责任公司2005年版,第687页。

　　⑤ 唐圭璋:《全宋词》,中华书局1965年版,第591页。

　　⑥ (元)脱脱等:《宋史》,中华书局1977年版,第13115页。

自己有知遇之恩的苏轼。这些都足以说明陈师道绝非沽名钓誉之辈。那么他对于自己词的这份自负来自何处？他自负的词有何特色？陈师道究竟是以何种心态作词呢？

语言，作为承载创作主体情感志趣的载体，是洞窥文学作品特色及作者性情的重要介质。笔者拟对《全宋词》收录的陈师道 54 首词作、1564 条语汇进行全面统计分析，透过语汇棱镜对上述问题试作解析。

第一节　词境的营造：物象里的艳丽与朦胧

词作为在隋唐之际随着燕乐的兴盛而兴起的文体，到晚唐五代形成了词体文学的独特本色，譬如体裁以小令为主，风格以柔美绮艳为尚，多写花前月下之思、席间酒边之乐等。至苏轼"以诗为词"，词坛出现"本色"与"以诗为词"之辩。陈师道与苏轼有着亦师亦友的关系，其不可避免地置身于这场词学革新的争论中。他在《后山诗话》里便提出了极具代表性的崇尚本色词的论调："退之以文为诗，子瞻以诗为词，如教坊雷大使之舞，虽极天下之工，要非本色。今代词手，惟秦七、黄九尔，唐诸人不迨也。"①黄庭坚认为词是艳歌小道，甚至创作了一定数量的侧艳俚俗之词。而秦观作词在内容上也没有逾越别恨离愁的藩篱，妙处则是其词能够将身世之感与艳情相融并且有着情韵兼胜的艺术效果。陈师道高度赞扬秦、黄之词，认为自己的词"不减秦七黄九"，既是对自己词作自信的表现，也表明了他对发端自晚唐五代的词体本色的充分肯定。对于陈师道词的风格，《苕溪渔隐丛话》有"清腴艳发"②的评价，而杨慎则认为其词"纤艳"③，这或多或少指明了其词与花间词的承继关

---

① （宋）陈师道：《后山居士诗话》，何文焕：《历代诗话》，中华书局 1981 年版，第 309 页。

② （宋）胡仔纂集，廖德明校点，周本淳重订：《苕溪渔隐丛话》（后集），人民文学出版社 1993 年版，第 264 页。

③ （明）杨慎：《词品》卷三，"陈后山"条，见唐圭璋：《词话丛编》，中华书局 2005 年版，第 74 页。

系。然胡仔与杨慎皆为简论概言,陈师道词之艳质如何体现于其词？此中与花间词的承继具体体现于何处？艳质中是否蕴藏着新变？透过语汇棱镜,陈师道词与花间词之关系可窥见一二。

作为以形象思维为主,以意境构建为中心的诗词类文体,物象类语汇往往是浓墨重彩之所在。物象类语汇的选择与运用有着一定的习惯性,特定的物象往往可以激发词人特定的情感,词人也往往将情感转移或浓缩在特定的物象之上。此外,语汇除了有上下文语境,还有它的历史语境,承载着前人创作的习惯与记忆。换言之,前人选择了具有鲜明特征的一些事物烘托某种情感,后世词人也往往会效仿遵循。与花间词相较,陈师道词里物象类语汇承载了怎么样的创作习惯与记忆呢？

一、自然物象类语汇的隐喻与比兴中彰显着花间式朦胧与艳丽

花间词主要由两大意象群构成:以花鸟、草木为代表的自然意象群和以女性为中心的身体、服饰、闺阁意象群。[①] 前者因为在清丽的自然环境中更易呈现娇娆之态,亦可以借春花之美隐喻女性之美,借鸟语之婉转隐喻歌声之巧妙。陈师道的词往往通过以女性为中心的意象或塑造朦胧的感觉,令人心生期盼,或建构艳丽的生活环境反衬孤独憔悴之姿,令人心生怜惜或哀怨。

以物象营造的"花间"式的朦胧与艳丽多见于陈师道词中。据笔者统计,陈师道词共有物象类语汇 344 个,在名词性语汇中约为 48.4%。物象类语汇大致可以分为自然物象类语汇群、人文物象类语汇群和人体相关类语汇群,其中自然物象语汇合计 186 处,具体数据如表 8-1 所示。

---

① 魏玮、刘烽焘:《花间词意象特色论》,《齐鲁学刊》2012 年第 2 期。

表 8-1　陈师道词自然物象类语汇情况①

自然物象语汇群（186）	花类（36）	花（5）、梅花（3）、黄花（2）、芍药（2）、朝花（2）、梅信（2）、落蕊、玉蕊、红蕊、乱蕊、红落、群芳、深心、花絮、梅风絮、荷花、匀红、红子、众芳、芙蓉、寒花、宫样初黄、谁（花）、溪梅、初黄
	枝叶果实（17）	一枝（2）、叶（2）、繁枝、暮叶、叶叶枝枝、青子、叶叶、百叶、最繁枝、双叶、柔叶、点翠、柳条、果子、瘦
	草木（11）	竹（3）、柳、桃李、树、松、杨柳、草、初杨、风柳
	动物（12）	燕子（2）、乌鹊（2）、鹂黄、蝶、燕、鸳鸯、雄蜂、雌蝶、鹊、双洪（鸿）
	天空之属（21）	明月（5）、云（3）、好月（2）、阴阴、云日、寒日、朝霞、飞月、风日、行云、初月、明星、晚云、月
	水类（9）	流水（3）、流泉、水、河、湖海、涛澜、潮落
	自然现象（51）	风（6）、春风（4）、东风（3）、雪（3）、秋光（3）、急雨（3）、香雾（3）、雨、荣光、休气、瑞、风雨、光、江光、瘴雨、雨气、蛛丝雨、横雨、幽香、竹雨、清风、霜华、流光、露、秋风、和风、晚风、旁风、重露、晚照、冰雪、春冰、斜照
	自然景观（12）	春色（3）、野色、青林、一线、画障、春事、山河、春光、风光、蝶横峰争
	山/土/沙/石 类（10）	清尘（2）、行尘、连峰、曲渚、圆沙、尘、洲、山、翡翠
	道路（2）	路、微行
	声音（5）	秋声（2）、鸟语、林声、雨打声

　　陈师道词中的自然物象营造了具朦胧美的情思境界。如表 8-1 所示，比如"春风、和风、晚风、旁风、清风、瘴雨、横雨、竹雨"等风雨类语汇频繁出现于陈师道词中。风雨本就易惹人心生凄凉忧戚，更何况这些风雨的核心特点是轻柔、绵长，往往隐喻的是深闺里思妇那难以割断的哀愁与泪珠。所以，"蛛

---

① 表中括号内的数字指的是该类语汇的数量，发下各表同。

丝雨"之下思妇想到的是"今夕是何宵"（陈师道《菩萨蛮》，以下凡引陈师道词则只列词牌），"急雨"下思妇的感慨是"愁来无断绝"（《菩萨蛮》）。同时，"更须竹雨萧萧"（《临江仙》）、"横雨旁风不到头"（《南乡子》）、"阴重雨垂垂"（《南乡子》）等词中，雨皆营造出的是一种朦胧迷蒙的意境，与有情之人相逢难料的现实极为吻合。而花间词中，"雨细风轻烟草软"（顾夐《玉楼春》）、"春雨细"（温庭筠《更漏子》）、"细雨霏霏梨花白"（韦庄《清平乐》）、"千片雪，雨濛濛"（牛峤《江城子》）、"微雨小庭春寂寞"（张泌《浣溪沙》）等词句可见其中风雨语汇的特色亦是轻柔绵延，传达着具朦胧之美的情思。

白鹭图

　　除风雨等自然现象类外,陈师道词中以花鸟草木为代表的自然景物语汇亦是高频语汇。如"鸳鸯、鹂黄、鹊、芙蓉、玉蕊、雌蝶"等占物象类语汇的27.2%,构成的词境也是像"谁教言语似鹂黄,深闭玉笼千万怨"(《木兰花》)、"曲渚圆沙风叶底,藏藏。谁使鸳鸯故作双"(《南乡子》)等,多凄清冷寂之悲。值得注意的是,动物类语汇在陈师道词中仅有12处,虽数量不多,但俱为衬托恋情相思。例如,"东飞乌鹊西飞燕。盈盈一水经年见"(《菩萨蛮》),借鹊桥相会衬托人世有情人的远隔万里;"雄蜂雌蝶难双"(《清平乐》)则借蜂蝶难双喻姻缘不易;"惊起双栖燕子"(《清平乐》)则以燕子成双成对反衬思妇孤独。在词体的发展初期,"鸟"作为一种象征符号,被花间词人大量地使用于书写爱情。花间词中"爱情鸟"品类极为丰富,书写次数达280次之多,其中以黄莺、鸳鸯、凤凰、燕四者最为突出,分别出现65、56、52、48次①。在花间词中,"娇莺独语关关"(牛希济《临江仙》)、"晓莺啼破相思梦"(顾夐《虞美人》)、"细雨晓莺春晚"(温庭筠《定西番》)等词句中黄莺是一种爱情的"失意鸟",用于打破思妇佳人的思绪,以莺啼暗指怨语。"檐前双语燕"(薛昭蕴《谒金门》)、"隔帘微雨双飞燕"(李珣《菩萨蛮》)、"一双娇燕语雕梁"(温庭筠《酒泉子》)等则表达比翼双飞的愿望,反衬人的形单影只。陈师道词与之极为相似,"鹂黄""鸳鸯"物象等隐喻的也是思妇、夫妻等,暗含的也是相思别离的境遇,这种隐喻手段的使用使得其在传达情思的同时表现出极强的朦胧性。

　　此外,陈师道词中各种花类或为比或为兴,彰显"花间"式的艳丽之美。在500首花间词中,写到"花"的达300余处②。其作用可以是凸显时节的同时建构抒情的场景,例如,"烟雨晚晴天,零落花无语"(魏承班《生查子》),以花的零落衬托人的悲伤;"豆蔻花繁烟艳深"(毛文锡《中兴乐》),则借花的艳丽渲染情深意重。当然,花间词里的"花"也用于衬托女性姿态美好,例如"露桃宫里小腰肢"以桃花妖娆之态衬托女性体态。在陈师道词中,后者尤为突

①　吴亚萍:《论花间词中的"爱情鸟"符号》,《唐山师范学院学报》2021年第5期。
②　唐晨:《花间词意象研究》,湖南大学硕士学位论文,2010年,第26页。

出。例如,在"娉娉袅袅。芍药枝头红玉小"(《木兰花减字》),兴中含比,以芍药的娇艳勾勒舞女的娉婷;在"匀红点翠。取次梳妆谁得似"(《木兰花减字》),则是以花的绽放比拟为女子的梳妆打扮。总的来说,陈师道词中,"芍药""乱蕊""梅花"等语汇捕捉的是正在绽放的艳丽,或以之起兴,或以之比少女歌伎,彰显娇艳之美;"落蕊""红落""花絮"等语汇,比兴的对象则是思妇离人,呈现出残破的艳丽之美。

二、人文物象类语汇之并置与关联中折射着"花间"式的艳丽与朦胧

艳丽与朦胧是陈师道词自然物象语汇的两大核心特征,这与花间传统也极为相似。在人文物象语汇群中,这两个特色亦颇为鲜明。陈师道词中的人文物象语汇约占物象类语汇45.7%,具体数据如表8-2所示。

表8-2　陈师道词人文物象类语汇

人文物象类语汇群（111）	建筑类(15)	寒窗(2)、绮窗、窗、晚窗、画檐、新堂、瑶台、观阁、玉楼、门阑、曲阑、阑干(2)、重门
	交通类(7)	车马(2)、香车、舆、马、去马、一舸
	声音(3)	声(2)、欢声
	摆设/珍品/饰物(25)	钗头(2)、疏帘(2)、绣幕(2)、风帘、画帘、帘幕、帘帏、月幕、风帏、锦帐、玉笼、鬟钗、红绡、绣囊、旧香、凝香、和香、翠、胭脂、红玉、簪花、联璧
	文艺类(20)	丹青(3)、笙歌(2)、清词丽句、朱弦、旧曲、曲、歌里、离歌、新诗、锦字、行画图、伊凉、笳鼓、琅函、文字、吴笺、新词
	日用品(10)	一扇、灯、壁缸、金钱、清箪、铜碾、冰簟、团扇、熏炉、白羽
	服装(16)	衣(2)、金衣、薄衣、衿、罗、曳练、舞袖、小袖、晓衾、裙、香罗、浅衫、深袖、紫袖、青衫
	宗教物象(5)	禅榻(2)、香火、茶炉、金鼎
	宴饮物品(7)	酒(3)、清尊、春酒、双团、游龙舞凤
	其他(3)	网、烟花、影

　　花间词对人文物象的运用有着一个突出的特点是意象并置,从而给人一种雕馈满眼的华丽奢靡之感。例如"宝帐玉炉残麝冷"(顾夐《浣溪沙》)、"玉炉冰簟鸳鸯锦"(牛峤《菩萨蛮》)、"罗帐香帷鸳寝"(魏承班《满宫花》)、"锦屏绡幌麝烟熏"(毛熙震《浣溪沙》)等,几乎全然是器物的罗列。而陈师道词中亦有相似情况,其中女性闺阁中的摆设和日常用品等并置排列,例如"冰簟流光团扇坠"(《清平乐》)、"绣囊锦帐吹香"(《清平乐》)等,这必然会给词境增添一抹艳丽的色彩。

　　同时,陈师道词中与女性闺阁相关的服饰器物,如"窗、帘、幕、袖、钗、帘、幕、帷"高频出现,并常与时间关联,彰显朦胧之情境美。从抒情主人公角度而言,女性主要的活动空间在闺阁,词人自然会大量使用这些闺阁物象。从词境而言,帘、幕、屏等物象多用来分隔空间,用来遮挡外界的视线,构成帘内帘外、幕内幕外两个空间,但其并未完全阻隔视线,反而呈现出一种隔而不断的空间特点,形成了一种朦胧隐约的美感,营造出一种迷离曲折的词境,从而强化帘外的观察者对内部的期盼与怜惜的情感。在陈师道词中,这样的物象又往往与黄昏或夜晚时分相关联,如"绣幕灯深绿暗,画帘人语黄昏"(《西江月》)、"夜堂帘合回廊"(《清平乐》)、"秋光烛地。帘幕生秋意"(《清平乐》)等,进而形成一种静谧、暗淡的空间感。当人们处于此种氛围易触发生哀怨苦思。在花间词中,"'帘''屏'在 500 首花间词中分别出现过 91 次、88 次,是入词最多的闺阁物象"①,帘幕及其相关物象在花间词中运用广泛并多与黄昏、夜色关联,例如"星斗稀、钟鼓歇,帘外晓莺残月"(温庭筠《更漏子》)、"画堂照帘残烛"(温庭筠《归国遥》)、"黄昏微雨画帘垂"(张泌《浣溪沙》)、"斜月照帘帷"(毛熙震《菩萨蛮》)等。此种意境的建构,陈师道词应该说与花间传统一脉相承。

　　综上,透过语汇棱境,陈师道词无疑具有鲜明的"花间"式的艳丽与朦胧,一定程度上可以说是花间词传统塑造了后者。陈师道词或借助于隐喻与比

---

　　① 唐晨:《花间词意象研究》,湖南大学硕士学位论文,2010 年,第 17 页。

兴,或凭借并置与关联,通过自然和人文物象类语汇建构了艳丽和朦胧的特征,与花间词异文同构。总体上看,陈师道词在物象类语汇的使用上多通少变,陈师道词与花间词在物象类语汇中彰显的相似性折射着陈师道词深厚的花间渊源。

第二节　视线的聚焦:庭院筵席间的 人事与体态

除了摹物构境外,书写特定时空内的人事与体态亦是词体文学的重要表征。词人生活际遇相异,生活场景不同,出现在笔下的艺术空间、行为举止、情貌体态也随之打上强烈的主体性印记。

一、艺术空间多指向庭院筵席与闺阁居所,承花间词狭而幽之特质

花间词人的审美对象主要是纯粹的女性与花卉,很少有"香草美人"的内涵,所以其视线往往聚焦于女性的生活场景。"花间范式"①的生活场景、空间环境多是设置在庭院楼阁等人造建筑空间之内,"其空间环境的表示法,一是用'玉楼''珠阁''画堂'等点明,二是用'珠帘''锦屏''山枕''香炉'等室内摆设暗示指代,整个花间词只有少数词作是例外。"②陈师道词大抵与此类似,其词建构的艺术空间具有明显的承袭花间词的特质。

一方面,陈师道词中的空间地点类语汇大比例指向或狭或幽的场所空间。

据表8-3,陈师道词中总共有132处空间地点类语汇,涉及天空、山林等自然地域以及宫苑官邸、庭园楼台等以人文地域。其中如"洛城、闽岭、四海、星河"之类指向天地江山等广阔空间的语汇少见于花间词中,此是陈师道作

---

① 王兆鹏:《唐宋词史论》,人民文学出版社2000年版,第139页。
② 王兆鹏:《唐宋词的审美层次及其嬗变》,《文学遗产》1994年第1期。

表 8-3　陈师道词空间地点类语汇群

人文地域 （83）	宫苑官邸（6）	玉堂（翰林院）、帝所、御园、鸾台、华堂、凤池
	日常空间（22）	尊前（7）、酒边、醉侧、灯前、郎边、钗旁、鬓上、镜里、谁傍、鉴里、胸里、眉上、眼前、背后、心儿、众里
	庭/园/楼/台类 （17）	阳台（2）、回廊（2）、阁、小院、一庭、长廊、玉楼、危楼、绮楼、南台、巢（阁）、楼上、深院、夜堂、后房
	行政区划（7）	白下、姑苏、江城、洛城、闽岭、四海、江南
	村落/城池（11）	西郊（2）、城南、小桥、门东、修门、曲巷、斜街、谁家、南枝、街南
	泛指地（20）	人间（5）、世间（2）、无寻处（2）、道、归路、月中、月底、花里、花前、暗里、无处、登临处、游径、窗下
自然地域 （36）	天空（9）	天上（3）、星河、盈盈一水、河汉、银潢、天、云里
	山/林（5）	回雁峰、群山、梅岭、岭头、九里山
	水域（9）	长河、清流、寒江、瑶川、流水、池塘、溪边、潇湘、长江
	处所—物象 （11）	梢头（2）、花梢、藕上、叶底、风前、枝头、芳丛、月下、南枝、北枝
	原野沙洲（2）	晴野、雁洲
方位距离 （13）	里（4）、万里、东、下、南、底、中、前、后、千里	

词超越花间之处。然其词之空间以人文类为主，相关语汇有 83 处，占比 62.9%，大部分指向狭而幽的闺阁居所、庭园筵席，总体上倾向于花间词传统。如，"尊前""酒边"和"镜里""眉上"等主人公日常生活相关语汇最为常见，共 22 处，其中"尊前、花前、醉侧、郎旁"等与娱乐休闲相关，"镜里、鉴里、眉上、灯前"等指向的室内休憩场景。其次为"回廊""玉楼"等庭园台阁类，共 17 处，其视线往往聚焦在如回廊、阳台、楼阁等庭院空间。另外，与物象相关的处所类语汇"花梢、叶底、风前、月下"等虽为自然地域，但实则与庭园楼台等空间密切相关。在此类语汇指向的空间往往被营造成为狭而幽的艺术空间。譬

如《菩萨蛮》"使君借与灯前读"的是"前朝曲",读后是"寒窗雨打声"的三更时分,"灯前""寒窗"伴着"雨声",狭小的空间中尽显寂寥幽独之情。再如"夜堂帘合回廊。风帷吹乱凝香。卧看一庭明月,晓衾不耐初凉"(《清平乐》),"帘合回廊",凸显"夜堂"之狭深,吹乱风帷,晓衾初凉营造幽寂之境。

另一方面,通过物象的设置(见表8-2),陈师道词中的视线亦多聚焦在狭而幽的庭院楼阁之间。

其中,利用室内摆设暗示,如"帘、幕、炉"等闺阁物象类语汇的高频使用营造朦胧幽深的词境与花间词类似,如上所述。另外,"绮窗、画檐、晚窗、门阑"等15处建筑类语汇,其建构的空间视线亦多指向闺阁庭园等生活场所。这类空间的特点是狭窄、深幽,既是抒情主人公现实生活的封闭之所,又是情感生活的囚笼,那一抹哀愁在这样内敛的世界里若隐若现。如陈师道词"微行声断长廊"(《清平乐》)中微行指的是墙下小径,而"声断"则点明了长廊的幽深,随后"揽衣先怯微凉"则道出了孤独者的忧怯。又如陈师道的《木兰花·阴阴云日江城晚》上阕"阴阴云日江城晚,小院回廊春已满。谁教言语似黄鹂,深闭玉笼千万怨。"选取的便是江城小院、回廊这样的环绕状空间,而"小""满""深闭"等则显现出抒情主人公所处空间的狭小、深幽。最初,心有所思的主人公也许只是被黄鹂般的声音勾起了一丝怨,但她最终在这狭窄封闭空间里渐渐生发出了"千万怨"并郁结于心头,这正如黄鹂声在玉笼里一般荡漾不断、久久不散。

类似的生活场景在花间词中颇为常见。如"照花前后镜"(温庭筠《菩萨蛮》)、"明镜照新妆"(温庭筠《菩萨蛮》)、"鸾镜掩休妆"(薛昭蕴《小重山》)、"眉间画得山两点"(魏承班《菩萨蛮》)等描绘的空间场景是闺阁作息,如"遇酒且呵呵"(韦庄《菩萨蛮》)、"酒阑歌罢两沉沉"(毛文锡《恋情深》)、"魂销千片玉樽前"(张泌《河传》)、"几年花下醉"(韦庄《归国遥》)等呈现的场景便是筵席之间。狭窄、深幽空间里的寂寞、幽怨、悔恨情思也在小楼、深院中荡漾、积聚,如"暮雨凄凄深院闭……燕双鸾偶不胜情。只愁明发,将逐楚云行"(孙光宪《临江仙》)、"闭小楼深阁,春景重重。三五夜,偏有恨,月明中"(欧阳炯《献衷心》)、"深院闭,小庭空……待郎郎不归"(韦庄《更漏子》)。

二、特定时空中的动作聚焦于女性行为，袭花间词本色传统

在花间词里，"庭前闲立画秋千"（毛文锡《虞美人》）、"独映画帘闲立"（毛熙震《南歌子》）等呈现的是庭前屏旁闲人久立驻足，"满院长莓苔。手挼裙带独徘徊"（顾夐《荷叶杯》）、"手挼裙带，无语倚云屏"（鹿虔扆《临江仙》）等捕捉的是院落闺房佳人整理妆容，"宿妆惆怅倚高阁"（温庭筠《酒泉子》）、"虚阁上。倚阑望"（温庭筠《更漏子》）、"梳洗罢。独倚望江楼"（温庭筠《梦江南》）等描绘的则是高阁危楼思妇倚栏远眺。总的来看，驻足远望、梳妆打扮、嬉笑饮酒、思念交往等是花间范式里主要的人物行为。且因花间词人是男性词人群体，所以无论动作的发出者是谁，都是暴露在男性视野中，满足男性的想象与注视。

陈师道词的语汇选择也基本遵循这些逻辑，其词的动作类语汇共计263处，其中人物行为有255处，具体数据如表8-4。

表8-4　陈师道词动作类语汇群：

人物行为（255）	娱乐行为（27）	与插（2）、登临、登览、妙舞、举酒、带酒、杯行、作乐、并马、信马、酒醒、把酒、飞觞、不饮、赏春、攀折、醉倒、不共、遍插、拈花、团沙、弄雪、闹（2）、牵引、弄影
	文艺行为（8）	拍误、著书、抹、画得、作、拟作、落笔、著意
	社交行为（41）	别（2）、报答（2）、逢（2）、欲语还休、付与、迟留、留、去留、离别、临别、期、借与、并（陪伴）、轻酬、寄、过与、侧帽、独行、难酬、酬、认香、词招、挽回、只送、辞、辞频、带、不辞、不假、延、助、妨、夸、伴、弄、作双、独秀、传
	学习行为（10）	读、读罢、教、教人、作、莫学、可识、记、识、未识
	日常行为（140）	知（5）、背立（3）、问（3）、住（3）、听（3）、见（3）、不借（3）、看（3）、看看（2）、回头（2）、睡（2）、欠伸（2）、惊起（2）、唤（2）、梳妆、留妆、淡画、涂黄、改样、春睡、困倚、倚门、摩挲、吹香、倚阑、晚起、枕、韏、诮、敛黛、瓮换、持鸯、绮被、灭烛、揽衣、整、洗、伊傍、藏藏摸摸、立、锁、翻动、揽、折、折得、著、扶、拂、摇、摸得、过手、挑、深闭、笑出、一顾、望、相望、望著、触目、误入、同凭、枉、枉却、试、回顾、回首、回盼、目断、忆、劝、填、卧看、相看、谁见、不见、难见、长见、亲见、与看、恰见、未知、谁唤、唤取、唤作、唤起、已知、易到、说、只道、谁使、谁识、要使、著单、未信、不会、不道、不作、不用、凭将、渡江、安排、尽带、放、放开、放著、欲住、惊、自到、还把、要、待、还、过尽、惜、打、催去

续表

人物行为 (255)	军事/格斗(6)	逼、摧残、争、追、侵、竞
	劳作类行为(5)	田收、分摘、劳心、费手、春工
	民俗/仪礼行为 (4)	停针、贺、祝、赛神旧愿
	趋向(14)	来(4)、去(3)、向(3)、上(2)、下、入
其他行为(8)		传、生儿、自误、称面、东飞、西飞、鸣、复咽

从表8-4可知,陈师道关注最多的是人物的日常行为举止,共140处,占人物行为类语汇的绝大多数。另外,社交行为类的41处,娱乐行为27处,与日常行为类语汇合计208处,占比近八成。这彰显着陈师道词聚焦女性行为,承袭花间传统的特色。

日常行为中,陈师道词集中在注视回望与起居作息两大类动作。前者如带有"看、回、见"等字眼的词,从"遍插一枝看"(《临江仙》)、"拭傍鸾台仔细看"(《卜算子》)、"长须仔细看"(《菩萨蛮》)等词句中可看出动作发出者是女子,从"恰见佳人春睡重"(《菩萨蛮》)、"一顾教人微倩"(《洛阳春》)等词句中可看出动作发出者是男子,但其聚焦点都是女子美好的姿态。在起居作息类里,如"梳妆""留妆""淡画""涂黄""改样"等动作是女子整理仪容,如"扶""拂""摇"等则是赏景行为,旨在表现女子的美丽俏皮;如"衾换""持鸳""灭烛"等则是女子的休憩举止,旨在表现女子的孤独憔悴。总的来说,日常行为的语汇选择反映出其词的视野聚焦于女性,审美对象是纯粹的女性。

除了日常行为以外,娱乐行为和社交行为占比也较大。"把酒""妙舞""举酒""带酒"等语汇侧重于筵席的欢乐,从"舞袖迟迟。心到郎边客已知。当筵举酒。劝我尊前松柏寿"(《木兰花减字》)、"破红展翠恰如今。把酒如何不饮"(《西江月》)等词句中可看出筵席的主要活动是赏歌咏妓。同时,这种欢乐是短暂的,所以自然也会有"离别""临别""辞频"等侧重于筵席别离的语汇。如"不辞歌里断人肠,只怕有肠无处断"(《木兰花》)书写抒情主人公追忆起往日筵席分别的无限唏嘘。又如"初月未成圆,明星惜此筵。愁来无断绝,岁岁年年别"(《菩萨蛮》)则表达了对年复一年的七夕筵席离别的惆怅。这些语汇与词句反映出了陈师道词对筵席游乐与其间男女别离的关注,契合《花间集叙》所言:"则有绮筵公子、绣幌佳人,递叶叶之花笺,文抽丽锦;举纤纤之玉指,拍按香檀。不无清绝之辞,用助娇娆之态。"①

透过行为类语汇棱镜,陈师道词中创作视角主要是男性,而且他们的视线都主要聚焦于女性的日常行为或者筵席间歌伎的舞乐与别离,流露出对纯粹女性的审美与关怀,承袭着花间词的本色传统。

三、情貌体态类语汇的审美集中于女性娇美体态,继花间词的香艳特点

花间词注重对典型环境中的女子典型情态的描绘,在宴饮作乐、闺阁休憩的场景里往往带着香艳的色彩。观察者或怜惜迷蒙中的美好并期盼与之相遇,或共情于她们的愁苦与无奈。例如,"楚腰蛴领团香玉,鬓叠深深绿。月蛾星眼笑微频,柳夭桃艳不胜春,晚妆匀。 水纹簟映青纱帐,雾罩秋波上。一枝娇卧醉芙蓉,良宵不得与君同,恨忡忡。"(阎选《虞美人》),词人花费大量笔墨描写青纱帐外美人的曼妙身姿、体态以及眉眼间的风情万种,最后道出其孤独处境,令人心生怜惜。又如"玉钩褰翠幕,妆浅旧眉薄。春梦正关情,镜中蝉鬓轻"(温庭筠《菩萨蛮》),极为细腻地刻画了翠幕旁的女性妆容,伤其韶华易逝却独守空闺。

陈师道词有关女性情态的语汇亦高频出现。这类语汇多出于陈师道元丰元年(1078)前后作的10余首观舞咏妓词中,如"娉婷、袅娜、娇小、倩"等。此时陈师道恰好罢官闲居、交友娱乐,可能确有其事,但从"宋玉初不识巫山神女,而能赋之,岂待更而知也"②这样的自解中可知有些可能是自娱之作而非

---

① (后蜀)欧阳炯:《花间集叙》,见施蛰存:《词籍序跋萃编》,中国社会科学出版社1994年版,第631页。

② 刘野编:《次山集·后山集》,吉林出版集团有限责任公司2005年版,第687页。

真有其事。并且这些咏妓词中出现了不少描摹女子身体的语汇,合计 42 次,具体如表 8-5。

表 8-5　陈师道词身体相关类语汇群

身体部位	脸(9)						腰(7)			手(7)				发(2)	
语汇	娇面(2)	香腮	宿面	面(2)	玉面	粉面(2)	腰肢(4)	腰身(2)	腰	素手(3)	纤手(2)	俗手	玉腕	高鬟	鬟丝

身体部位	影(3)			眼(3)		泪(2)		眉(2)		其他(7)					
语汇	疏影	照影	影	横波(2)	秋水	泪红	泪	眉山	修眉	芳心(2)	斑	汗	肺腑	冰肌	玉骨

从表 8-5 可知,视线所能及的女性身体部位基本进入了陈师道的视野。与脸部相关语汇 9 次,比例最高。其次被注视到的是涉及女性的腰部和头部(指向"发、眼、泪、眉")的语汇,分别为 7 次、9 次。另外,女性手部的关注度也不低,共 7 个相关语汇。这高度吻合日常生活中人们对女性进行审美观照的习惯。此外还有个别语汇暗示着近距离接触,如"斑、汗、冰肌、玉骨"等。通过这些语汇,陈师道精细刻画女性的容止以展现她们的娇美姿态,流露出自己的期盼艳羡的心理。譬如,将视角停留在细微的部位,如"眉""泪"等,也暗含着"眉目传情"之思。在这些作品中,女性形象并非作为"香草美人"式的政治或德性概念,而是回归本来的范畴,同时得以被更加细致地观察,这与花间词对女性体态情貌的描绘是一致的。如"纤软小腰身,明秀天真面"(《卜算子》)、"酒到横波娇满"(《洛阳春》)、"风柳腰枝"(《木兰花减字》)等,对女性身体部位的修饰性描写使风格显得纤艳明丽。这些咏妓词中甚至出现了的"肯持鸳绮被,来伴杜家花"(《临江仙》)、"暗里犹能摸得渠"(《南乡子》)的轻佻之语。

凸显歌伎的美丽动人,以夸赞之辞达成筵席间赠妓的客套,这也是花间词的一种功能或由来。这也使得陈师道词沦为"语业"之作,较少被前人夸赞。不得不说,如此艳丽的语言风格显然有别于陈师道作诗时所追求的"宁拙毋巧,宁朴毋华"。虽说宋人多将儿女情、风月思寄托于曲子词,但亦反映出安贫乐道、闭门觅句的陈师道也有风流偶傥的一面。

陈师道词的空间地点类、动作行为类、身体部位类语汇的视线聚焦于庭院筵席间的人事与情貌体态。这相比于花间词来说虽然没有实现超越,但可以明确的是,陈师道在词中倾注了有别于他的诗作中的生命体验,展现出的是安贫乐道的陈师道内心世界的另一种期盼。

第三节　意绪的流露:哀怨里的代言与自遣

中国古典诗词尚意尚韵,多以比兴寄托之法表达情志,不以浅露直白为尚,故意绪类语汇往往为点睛式寥寥数笔。但寥寥数笔却是引导读者关注创作者的生活状况,尝试理解其情感世界的重要媒介。

花间词抒情以相思离情、宴饮伤怀为主,且有着大量的女性描写,故其流露出的意绪多为娇羞嬉笑、哀怨思念。陈师道词流露的主体意绪在承花间词之余绪的同时稍有超越性表达,透过语汇棱镜,可略窥一二。

表 8-6　陈师道词意绪类语汇群

娇羞嬉笑类(8)	一笑(2)、笑、著羞、自羞、羞、可意、颜破
哀怨相思类(30)	愁(5)、断肠(3)、怨(2)、相思(2)、相忆、长别离、泪湿、留意、秋意、离情、凄凉、离愁、清愁、苦、寂寞、无情、只怕、应恨、伤春、悲秋、恐、先怯
怜惜赞美类(4)	怜取(2)、祝尧心、应怜

据表 8-6,陈师道词中意绪类语汇总共有 42 个,在陈师道 1564 条语汇中占 2.7%,确可谓为点睛之笔。所有意绪类语汇包括怨、羞、怜三种心理体验,其中,哀怨思念类最多,占 30 个,它们共同构筑了陈师道词之意绪特征。

一、承袭花间意绪,男子作闺音式的代言中多幽怨

在羞、怨、怜三类意绪的主导下,陈师道词多涉及思妇闺怨、咏叹歌妓、宴饮送别等传统题材,情感的表达形式也往往是花间一派"男子而作闺音"①的代言体。例如出现频率最高的"愁",在"重门深院帘帷静。又还日日唤愁生,到谁准拟风流病"(《踏莎行》)与"青衫从使著行尘,晚窗谁念一愁新"(《浣溪沙》)中,心生哀愁的自然是深闺思妇。而"淡画修眉小作春,中有相思怨"(《卜算子》)、"谁教言语似鹂黄,深闭玉笼千万怨"(《木兰花》)、"灭烛却延明月,揽衣先怯微凉"(《清平乐》)等词中,心怀幽怨的主体也是女子,其所处的环境也是闺帷深院。究其缘由,或许是花间词作为一种文学传统影响着后世词人,陈师道也自觉地接受着这些意绪类语汇的历史记忆。毕竟在花间词人那"寂寞香闺掩"(温庭筠《菩萨蛮》)、"洞房空寂寞"(温庭筠《酒泉子》)、"寂寞绣屏香一炷"(韦庄《应天长》)等表明寂寞更多是庭院闺阁的底色,而"南园满地堆轻絮,愁闻一霎清明雨"(温庭筠《菩萨蛮》)、"两蛾愁黛浅,故国吴宫远"(温庭筠《菩萨蛮》)、"蝉鬓美人愁绝,百花芳草佳节"(温庭筠《河渎神》)等则留下"多愁多恨是佳人"的印象。

二、超越花间范式,陈师道词寓自遣之愁情

代言之外,陈师道词中多指向自我,书写词人对美好事物的留恋、追忆所引发的伤愁。譬如,其观雪时写下的词句,先是"清愁叠积。更莫迟留春酒逼"(《木兰花减字》),随后在"雪满群山开画障"的壮观雪景中留下"同凭阑干意几般"这种极其模糊的情感,似乎这清愁也被大雪掩埋而难寻痕迹。赏花看蝶时写下的词句则是"人意自阑花自好,休休。今日看时蝶也愁"(《南乡子》),这闲愁本起于秋日里"横雨旁风不到头",在人的兴意索然与花的生机

① (清)田同之:《西圃词话》,"诗词之辨",见唐圭璋:《词话丛编》,中华书局2005年版,第1449页。

尚好的场景对照中强化,而最终将自我情感代入到蝴蝶身上,想象蝴蝶也有赏花闲愁,这里有着将哀愁转移到他者身上实现自我宽解以及寻求同病相怜的知音的意味。这类书写显然超越了花间词里的普泛化的愁情描写。按照"从来诗词并称,余谓诗人之词,真多而假少,词人之词,假多而真少。如《邶风》燕燕、日月、终风等篇,实有其别离,实有其摒弃,所谓文生于情也。若词则男子而作闺音,其写景也,忽发离别之悲。咏物也,全寓弃捐之恨。无其事,有其情,令读者魂绝色飞,所谓情生于文也。此诗词之辨也。"①所说,"男子而作闺音"和"情生于文"是词重要的特点,或者说至少早期的花间词留给了人们这样的印象。但后来部分词并无"忽发离别之悲"和"全寓弃捐之恨"特点,词中的情感发展反而有着丰富性、变化性的特点,而且那份愁情在词的书写中有迹可循,所以一定程度上超越了花间意绪,譬如陈师道,陈师道词中有"唤取佳人听旧曲,休休。瘴雨无花孰与愁"(《南乡子》),"清尊白发,曾是登临年少客……来愁去恨,十载相看情不尽"(《木兰花减字》)、"玉蕊今谁攀折,诗人此日凄凉"(《西江月》)之类的愁情表达,均为自遣。

三、代言中的自遣,倾注着创作主体真切的生命体验

"诗人之词,真多而假少,词人之词,假多而真少"的论断虽失之偏颇,但也未必毫无道理,至少启发我们去思考:陈师道留给后世的鲜明印象是江西诗派的诗人,那么其诗词是"文生于情"还是"情生于文"呢? 纵观陈师道的人生遭际,可谓一生清贫。《宋史·陈师道传》云:"师道高介有节,安贫乐道"②,其仕途不达、羁旅漂泊难免心中愁苦无奈。这也不可避免地渗透入他的文字中,譬如他的诗歌。陈师道现存诗 600 余首,主要描写个人的生活感慨。其中备受关注的正是与羁旅别离有关的诗,如《别三子》《示三子》《忆三子》《别刘郎》等。究其缘由,大概是"其境皆真境,其情皆真情,故能引人之情,相与流

---

① (清)田同之:《西圃词话》,"诗词之辨",见唐圭璋:《词话丛编》,中华书局 2005 年版,第 1449 页。

② (元)脱脱等:《宋史》,中华书局 1977 年版,第 13115 页。

连往复,而不能自已。"①

至于陈师道的词,其主要的情感基调是哀怨,其中写得情真意切、动人心弦的也正是那份代言与自遣兼有的相思无奈。这类词的哀怨可以分难见情郎、难忘旧事、难应誓约三类,因是男性创作,故多为设想类的代言体。其中难见情郎一类俱是借七夕乞巧为背景书写闺中妇人相思之苦,即《菩萨蛮·七夕》组词。该组词皆先写鹊桥相会来引人思考牛郎织女相思之深、相见之难,但词的末尾两句往往别出心裁。无论是"天上隔年期,人间长别离",还是"终不似人间,回头万里山",都传达出人间寻常男女的别离之久、相见之难更甚于天上的牛郎织女。陈师道本人自熙宁五年(1072)结婚后,因为困顿于乡掾小吏导致生活贫苦,更导致与妻、子曾多次分离且长期分居,这使得其对相思别离有着较为深刻的体会,这也大概是其词末此番感叹的由来。从这个角度来说,陈师道的词作确实倾注着自己贫贱别离的生命体验,并不全是陈伎佐欢、娱情遣兴的作品。

概言之,陈师道对女子哀怨闲愁的体悟绝非仅仅是旁观者的同情与怜悯,还有着自己的切身领会,可谓源出"花间"却有其超越之处。

从语汇的选择与使用来看,陈师道词在很大程度上吻合他强调的本色当行的词学理念。首先,与花间词类似,大量使用以花鸟、草木为代表的自然物象群和以女性为中心的身体、服饰、闺阁物象群,借助于自然物象的隐喻与比兴、人文物象的并置与关联的手法,建构了朦胧与艳丽的审美特质。其次,陈师道词的审美对象大比例是纯粹的女子与花卉,其视线聚焦于人造建筑空间,其词空间地点类语汇以庭园筵席类为主,动作行为类语汇与女性、生活居住空间密切相关,且词中多精细刻画女性体态情貌的语汇。这些符合花间范式以及这种审美空间里对象的行为逻辑,总体来说承袭多于创造,但这并不意味着毫无意义。陈师道词这样的后世文本与花间文本何尝不是相互呼应、进行对话,从而实现对同一个文学语言符号系统的异代构建,使读者对彼两者有了更

① 傅璇琮:《黄庭坚和江西诗派资料汇编》,中华书局1978年版,第566页。

加准确的定位与理解。况且对于理解陈师道来说，这些语汇使其词呈现出纤丽明艳的特征，不同于其诗表现出的"拙朴"艺术风格。这既显示了他的另外一种文学才能和文学造诣，又揭示了陈师道沉闷枯槁世界里藏着一份骚动轻佻的期盼与生命体验。而当关注词中点睛式的意绪类语汇，寥寥数笔却以哀愁思念为主，与花间词极为相似。细究生发哀愁的主体可以发现，并不仅是词内的女性与花卉等审美对象，更是对贫贱别离有着深刻体会的陈师道本人。这也使得陈师道词里诉说的相思别离因其融入了真切的生命体验而显得深沉独特。从一定程度上来说，陈师道词揭示的生命体验卸下了儒家伦理的外衣，更贴近于生命个体本真的自然态。因此，较陈师道诗而言，词中彰显的真率的生命体验对于他本人有着独特的价值与意义，这或许是他"独于词自谓不减秦七黄九"的原因之一。或许我们可以这样去共情宋代词人，基于本色论的"诗庄词媚"的理念在北宋时期之所以能深入人心或许并不在于词体文学"词媚"之表象，而在于"词媚"之中所沉淀的内核，即人性中关于食色之真的那份率真的生命自然态，所以几乎整个北宋词坛都迷恋着词为艳科的传统。由此我们也可以从另一个角度去理解陈师道自负其词的原因。在北宋词坛的词诗关系中，源自晚唐五代文人词的本色词风才是词体文学之正宗，这种观点并不是陈师道一个人的意见而是一种共见。正是自恃其词为词体文学之正统以及整个词坛对本色词的充分认可成就了陈师道对其词的充分自负。另外，作为苏门文人之中的佼佼者，他或许不太情愿跟在"以诗为词"的苏轼后面亦步亦趋。于是便于书写个体生命食色之真性情的文人词源头成为他的一种选择，而苏门学术思想自由多元让这种选择成为可能。成功的远绍花间从某一种程度上释放了陈师道面对苏词时的焦虑，这也是他自负于词的一种心理契机。

第九章 语汇棱镜中陈亮《龙川词》
的双重心态①

　　陈亮(1143—1194年),婺州永康(今浙江永康)人,字同甫,号龙川,其人才气超迈,倡导经世济民的"事功之学",力主抗金,喜谈兵事。遭人嫉恨,一生两度入狱②,有《龙川词》,凡74首。所谓"言为心声",其传世之词作为观照他所在的时代以及他的身世、心态提供了一面镜子。而词中的语汇(此处指古典诗词中的词及大于词的固定搭配),作为承载创作主体情思志趣的基本语言结构,折射着作品特色、作者性情、社会风俗等丰赡的文化信息。F.W.贝特森说:"一首诗中的时代特征不应去诗人那儿寻找,而应去诗的语言中寻找。"③作为语言之核心的语汇,是时代文化与作者情思最主要的载体。本章拟从《龙川词》所用各类型语汇的数量频率,分析其特征,探寻词人矛盾复杂的心态。

---

① 本章由郁玉英与秦凌宇合作完成。

② 董平、刘宏章:《陈亮评传》,南京大学出版社1996年版,第110页。

③ [美]韦勒克、[美]沃伦:《文学理论》,刘象愚、邢培明、陈圣生、李哲明译,三联书店1984年版,第174页。

第一节 空间语汇选择与陈亮"酒圣诗狂"式的放达行乐心态

"酒圣诗狂"之典与李白有关。李白嗜酒,诗歌狂放,动辄有惊人语,如"安能摧眉折腰事权贵,使我不得开心颜"之类,是以五代徐钧《李白》诗中称其"诗狂酒圣且平生"。陈亮以李白自喻,借诗酒浇愁,词中自谓"酒圣诗狂"(《点绛唇》)①。面对人生失意沧桑,"酒圣诗狂"陈亮在词中不时地展现出一种人生理想激烈燃烧之余放达归真的休憩心态。在这种心态的支配下,陈亮似乎刻意放下尘世烦恼,在山林、宴席等个体化的空间,暂且"行乐任天真"(《醉花阴》)②。《龙川词》中,从空间意象类语辞的选择上可以一窥词人"酒圣诗狂"式的放达行乐心态。

一、《龙川词》空间地域类语汇的分布

词人以文辞再现了他们在特定空间之所见,因而空间意象能在一定程度上反映词人的心境和词境的大小③。换言之,词作中出现的空间不仅仅是词人的涉足之地,而且与词人意绪所及结合,既可能是现实空间,亦可能为心灵空间。

陈亮虽然出生于南渡之后,未曾亲历靖康之役,但身边多为力主抗金的志士仁人,如妻叔何恪,曾上《恢复十二策》,友人韩子师一家两代人从事抗金事业,知己辛弃疾更是当时主张抗金的旗帜之一。在这些豪杰的影响下,陈亮一生以家国天下为己任,所选择的空间意象呈现出开阔的境界,兼顾山林与国家。以《龙川词》为例,通过词作这一艺术化的表现形式,词人实现了超越,从个体所能感知的"湖堤、花丛、天际、云端",到记忆中的空间。如

---

① 姜书阁:《陈亮龙川词笺注》,人民文学出版社 1980 年版,第 118 页。
② 姜书阁:《陈亮龙川词笺注》,人民文学出版社 1980 年版,第 142 页。
③ 闫庆刚:《南唐词空间意象研究》,北京外国语大学硕士学位论文,2017 年,第 1 页。

留存于记忆中的行役离别处,再到经本民族的想象和彼此认同所产生的"州郡、国家、天下"之类。其间,词人作为一人类个体所能切身感受到的地域一直延展到天地之间,既有山水幽秀,勾栏瓦肆,也有为胡马所践踏的北方故土。

笔者以唐圭璋先生编著的《全宋词》为底本,参考姜书阁校笺的《陈亮龙川词笺注》①,对其中所载陈亮全部词作的语汇进行切分,共录得空间地点类语汇 241 个,如表 9-1 所示。

表 9-1　陈亮词空间语汇信息统计表

	植物(6)	花前(3)、夏叶丛中、柳外、疏林
自然空间(48)	水域(21)	南溟、五湖、汀渚、湖岸西、晴陂、堤湾、沙头、江皋、江心、红蓼岸、白蘋州、中流、野水、水边(3)、溪上、洛浦(2)、凌波处、林塘
	空域(5)	绵宇、天际、云端、风前、天上
	山地(14)	林邱、龙山、南山、武夷、好峰、千山、洞天、远岫、碧山腰、巫山、乱山、江嶂、空山、西山
	其他(2)	影里、石上
人文空间(155)	天下(13)	人间(3)、天下里、中州、天涯(2)、世间(5)、四海
	军政相关(23)	尧之都、舜之壤、禹之封、争雄处、南疆、北界、阴山、穹庐、蘽街、穹庐、阶除、三十六宫、旧家宫室、汉宫、银台、蓬山路、东阁、唐昌宫、灵和、高唐、楚王宫、黄金屋、绿野
	行政区划(22)	京、五云、长安、江南(5)、潇湘、山城(2)、南徐、江表、武陵、两河、琉球、关东、吾州、蜀郡、荆州、扬州、东瓯
	家居内设(13)	帘外、窗下、坐上、灯前、檐花落处、屋檐、半檐、画檐、斗尊前、尊前、小窗、寒窗、琐窗

---

① 姜书阁:《陈亮龙川词笺注》,人民文学出版社 1980 年版。

续表

人文空间（155）	寻常建筑①（58）	墙外、沉香亭、旗亭、小亭、长亭、西园、小园（2）、舍、屋千间、云室、百尺旧家楼、高楼、危楼、溪楼、楼台（3）、小楼、南楼、层楼、画楼、危阑、江槛、阑干（2）、画阑西畔、玉阑干、画阑东、危栏、戏马、台榭、寺、慈恩寺、江乡、村落、水村、竹坞、烟村、兰堂、庭院（3）、院落（3）、芙蓉院、渔樵市、画阁、绣阁（2）、东篱（2）、篱、疏篱（2）、楼台、空阶
	交通（22）	径、山驿、孤馆、蓝桥、断桥、平桥、桥边、片帆（2）、扁舟、路、虚舟、龙骧、舟、归舟（2）、桃花路、轻舸、轻舟、短篷、来路、翠陌
	离别（4）	离别地、芳草渡、销魂处、曾经处
其他空间（38）	宏大距离（9）	万里（3）、九万里、千里（4）、两地
	模糊方位（29）	安在、深处（7）、高处（2）、飞处、咫尺、其上、向上头、行处、何处（4）、周遭、其下、在下、底下、低边、旁边、北、南、佳丽地、向闲处

由表 9-1 可知,陈亮词中人文空间类语汇数量最多,计有 155 项,占比 64.3%;自然空间类语汇次之,但数量远不及人文空间类语汇,计有 48 项,占比 19.9%;杂项,即其他空间类语汇,计有 38 项,占比 15.8%。其中,有"天下里、中州、天涯、四海"等 13 处语汇指向天下,"争雄处、南疆、北界、阴山"等军政相关的 23 处,"京、五云、长安、江南"等行政区划类 22 处,这些语汇均指向家国天下和经世情怀。但值得注意的是,自然空间语汇以水域与山地为主,共 39 项,占比约 81.3%,人文空间语汇中寻常建筑和家居内设、交通与离别处共 97 项,占比 62.6%,这两类语汇均是词人远离官场与经义争端,寻求内心满足的体现。二者从不同角度映射出"酒圣诗狂"陈亮"行乐任天真"的心态。应该说,空间类语汇折射的陈亮心态是双重的,但更大程度上彰显的是放任行乐的心态。

———————

① 寻常建筑是为了与军政相关的人文空间作区分所设,相关语汇占总数的 24.7%,它指代平民百姓的生产生活处所,达官显贵的娱乐遣兴之地仍然归入军政相关一类。

二、空间语汇选择与陈亮的"行乐任天真"

"山林与！皋壤与！使我欣欣然而乐与。"①山水自然与人的精神之乐有着密切的联系。文学作品自然空间类语汇往往蕴含着远离纷乱现实以实现心灵自适的心态，在《龙川词》中或可差拟为陈亮"小隐隐陵薮"的性情之真。

其一，自然空间类语汇的使用情况表明陈亮在一心北伐、期望功利仁义两全的表象之下，留有一方静谧山水，藏着一份放任于山林的心态。

绍兴十三年（1143）九月七日，陈亮出生，距此两年之前，岳飞被杀，宋金议和。陈亮19岁时凭"考古人成败之迹"的《酌古论》赢得了郡守周葵的赏识，周葵此后为相临安，对陈亮多有看顾。但陈亮并没有如周葵所期望的那样成为国士，或许过于张扬的性格使得他仕途屡屡受挫，终其一生未能实现北伐抱负。陈亮的人生存在着许多冲突，如与知交好友朱熹关于经学的争论，二人一度因此决裂，又如以太学生身份与群臣就用人标准和宋金和战进行抗辩。陈亮在这些场合大多坚持自己的核心观点，倡议抗击金人是如此，宣扬事功思想也是如此，这种耿介的性格与稍加振作后重归于委顿的南宋朝廷格格不入，也无怪乎他一生中两度下狱、晚年才博得状元功名。

对少年便"慨然有经略四方之志"（《论正体之道》）②的陈亮而言，仕途的失利并不是一件容易接受的事。意气难平，他的眼光自然而然地投向山水，无论是冶游还是宴饮之际，他常常展现出对自然风光的亲近，是以自然空间的语汇占有15.8%的比重。这种关注自然的趋向或许不是他作为辛派词人的创作主调所在，但却能够展现一个更丰满的陈亮。入世不成，他的身心走向山林，找寻着一片可以使他跳出世间忧扰的心灵净土。

---

① （清）郭庆藩撰，王孝鱼点校：《庄子集释》卷七下，"知北游第二十二"，中华书局2012年版，第761页。

② 邓广铭点校：《陈亮集》，中华书局1987年版，第31页。

表 9-2　陈亮词自然空间语汇信息统计表

自然空间	频数	在自然空间类语汇中占比
水域	21	43.8%
山地	14	29.2%
植物	6	12.5%
空域	5	10.4%
其他	2	4.2%

据表 9-2 可知,水域相关的语汇占比最高,而山地类语汇次之,两类占自然空间类语汇的 73.3%。所谓山水之情,大抵便是借这两类的语辞表达。"仁者乐山,智者乐水",中国文人对山水都有着莫名的亲近,其中有渺小个体尊崇伟大存在的因素,也有儒道"天人合一"传统的成分。当他们置身山林,俯瞰大江,仰观远山,尘世的喧嚣不自觉褪去,人最本初的性灵重新占据了主导。此时的他们,可以偷得浮生半日闲,稍稍撇下儒家规训所施加的社会责任,享受山水与诗酒,"行乐任天真"。例如:

> 五百年间非一日,可堪只到今年。云龙欲化艳阳天。从来着旧传,不博地行仙。　　昨夜风声何处度,典型犹在南山。自怜不结傍时缘。著鞭非我事,避路只渠贤。(《临江仙》)

"采菊东篱下,悠然见南山。""南山"被陶潜赋予了独特的文化内涵,成为后世厌倦世俗的文人的遣怀对象。这些文人的创作层累叠加,逐渐将"南山"从一个地理名词变为了山水田园之趣的艺术象征,象征着恬然自适、脱去尘埃的思绪。词中"南山"无疑承载了这样的历史记忆,点出了词人当时的心态——入世不易、不如退隐。静听着风吹了一夜之后,词人回忆起过去:为官则受小人谗言陷害,上书献策则朝野哗然,群起攻之。于是他不由生发了仿效

158

陶潜、遁入"南山"的想法。此时的"南山"较之于实体的存在,更多的是一个能与词人产生共鸣、提供安宁的心灵寄托,现实受挫的词人不必亲临南山,神思已然栖身其间,与陶潜达成跨越时空的交流。

早春图

其二,寻常建筑、家居内设、交通与离别处所等语汇彰显陈亮放任个体性情而休憩心灵的愿想。这些语汇倾向于个人生活体验,而非庙堂、战场等展开宏大叙事的场所,因此有别于天下、军政相关和行政区划三类。这些更多是为了满足个人的需要而存在的空间,合计有67项,占人文空间语汇的62.6%。而关乎家国天下的三类语汇之和为58项,则占人文空间类语汇的37.4%,在语汇选择上逊色于这些更切近个人化叙事的空间语汇。这表明词人尽管心系天下,但他并非不惹凡尘的圣人。相反,他会在日常的生活中放松自我,以美的体验为斗士的心重新赋能,以放任天性的行乐来调整心态。

在陈亮词中,提及"窗"凡4次,提及"檐花"一类的建筑局部凡4次,"尊前"一类的个体化空间凡2次,这在一定程度上反映了他对生活中细小处美好事物的体察力。对陈亮而言,"行乐任天真"的空间何止于山野,若是心安,喧嚣处亦可寻得回归本真的感触。或是与二三知己在堂前行酒令作诗,或是于窗前独酌小酒,空间中多了人世的烟火气,以不同于畅游山野的方式帮助词人在屡挫屡战的人生中获得慰藉,是可谓"大隐隐于市"。如:

> 峻极云端潇洒寺。赋我登高意。好景属清游,玉友黄花,谩续龙
> 山事。　　秋风满座芝兰媚。杯酒随宜醉。行乐任天真,一笑和同,
> 休问无携妓。(《醉花阴·峻极云端潇洒寺》)

正如曾大兴所主张的,地理环境能为文学家的创作提供题材,同时影响他们的气质和人格①。此词正是词人与好友于"云端潇洒寺"雅集之际,妙手偶得而为作。在中国文人的创作实践中,"寺"所代表的往往是禅机,是超脱,如常建之《题破山寺后禅院》,又如王维之《过香积寺》,这便与陈亮心忧国事之余兼顾个体、闲暇时行乐任天真的心态不谋而合。置身于这一地理环境,词人在杯酒微醺中效法"酒圣诗狂"李太白,题词于寺院壁上。此时,"寺"与词人心态两相晕染,"峻极""潇洒"之语已经不单是写寺庙,而成为对词人心态的刻画,于是读者才见得一个"行乐任天真"的高士,暂将心中的平戎策收起,与友人"一笑和同"而"行乐任天真"。

---

① 曾大兴:《地理环境影响文学的表现、途径与机制》,《兰州学刊》2017年第4期。

第二节　人事类语汇选择与陈亮
"人中龙虎"的进取心态

陈亮曾自赞其画像如"人中之龙,文章之虎"(《自赞》)①,又言"推倒一世之智勇,开拓万古之心胸"(《又丙辰秋书》)②,另《三部乐·七月送丘宗卿使北》③亦有言曰:"人中龙虎,本为明时而出"。"人中之龙"典出《晋书·宋纤传》,形容人物才能超卓,陈亮"龙""虎"并用,可谓"人中龙虎",这体现了他对自身极高的自信和期待以及欲建不世之功的理想。表一空间类语汇中的"天下""军政""区划"类语汇中已见其"人中龙虎"之意绪,而《龙川词》人事类语汇的选择,更不时地彰显着陈亮的进取心态,暗合他在人生哲学上主张的事功思想。

一、《龙川词》人事类语汇选择概貌

陈亮少年便"好伯王大略,兵机利害"(《酌古论序》)④,读书求自见于世,凭一身才识建功立业的想法早早就潜藏于陈亮的心中。20岁时,他在宰相周葵幕府活动,声名渐起。周围人将他视为新星,名士何恪与他结交,力主将侄女嫁给陈亮。但是,陈亮之后的人生道路却偏离了众人的预想,先是因家仆杀人被牵连入狱,后来参加科举又名落孙山,诣阙上书亦不成,于是他只能将平生经济之怀,寄之于词,其词中诸多人事类语汇相对集中体现了陈亮自许为"人中龙虎"的进取事功之心态。

人事通常是一个泛指的概念,在此处它指的是人的境况和世间的事,可细分为人际活动、人物心理等。坎坷的经历、广泛的交游在陈亮词的人事类

---

① 邓广铭点校:《陈亮集》,中华书局1987年版,第114页。
② 邓广铭点校:《陈亮集》,中华书局1987年版,第339页。
③ 唐圭璋:《全宋词》,中华书局1999年版,第2704页。
④ 邓广铭点校:《陈亮集》,中华书局1987年版,第50页。

语汇选择上留下痕迹。笔者统计陈亮 74 首词作,共得人事类语汇 145 项,
详见表 9-3。

表 9-3　陈亮词人事语汇统计表

人际 (77)	人际活动(8)	当场、话头、家生、长途、消息、儿戏、离别、分工
	人物心理(40)	中州想、雅趣、秋思、心事、兴、逸思、此意、意(2)、门户私计、海 誓、春梦、才具、远谋、人品、创见、旧恨、梦魂(3)、魂、游仙梦、 宴、无滋味、梦中(2)、情(3)、情分、情怀(2)、心情、气岸、风流、 心(2)、心术、心绪、见识
	人际关系(1)	家世
	生命相关(12)	恩(2)、饱暖、期颐、遐寿、百二十岁、长生、活、世事、沉浮、离乱、 天算(天寿)
	功名(16)	宣赐、功名(2)、繁华、利、名役、事业(2)、富贵、名品、封侯、姓 名、麾旌、湛露、行藏、阶级
社会 (57)	国事(8)	争雄势、百年、霸图(2)、王朝、虞唐、六朝、兴衰
	典故(52)	买犁卖剑、龙山事、戏马龙山、邓禹笑人、高山一弄、英物、百尺 旧家楼 2、卧百尺、登高怀远、中流誓 2、小儿破贼、夏裘冬葛、犹 未燥、树犹如此、妍皮痴骨、月入怀中、五湖、虚舟、东山始末、生 碧、涕出女吴、鲁为齐弱、丘也幸、由之瑟、天地洪炉、骑鲸汗漫、 百世寻人、三人月、雨僝云僽、楚王宫、巫山梦断、流觞、武陵溪、 池塘梦中句、黄犬书来、题诗落帽、灵和、蓝桥、蜀郡归来、荆州 老去、六郎涂泐、刻画毋盐、梦高唐、叶落梧桐、孤灯成晕、扬州 何逊、爽气朝来、白鸥、黄金屋、泚水破
其他 (11)		何事(3)、这些儿、颖脱处、馀事、万事、往事(2)、事(2)

据表 9-3,陈亮词的人事类语汇中,数量可观的分别是典故类 52 项,人物
心理 40 项。这两类语汇约占比 62.1%,其中大部分含蕴着陈亮忧怀天下以及
功业进退之思。另外,直接指向功名的语汇有 16 项,直言国事的语汇 8 项。
生命相关的 13 项亦多有从人生长度折射功业意识之类。陈亮词中的人事类
语汇包蕴丰富,所指多元,但大都倾向性表现事功进取之思。

二、人事类语汇中的进取心态和功业意识

金人的入侵终结了北宋王朝,他们所带来的靖康之耻和现实威胁又在相当一段时间内萦绕在南宋文人心头。生逢乱世,真男儿当建功立业。作为浙东事功学派主将的陈亮不耻言功利,这种思想表现在人事类语汇选择上便是对生命和功名的分外关注。

首先,《龙川词》用典艺术别具一格,激烈悲壮的家国情怀与深沉的个人进退之思交织其中。陈亮词用典广博,来源于《庄子》《孟子》《南齐书》《晋书》《世说新语》《乘异记》《搜神记》及诗歌语录,经史子集无所不包,其意蕴亦涉及人生诸种情怀。其中有关乎个体风标气度的,如用谢安事的"虚舟",用伯牙事的"高山一弄"等。然 52 个典故,语意鲜明地指向家国情怀以及将国家个人政治命运密切相连的相对集中。关乎仕隐功名的,有用范蠡事的"五湖",用孙权事的"月入怀中",用桓温事的"树犹如此""英物",用陈元龙事的"百尺旧家楼",用汉武帝事的"黄金屋",等等。关乎国家政事的,有用祖逖事的"中流誓",用符坚事的"淝水破",用龚遂事的"买犁卖剑",用王导事的"登高怀远",用谢安语的"小儿破贼",语出《论语》的"鲁为齐弱",等等。此类典故,所涉历史人物大多是既有功名又有风度的豪杰。如孙权、王导、谢安、邓禹等,思古慨今之中,暗含家国悲愤之怀和英雄激越之情。陈亮将典故化入词中,国事之忧与功名难立之悲从这类语汇中涌出,譬如"危楼远望,叹此意、今古几人曾会。鬼设神施,浑认作、天限南疆北界"与下阕"正好长驱,不须反顾,寻取中流誓"(《念奴娇·登多景楼》)相应,感伤国家分裂,见杀敌立功豪情。"涕出女吴成倒转,问鲁为齐弱何年月。丘也幸,由之瑟"(《贺新郎·酬辛幼安》),"涕出女吴""鲁为齐弱"二典不加掩饰地传达出悲愤不平之情,如怒涛倾泻、壮怀激烈。

其次,《龙川词》人物心理类语汇意蕴丰富,但亦有不少直接关联词人积极入世的心态。登楼时的"游仙梦"(《一丛花·溪堂玩月作》),"向武夷深处,坐对云烟开敛"(《水调歌头·癸卯九月十五日寿朱元晦》)的"逸思",超

脱世俗的登高之"意"(《醉花阴·峻极云端潇洒寺》)、山林之"意"(《醉花阴·再用前韵》)等,诸如此类,或写文人雅兴,或述隐逸之思,或书高远情怀。除此之外,更多有涉及功名壮志和家国之思的,如念及旧日山城的"中州想",感慨六朝旧事的"门户私计",杯酒之间思及虞唐的"心事",羡慕友人足以入世的"才具"等,"霸图消歇,大家创见又成惊"(《水调歌头·和赵用锡》)中的"创见"指的是"大家"(赵宋天子)有心振作、恢复失地的理想。另外,有语汇仅从表面意思看,似与功名家国无关,但具体语境中却流露着浓烈的功业意识,譬如,"手弄柔条人健否,犹忆当时雅趣。恩未报、恐成辜负。举目江河休感涕,念有君如此何愁虏"(《贺新郎·同刘元实唐与正陪叶丞相饮》)①,陈亮有打通经史之志,喜好历史,此中"雅趣"指的是这份借"经史"来"起衰飒"的雄心壮志。再如,"随世功名浑草草。五湖却共繁华老……旖旎妖娆,春梦如今觉"(《蝶恋花·甲辰寿元晦》),结合上阕范蠡泛舟五湖的典故,"春梦"一语,叹功名难成,壮志如梦。

另外,生命类语汇与功名事业相关的语汇及其关联更彰显陈亮对建功立业的渴望以及积极用世的心态。《龙川词》共 16 次提及功名相关的语汇,如"封侯""事业"等,明显指向功业理想。同时,陈亮又有 11 次提及生命相关的语汇,如"饱暖""沉浮""长生"等,这些语汇反映了他对生命体验的关注,"饱暖"是物质上的需求,而"沉浮"则体现出社会地位和心理获得感上的欲求。其中的"期颐""遐寿""百二十岁""长生""天算"指长寿,表明了词人对生命的珍视,借祝寿之名兼言己志的意味。功名类和生命类语汇融合一词时,更见到陈亮时不我待的功名意识。譬如:

> 入脚西风,渐去去来来,早三之一。春花无数,毕竟何如秋实。不须待、名品如麻,试为君屈指,是谁层出。十朝半月,争看拄空霜鹘。　　从来别真共假,任盘根错节,更饶仓卒。还他济时好手,封

---

① 据姜书阁注,叶适曾赞陈亮"匹夫负独志,经史考离合。手掀二千年,柔条起衰飒"。

侯奇骨。没些儿、婴姗勃窣。也不是、峥嵘突兀。百二十岁，管做彻、
元分人物。（《三部乐·七月廿六日寿王道甫》）

　　屈原曾悲歌"泪余若将不及兮，恐年岁之不吾与"，陈亮也如前贤一般，心
怀壮志，想立下不世之功，却遭人谗害，有志难伸。当是时，生命的珍贵特性便
显现出来。壮志未酬者虽然知人终有一死，无望长生，却仍期望有更多时间来
实现他们的抱负。词中的"百二十岁"，既是预祝王道甫长寿，也传达了二人
不成就一番功业誓不罢休的气魄；"封侯"则是对友人的期许与认可。王道甫
与陈亮有着相似的人生经历，姜书阁先生笺注，王道甫"坎坷落拓，与同甫相
去无几"①。共通的人生体验使得陈亮在词中与友人共情共鸣，"百二十岁"
"封侯"是寄语友人，又是词人自况、自勉。即便需要"百二十岁"才能实现"为
社稷开数百年之基"（《宋史》）②的宏愿，词人也不会就此放弃。

　　陈亮一生，积极进取、心系天下苍生，他在说到自己念及国事时"或推案
大呼，或悲泪填臆，或发上冲冠，或拊常大笑"（《与吕伯恭正字》）③，人事类语
汇相对集中地表明了忠肝义胆的陈亮进取事业之心。"持节云中，何日遣冯
唐。会挽雕弓如满月，西北望，射天狼"（苏轼《江城子》），有志杀敌报国而位
卑言轻，陈亮的境遇和心态也差可拟之。

第三节　人物类语汇选择融合
放达与进取两种心态

　　如上所述，空间类语汇很大程度上呈现的是酒圣诗狂式的行乐放达的态
度，人事类语汇更倾向于表现陈亮作为人中龙虎的家国情怀和关注功名事业
的态度。《龙川词》中所折射出的陈亮心态是复杂的，空间类语汇中关于天

---

① 姜书阁：《陈亮龙川词笺注》，人民文学出版社1980年版，第97页。
② （元）脱脱等：《宋史》，中华书局1977年版，第12940页。
③ 邓广铭点校：《陈亮集》，中华书局1987年版，第321页。

下、军政和行政区划的明显亦指向他作为人中龙虎的心态,而人事类语汇中也涉及个人风标气度和放任行乐的态度,这两种心态的复杂交糅更明显地体现于人物类语汇中。

一、《龙川词》人物类语汇概况

陈亮交游广泛,他的词作常记载亲友山林出游、诗酒为乐的情景。陈亮的词约有1/3或为赠答,或为祝寿,或为唱和,抑或是即席而作,他的亲友往往被写入词中。《龙川词》中,所涉及人物颇多,有陈亮所熟识的亲友,也有历史人物、市井百姓等等,具体如表9-4所示。

表9-4　陈亮词人物类语汇统计表

军政相关(35)	遗民、大家(天子)、唐虞、禹汤、文武、真主、至尊、钱王、汉使、万夫雄、邓禹、英物、王谢诸人、黑头公、微官、簪组、公子、王孙、君侯、汉家龙种、南师、部曲、元戎、北群、英雄、壮士、诸老、父老、后死、狂酋、虏、明圣(南渡宋帝)、冠盖(北上纳贡使臣)、戎、胡妇
市井百姓(15)	游人、吾民、人家2、个人、齐民、平家、牛家、姚魏、旧家、耆旧、征骑、嘶骑、客、游镫
文士贤才(15)	杜陵(杜甫)、宋玉、庾信、张绪、书生、何逊、名流、渊明、陶令、他(陶渊明)、典型(陶渊明)、大家、人物、伯牙、圣贤
多情绝色(10)	妓、玉奴、佳丽、铅华不御、毛嫱、西子、六郎(美男张昌宗)、阳台女、儿家、儿女子
泛指(34)	几人(2)、人(16)、谁(11)、眼孔、谁家(2)、时人、人人
自称(24)	我10、我侬、吾(2)、吾曹、少年(2)、二老(辛、陈)、男儿(辛、陈)、酒圣诗狂、醉帽、男、诗人
他称(28)	君(戴少望)、渠侬(戴少望)、君(王道甫)、尔(王道甫)、元分人物(王道甫)、好手(王道甫)、君(2)、君(叶正则)、君(吴允成)、郎君(韩子师)、人中龙虎(丘宗卿)、嘉瑞(罗春伯)、使君(辛弃疾)、狂徒(戴少望)、汝书生(赵用锡)、母(罗春伯之母)、大家(友人)、女(亮妻何氏)、昔游、旧游、故人、人物(永嘉诸友)、俊游(永嘉诸友)、客、清游、芝兰、主人
其他(3)	方士、渠贤(有讽刺意)、时流(有讽刺意)

《龙川词》中人物类语汇总计 162 项,其中,数量最多的是军政人物,共 35 项,除泛指外,亲友他称、自称类语汇也不少。此外,还有市井百姓、文士贤才、多情绝色、其他等几大类。《龙川词》中的人物类语汇呈现出相对复杂的状态,折射着陈亮丰富生命经验下的复杂心态。

二、人事类语汇中交织着"酒圣诗狂"与"人中龙虎"的双重心态

一方面,《龙川词》的人物类语汇具有鲜明的时代特色和主体意识,彰显着陈亮心系家国、渴望建功立业的壮志情怀,正如施议对所言,陈亮"用'平生经济之怀'写词"①。

陈亮出生之年,宋金和议已成,赵构对金修书曰"臣构言"。孝宗继位,一度有心北伐,但只如昙花一现。在这民族危机空前深重的时期,极力主战的陈亮有所感发,在《龙川词》中呼唤能如王、谢、桓温一样以南伐北而取胜的豪杰。这一心态见于军政人物相关的语汇。这类语汇共有 35 项,占人物类语辞的 21.6%,其中除了"君侯""王孙"等颂世颂圣之语外,词中对古今汉家将军士卒多有提及,计有"王谢诸人""黑头公""邓禹""部曲""南师"等 8 项。陈亮将北伐的大义与个人建功立业的利益视同一元,对历代抗击北方少数民族之英豪的歌颂寄寓着陈亮效仿他们成就功名的愿望。另外,他称类语汇中多处提及的王道甫,是"少负奇气,自立崖岸"(《宋史》)②之人,与词人并称的辛弃疾更是宋室南渡以来难得的真正的人中龙虎。同时,对宋金民族矛盾的关注亦是他进取心态的重要表征。词中有暗示华夷大防的语汇,如"胡妇""狂酋""戎""虏"等,也有饱含着强烈民族情感而心怀故国的"遗民""父老"等语汇。此外,词中包括"酒圣诗狂"在内的指涉自我的语汇高达 22 处,在强烈的

---

① 施议对:《论陈亮及其〈龙川词〉》,《厦门大学学报》1982 年增刊。
② (元)脱脱等:《宋史》,中华书局 1977 年版,第 11948 页。

自我主体意识支配下,其中的一部分亦暗含着陈亮主张义利王霸的哲学思想。

另一方面,《龙川词》中"文士贤才"以及日常生活的普通人物,如"市井百姓、多情绝色、亲友"等语汇折射出了词人的"行乐任天真"的一面。这一方面的人物语汇占人物类语汇的近 2/3,展现出词人酒圣诗狂一面的同时折射出宋人以词佐欢助兴的文学观念和宋代的享乐文化。北宋承平百十年,统治者鼓励臣僚享乐,文人狎妓被视为风流美事。及至南宋,这一风尚犹盛,纵使是辛弃疾这样的英雄,也会在悲愤至极时"唤取红巾翠袖"。《龙川词》中"多情绝色"相关的语汇,其中 9 项所指为美人。陈亮在节日、宴席上乐得欣赏美人"娉婷笑语"(《踏莎行·上巳道中作》),兴之所至,便将她们写入词中。此外,陈亮在"市井百姓"和"文士贤才"语汇的选择也能体现他的放达心态,折射出他的生活情趣。例如,在"市井百姓"相关的语辞中,基本上是市井之间的平民、游人、离客等人物,另有"牛家""姚魏"园艺大家,对人情百态的体察中可见陈亮于家国功业之外的意趣闲情。另外,15 项"文士贤才"类的人物,陈亮表达的是对他们风流气质的欣赏,譬如,他希望同陶令一样享田园之乐,愿如宋玉一般吟词抒发对"当日袜尘"的思念,均见其行乐放达之情。

人物类语辞中糅合了两大关注:一为与军国大业相关的人物,包括政治人物、敌我军民,时间上直溯唐虞,地域上棋布南北;一为和平状态下的人民,有市井百姓,文士贤才,多情绝色,也有词人的交际圈。前者彰显着词人为国建功立业的愿望,祈愿与北伐同志一道,实现"入奏几策,天下里、终定于一"(《三部乐·七月送丘宗卿使虏》)的理想;后者则是他的生活意趣所在,娱心怡情意味更浓,继承的是以"词为小道"的创作风格,反映了行乐放达的心态。

陈亮词的风格题材多样,除爱国豪壮之词外,亦有艳丽应酬之作、清幽闲淡之词。他曾自云:"本之以方言俚语,杂之以街谭巷歌,抟搦义理,劫剥经传,而卒归之曲子之律,可以奉百世豪英一笑。"(《与郑景元提干》)①陈亮词之语汇呈现的多元复杂即可见此之一斑。《龙川词》语汇棱镜折射着陈亮生

---

① 邓广铭点校:《陈亮集》,中华书局 1987 年版,第 390 页。

命经验的丰富性。一方面,陈亮带着鲜明的民族意识,关注南北军政人物,珍视生命,不讳言功名,其中不少语汇展现了一个壮志未酬、"恐年岁之不吾与"的志士形象;另一方面,语汇选择之间可见他以山林、市井为心灵解脱之处,亲近多情绝色,激赏历代高士,此时他脱离了为理想燃烧的状态,回归平淡的日常。透过语汇棱镜,《龙川词》中陈亮呈现出两重人生态度,一者为放达洒脱,一者为积极进取。前者展现了陈亮遇挫后在山林、尘世间"行乐任天真"的生活形象,如李白般"酒圣诗狂",抛下名利之念,放逐自我个性;后者照应着欲"为社稷开数百年之基"的政治形象,他力主抗金,自任"人中龙虎",谋求仕进,希望通过北伐既雪国耻,又立功名。语汇棱镜中陈亮的双重心理,折射的是一个复杂而立体的生命。

下编　影响效应:宋词名家的传承建构

每一位生命个体都处于一个流变的动态系统中,在传承前代传统的同时自身也会融入传统成为其中的一部分,其影响力或隐或显地传之后世。作家在后世的影响力生成机制是一个复杂的问题,和作品的传世一样,涉及自身的本体性因素和外部诸多条件,是内外因素合力加持的结果。而每位作家身后的影响力在不同的时代、不同的读者群体、不同的传播范围和方式中,其变化轨迹也不尽相同。宋词名家对前代传统有着怎么样的传承?在后代的影响力的生成受到什么因素影响?影响力嬗变轨迹如何?不同身份的读者在这个过程中的作用如何?这折射了什么样的文化内蕴?笔者在此拟以几个宋词名家个案为例,就作家后世影响效应问题略陈薄见。

第十章　论批评权威与大众读者对
柳永经典地位的建构

　　柳永（约 987—约 1053 年），这位在 11 世纪最具人气的宋词名家，其经典地位的确立过程中充满斥责、诋毁之声。无论是对于柳永的人品、还是对于柳词的词品，都不乏贬损之辞，尤其是批评权威——上层文士几乎一边倒地批柳。但词史上这些把握了审美话语权的批评者却并没能将备受他们訾责的柳永及其词踢进历史的垃圾堆。柳永在宋代便确立了词坛经典地位，而且一千年以后，其人其词仍以无可争辩的影响和生命力列于文学史之林，跻身经典之列。什么样的力量最终造就了柳永及其词的经典地位？经典化过程中，掌握着审美霸权的批评权威有没有绝对的话语权？普通大众读者对文学经典的建构有何影响？

第一节　柳永经典地位的确立

　　经典，作为对象性的存在，是历史实在与历史理解的统一体。经典的生成，是不断向未来敞开的“作品（作家）——读者”之间的交互碰撞过程。在这个过程中，作品（作家）的内在特质与沉淀在读者内心深处的历史传统、时代文化碰撞融合的状况决定着作品（作家）传播的广度和接受的深度，由此所造成的影响力大小决定着作品（作家）能否成为经典。

　　柳永是一位在生前和身后都具有巨大的影响力的经典词人。综观整个宋金时期，当时上至帝王将相、文人雅士，下至平民百姓、青楼歌女无不生活在柳词的影响下。柳永的词既被广泛传播，又被深度接受。

　　作为宋金最具人气的词人，柳永的词不仅在上层社会和下层市井之间广泛流传，而且远播域外。柳词在当时下层读者间流传相当广，据叶梦得《避暑录话》载："永为举子时，多游狭邪，善为歌辞，教坊乐工每得新腔，必求永为辞，始行于世，于是声传一时。"①另据胡仔《苕溪渔隐词话》引《后山诗话》云："柳三变游东都南北二巷，作新乐府，骫骳从俗，天下咏之，遂传入禁中。仁宗颇好其词，每对酒，必使侍妓歌之再三。"②可见柳永的词不仅普通百姓爱唱，上至皇帝也爱听。柳永的词不仅在宋朝本土流传，甚至远播境外，在西夏、金国、朝鲜产生巨大影响。从西夏归来的官员描述当时西夏传播柳词的盛况云："凡有井水饮处，即能歌柳词。"③另据载："孙何帅钱塘，柳耆卿作《望海潮》词赠之云：……此词流播，金主亮闻之，欣然有慕于'三秋桂子、十里荷花'，遂起投鞭渡江之志。"④这些记载虽只是小说家言，却可见柳词的传播已至于西夏、金国，产生广泛影响。另外，据载74首北宋词曲的《高丽史·乐志》，作为一种音乐文艺传入高丽的，其中就有《转花枝》《夏云峰》《醉蓬莱》《倾杯乐》《雨霖铃》《浪淘沙》《御街行》《临江仙》8首可考为柳永词，可见柳永在朝鲜半岛也有重要影响。

　　柳永的词不仅因为广泛地传唱而声播海内外，具有传播的广度，而且潜移默化地影响宋代词人的创作，同时具有被接受的深度。

　　由于文献的散佚，在流传下来的宋词中，可考的有4首直接唱和柳词的作

---

　　①　（宋）叶梦得：《避暑录话》卷下，见《丛书集成初编》第2787册，中华书局1985年版，第49页。

　　②　（宋）胡仔：《苕溪渔隐词话》卷一，"柳三变词天下咏之"，见唐圭璋：《词话丛编》，中华书局2005年版，第163页。

　　③　（宋）叶梦得：《避暑录话》卷下，见《丛书集成初编》第2787册，中华书局1985年版，第49页。

　　④　（宋）罗大经：《鹤林玉露》丙篇卷之一"十里荷花"条，中华书局1983年版，第241页。

品,分别是朱雍《塞孤》《西平乐》《笛家弄》及张师师《西江月》。但柳永词对
宋代词人创作的影响远不止于唱和。宋代的著名词人,大都不可避免地受到
柳永词的影响。薛砺若先生即认为实际上"在苏轼'横放杰出'的词风没有取
得广大读者拥护之前,整个的北宋词坛,几乎全为柳永所笼罩"[1]。他还特别
指出了在周邦彦成名之前,"受柳永的影响和反映而雄起词坛的,则有苏轼、
秦观、贺铸、毛滂四个最大的作家。在他们五个人的作品中,已将全部的北宋
词风概括无余"[2]。至于集大成的周邦彦,亦受柳词影响。"周美成的长调慢
词的格局,几乎都是从他(柳永)蜕变而来的"[3]。

货郎图

---

① 龙榆生:《宋词发展的几个阶段》,见龙榆生:《词学十讲》附录三,北京出版社 2005 年
版,第 227 页。
② 薛砺若:《宋词通论》,上海书店出版社 1985 年版,第 107 页。
③ 薛砺若:《宋词通论》,上海书店出版社 1985 年版,第 114 页。

在宋代，柳永确实影响了相当多的词人。譬如苏轼《与鲜于子骏书》云：
"近却颇作小词，虽无柳七郎风味，亦自是一家。呵呵。数日前，猎于郊外，所
获颇多。作得一阕，令东州壮士抵掌顿足而歌之，吹笛击鼓以为节，颇壮观
也。"①另外，俞文豹《吹剑录》载："东坡在玉堂，有幕士善歌。因问我词何如
柳七。对曰：'柳郎中词只合十七八女郎，执红牙板歌杨柳外晓风残月。学士
词须关西大汉，铜琵琶、铁绰板，唱大江东去。'"②这两则在词史上广泛流传的
轶事体现了典型的面对前代大师时所产生的"影响的焦虑"。苏轼40岁始作
词，此时柳永已然离世。面对柳词产生的巨大影响，苏轼自觉地拿自己的作品
与柳词比较，表现出期盼超越前人的渴望，从中也可见柳永的影响在当时词坛
达到了令人难以企及的高度。再譬如文人雅士们将秦观与柳永戏谑并称为
"山抹微云秦学士，露花倒影柳屯田"③，也表明秦观词有似柳永词之处。对柳
词颇多微词的王灼也不得不承认："沈公述、李景元、孔方平、处度叔侄，晁次
膺、万俟雅言，皆有佳句，就中雅言又绝出。然六人者，源流从柳氏来……"④
同时，他还不得不承认这样的事实："今少年妄谓东坡移诗律作长短句，十有
八九，不学柳耆卿，则学曹元宠，虽可笑，亦毋用笑也。"⑤张端义则引项平斋的
话明确地说："诗当学杜诗，词当学柳永"⑥。事实上，李之仪《姑溪词》被认为

---

①　（宋）苏轼：《与鲜于子骏书》，《苏轼文集》卷五十三《尺牍》，中华书局1986年版，第
1560页。

②　（清）冯金伯：《词苑萃编》卷十一，"评苏轼大江东去"条，见唐圭璋：《词话丛编》，中华
书局2005年版，第2013页。

③　（清）冯金伯：《词苑萃编》卷九，"露花倒影"条，见唐圭璋：《词话丛编》，中华书局2005
年版，第1963页。

④　（宋）王灼：《碧鸡漫志》卷二，"各家词短长"条，见唐圭璋：《词话丛编》，中华书局2005
年版，第83页。

⑤　（宋）王灼：《碧鸡漫志》卷二，"东坡指出向上一路"条，见唐圭璋：《词话丛编》，中华书
局2005年版，第85页。

⑥　（宋）张端义：《贵耳集》卷上，见《宋元笔记小说大观》（第四册），上海古籍出版社2001
年版，第4276页。

"长调近柳,短调近秦,而均有未至"①。方千里词被认为"其胜处则近屯田"②。南宋极具影响力的姜夔即被认为"脱胎耆卿"③。刘熙载则明确指出"南宋词近耆卿者多,近少游者少。少游疏而耆卿密也"④。柳永对宋词的创作影响深远。

综上可见,柳永始终处于词坛的中心,既具传播广度又具接受深度,成为了宋金时期当之无愧的经典。

第二节 批评权威对柳永及其词的贬损

与苏轼、辛弃疾、周邦彦、姜夔等宋代经典名家颇受赞誉的情况不同,作为把握了审美话语权的批评权威——宋代文人士大夫对柳永及其词的接受态度是极其矛盾的。一方面,作为批评权威的上层文化精英难免于对柳永词的效仿,如上所述。另一方面,如下所述,他们对柳永及其词又极其排斥贬低。

宋代上层社会对柳永的贬斥甚于任何时代。正统文人学士既鄙夷柳永偎红倚翠的游冶放纵生活,又不满他那些"淫冶讴歌之曲",即大部分以市井口语入词,以歌妓为题材,涉闺闱秘事或张扬个性的作品。据《能改斋漫录》卷十六载,柳永"尝有《鹤冲天》词云:'忍把浮名,换了浅斟低唱。'"因此科举之时仁宗"特落之曰:'且去浅斟低唱,何要浮名。'"⑤抛开这则逸事的真伪不论,故事本身反映出柳永那种宣扬平民意识、游离于主流价值观之外的个性是

---

① (清)冯煦:《蒿庵论词》,"论李之仪词"条,见唐圭璋:《词话丛编》,中华书局2005年版,第3588页。

② (清)冯煦:《蒿庵论词》,"论吕滨老词"条,见唐圭璋:《词话丛编》,中华书局2005年版,第3589页。

③ (清)谭献:《复堂词话》,"评张炎词"条,见唐圭璋:《词话丛编》,中华书局2005年版,第3992页。

④ (清)刘熙载:《词概》,"南宋词近柳多近秦少",见唐圭璋:《词话丛编》,中华书局2005年版,第3697页。

⑤ (宋)吴曾:《能改斋词话》卷一,"柳三变词"条,见唐圭璋:《词话丛编》,中华书局2005年版,第135页。

为正统阶层所难以容忍的现象。另外,张舜民《画墁录》中记载着这样一段文字:

> 柳三变既以词忤仁庙,吏部不放改官,三变不能堪,诣政府。晏公曰:"贤俊作曲子么?"三变曰:"只如相公亦作曲子。"公曰:"殊虽作曲子,不曾道'彩线慵拈伴伊坐'。"柳遂退。①

"彩线慵拈伴伊坐"②是柳永《定风波》里的词句。《定风波》全词为:

> 自春来、惨绿愁红,芳心是事可可。日上花梢,莺穿柳带,犹压香衾卧。暖酥消,腻云嚲,终日厌厌倦梳裹。无那!恨薄情一去,音书无个。　　早知恁么。悔当初、不把雕鞍锁。向鸡窗、只与蛮笺象管,拘束教吟课。镇相随,莫抛躲。针线闲拈伴伊坐。和我,免使年少,光阴虚过。

柳永用市井俗语,将女子思念情人的慵懒无聊之态刻画得备足无余。可是,身为上层文化精英的晏殊根本不能容忍自己的文人雅词与以浅俗之语直白描写市井生活气息的柳永词相提并论。身居高位的晏殊的态度很明确,他表达了对柳永词的鄙视,自己虽然写词却从不作柳永这类卑俗之作。柳永无趣而退的尴尬正表明作为上层精英读者——文人士大夫们的领袖的晏殊对柳永及其词持明显的批判态度。

宋代上层精英文化人士对柳永之"俗"的批评从北宋至南宋,从来就没有中断过。据南宋曾慥《高斋诗话》载:

---

① (宋)张舜民:《画墁录》,《宋元笔记小说大观》(第二册),上海古籍出版社 2001 年版,第1553 页。
② 柳永《乐章集》及唐圭璋《全宋词》作"钱线闲拈伴伊坐"。

　　少游自会稽入都见东坡,东坡曰:"不意别后公却学柳七作词。"
少游曰:"某虽无学,亦不如是。"东坡曰:"'销魂当此际',非柳七语
乎。"坡又问别作何词?少游举"小楼连苑横空,下窥绣毂雕鞍骤"。
东坡曰:"十三个字,只说得一个人骑马楼前过。"少游问公近作,乃
举"燕子楼空,佳人何在,空锁楼中燕"。晁无咎曰:"只三句,便说尽
张建封事。"①

　　秦观的《满庭芳》一词有"销魂当此际,香囊暗解,罗带轻分"之语,其媟媟
之气确实有柳词之风。他的《水龙吟》"小楼连苑横空,下窥绣毂雕鞍骤"则无
疑似柳永词的铺叙之法。苏轼对柳永词的风格是不满的,一句"公却学柳七
作词",表明了他对秦观学柳永词的明显批判。而秦观的"某虽无学,亦不如
是"的回答表明了当时的文人士大夫们对柳永的词是不屑一顾的。

　　另外,宋人王灼亦直接批判柳永词"惟是浅近卑俗,自成一体,不知书者
尤好之。予尝以比都下富儿,虽脱村野,而声态可憎"②。李清照在肯定柳词
"协音律"的同时也批评他"词语尘下"③。吴曾说柳永"好为淫冶讴歌之
曲"④。徐度亦是明显站在"流俗"阶层的对立面说:"(柳)词虽极工致,然多
杂以鄙语,故流俗人尤喜道之。"⑤陈振孙尽管称赞柳永之词,说"音律谐婉,语
意妥帖,承平气象形容曲尽,尤工于羁旅行役",但最后还是批评"若其人则不
足道也"⑥。

----

　　①　(宋)曾慥:《高斋诗话》,见吴文治主编:《宋诗话全编》,江苏古籍出版社 1998 年版,第
3451 页。

　　②　(宋)王灼:《碧鸡漫志》卷二,"乐章集浅近卑俗"条,见唐圭璋:《词话丛编》,中华书局
2005 年版,第 84 页。

　　③　(宋)魏庆之:《魏庆之词话》,"李易安词"条,见唐圭璋:《词话丛编》,中华书局 2005 年
版,第 202 页。

　　④　(宋)吴曾:《能改斋词话》卷一,"柳三变词"条,见唐圭璋:《词话丛编》,中华书局 2005
年版,第 135 页。

　　⑤　(宋)徐度:《却扫编》卷下,见《宋元笔记小说大观》(第四册),上海古籍出版社 2001 年
版,第 4518 页。

　　⑥　(宋)陈振孙:《直斋书录解题》卷二十一,上海古籍出版社 1987 年版,第 616 页。

至于金代,大环境是"苏学北行",主流文化以苏、辛豪放词风为宗。譬如王若虚《滹南诗话》主张"诗词只是一理",力推东坡词"为古今第一"①。金代文学第一号人物元好问也谓"乐府以来,东坡为第一,以后便到辛稼轩"②。钟振振也认为:"北国气候干烈祁寒,北地山川浑莽恢弘;北方风俗质直开朗;北疆声乐劲激粗犷。根于斯,故金词之于北宋,就较少受到柳永、秦观、周邦彦等婉约词人的影响,而更多地继承了苏轼词的清雄伉爽。"③金代文人以崇苏、辛一派表明了他们对柳永的贬抑态度。

第三节　下层普通大众读者对柳永及其词的推崇

在上层文化精英们极尽贬损的同时,柳永及其词却深受下层普通大众的喜爱,是市井百姓极其崇拜的偶像。叶梦得《避暑录话》所载"凡有井水饮处,即能歌柳词"说明柳永的词传播广泛尤其受到普通百姓的喜爱。另据徐度《却扫编》载:

> 刘季高侍郎宣和间尝饭于相国寺之智海院,因谈歌词力诋柳氏,旁若无人者。有老宦者闻之,默然而起,徐取纸笔跪于季高之前,请曰:"子以柳词为不佳者,盍自为一篇示我乎?"刘默然无以应。④

宣和年间,正是典丽精工的周邦彦词大行于世的时候,此时身居侍郎之位

---

① （金）王若虚:《滹南诗话》卷二,见丁福保:《历代诗话续编》本,中华书局1983年版,第517页。

② （金）元好问:《遗山乐府引》,见施蛰存:《词籍序跋萃编》本,中国社会科学出版社1994年版,第450页。

③ 钟振振:《论金元明词》,见《第一届词学国际研讨会论文集》,"中研院"文哲所筹备处编印出版。

④ （宋）徐度:《却扫编》卷下,见《宋元笔记小说大观》(第四册),上海古籍出版社2001年版,第4518页。

的刘季高"力诋柳氏",可见处于社会上层的文化精英对柳永的词一如既往的批判态度。但从身为路人的老宦对刘季高诋毁柳词的严重不满中,可见柳词在当时深入人心的程度绝非一般。又据《湘山野录》载:

> 吴俗岁祀,里巫祀神,但歌柳永《满江红》,有"桐江好,烟漠漠,波似染,山如削,绕严陵滩畔,鹭飞鱼跃"之句。①

可见,柳永词不仅在青楼楚馆、勾栏瓦肆间广为流传,而且融入当时民间风俗节气,成为吴地岁祀祀神仪式的一部分。不同于流行一阵风的通俗文化,柳永词成为民俗的一部分,这亦见其在下层普通百姓生活中的影响。

至于长时间与柳永直接接触的歌妓,对柳永更是崇拜与追捧不已。譬如《醉翁谈录》记载:"至今柳陌花衢,歌姬舞妓,凡吟咏讴唱,莫不以柳七官人为美谈。……耆卿居京华,暇日遍游妓馆,所至,妓者爱其有词名,能移宫换羽;一经品题,声价十倍,妓者多以金物资给之。"②这说明柳永在当时流行歌坛上享有巨大的声望。再如以下三则记载:

> 柳永字耆卿,仁宗景祐间余杭令,长于词赋,为人风雅不羁,而抚民清净,安于无事,百姓爱之。③
>
> (柳永)卒于襄阳。死之日,家无余财,群妓合金葬之于建安南门外,每春日上塚,谓之"吊柳七"。④
>
> 柳耆卿风流俊迈,闻于一时。既死,葬于枣阳县花山。远近之

---

① （宋）释文莹:《湘山野录》,见《宋元笔记小说大观》(第二册),上海古籍出版社 2001 年版,第 1409 页。

② （宋）罗烨:《醉翁谈录》(丙集卷二),见丁福保:《历代诗话续编》,中华书局 1983 年版,第 517 页。

③ （清）张吉安修,朱文藻纂:《嘉庆余杭县志》卷二十一,见《名宦传》引"旧志"语,上海书店出版社 2011 年版。

④ （明）徐伯龄:《蟫精隽》卷十四之《崇安柳七冢》,景印文渊阁《四库全书》本。

宋词名篇名家的阐释与传承

人，每遇清明日，多载酒肴，饮于耆卿墓侧，谓之"吊柳会"。①

柳永，《宋史》无传，他的故事散见于一些野史笔记中，有的真伪难辨。但不论历史上的柳永与这些轶事传说中的柳永行迹是否吻合，从接受的角度看，这些轶事所呈现出来的情节与状态反映着一定的时代文化心理是没有疑问的。上面几则笔记小说中的记载至少反映出当时人们以下心理：其一，他们认为长于词赋是柳永得百姓爱之，尤其受歌姬舞妓高度崇拜的原因；其二，他们认为风雅不羁的柳永颇得歌妓们的真情相待。柳永在这些处于社会下层的歌女们中拥有绝对的声望，这令100多年后的刘克庄还不禁题诗感叹曰："相君未识陈三面，儿女多知柳七名。"②

在金代，通俗文学的作者与方外之士对柳永词多有效仿且持认同态度。如《西厢记诸宫调》的作者董解元在《哨遍》（太皞司春）后说："此词连情发藻，妥帖易施，体格与《乐章》为近。"又说："其所为词，于屯田有沆瀣之合。"③其《古本董解元西厢记》卷六《大石调》（玉翼蝉）云："雨儿乍歇，向晚风如凛冽，那闻得衰柳蝉鸣凄切。未知今日别后，何时重见也。衫袖上盈盈，揾泪不绝。幽恨眉峰暗结。好难割舍，纵有千种风情，何处说。"④此段明显借鉴了《雨霖铃》语言与意境。隐逸之士全真教创始人王重阳曾作《解佩令》表达他对柳永词的激赏与体悟。题序云："爱看柳词遂成。"词云："平生颠傻，心猿轻忽。《乐章集》、看无休歇。逸性摅灵，返认过、修行超越。仙格调，自然开发。

四旬七上，慧光崇兀。词中味、与道相谒。一句分明，便悟彻、耆卿言曰，

<hr />

① （宋）曾敏行：《独醒杂志》卷四，朱杰人标校，上海古籍出版社1986年版，第33页。
② （宋）刘克庄：《后村先生大全集》卷十三，《四部丛刊》本。
③ （清）况周颐：《蕙风词话》卷三，"董解元哨遍"条，见唐圭璋：《词话丛编》，中华书局2005年版，第4460页。
④ （金）董解元：《古本董解元西厢记》卷六，见《续修四库全书》第1738册，上海古籍出版社2002年版，第66页。

182

杨柳岸、晓风残月。"①全真教弟子马钰在词中也屡次借用柳永词的词韵,如《五灵妙仙借柳词韵》《玉楼春借柳词韵,赠云中子》《传妙道借柳词韵》等词。

综上可见,宋金时期,柳永及其词的接受传播呈现出一种颇为复杂的状态。其人其词虽备受上层文人雅士们的訾责,却深度影响他们的创作,在下层普通大众接受者中则是有口皆碑,风光无限,影响深远。

第四节　柳词内质与接受心理的遇合与冲突

宋金时期对柳永及其词的接受为什么会呈现这样的矛盾现象呢? 拥有审美霸权的批评者在经典化中有没有绝对的话语权? 普通大众读者在文学经典化中会发生什么样的影响? 文学经典的生成是一个复杂的系统性事件。在"作品—作家—读者"交互作用的过程中,与任何一方相关联的因素都可能影响作家作品经典化过程。笔者以为,以上矛盾现象的出现,既与柳永行迹及其词的内质相关,又与沉淀着历史传统、时代文化的读者接受心理有着密切联系。

一、柳词艺术上的创造性与典范性赢得创作者的认同与效仿

柳永词内在的艺术上的创造性与典范性是柳永其人其词成为宋词经典的关键。康德在谈到"美的艺术是天才的艺术"时就说过,"独创性必须是它的第一特性"②。就作家创作的经典作品来讲,它无论是在文体上,还是在艺术上都有独创性、示范性的意义,能给读者以新的启示。哈罗德·布鲁姆指出:"一切有力的文学原创性都具有经典性。"③而莎士比亚之所以是经典,即在于

---

① （金）王重阳:《重阳全真集》卷七,王重阳著,白如祥辑校:《王重阳集》,齐鲁书社 2005年版,第 105—106 页。

② ［德］康德:《判断力批判》上卷,宗白华译,商务印书馆 1985 年版,第 153 页。

③ ［美］哈罗德·布鲁姆:《西方正典》,江宁康译,译林出版社 2005 年版,第 18 页。

"他建立了文学的标准和限度"①。柳永毫无疑问是宋金词坛最富创造性和典范性的一位词人。

"柳永以一己之'俗词'与'慢词',得以与一批台阁词人的'雅词'和'令词'相抗衡,沿袭了数百年的唐宋词坛也因为柳永的出现而展示出一片新风采"②。这样的评价应该说并不是溢美之词。柳永对于词坛的创造性贡献已为学界不少同仁所论述。简而言之,表现在以下几个方面。其一,创体创调。慢词虽早见于敦煌曲子词中,但晚唐五代词却以小令为主,慢词不过10余首。柳永系统性地创制了大量慢词,扩大了词的表现力,譬如慢词《戚氏》长达212字。这从根本上改变了小令一统天下的局面。柳永大力发展慢词,对宋词的繁荣起了决定性的作用。同时,作为音乐天才的柳永,在大力发展慢词的时候,创调之功亦不可没。柳永200多首词用调100多种,宋代词调中,约1/10为柳永所创。其二,将词从贵族的歌舞筵席之间引向勾栏瓦肆、驿站别馆,使词平民化、大众化。从现存的敦煌民间词看,词最初表现的是真率质朴的民间百姓生活。但经过唐五代文人的手笔,词成了"绮筵公子,绣幌佳人,递叶叶之花笺,文抽丽锦;举纤纤之玉指,拍按香檀。不无清绝之词,用助娇娆之态"③的贵族生活的点缀。柳永不仅发展了词的体式调式,而且扩大了词的表现内容,改变了词的内涵与趣味。其三,将"敷陈其事而直言之"的赋法用之于词,用铺叙衍展的笔法描绘场面和过程,表现人物情感心态的变化,展现时代风物气象,发展了宋词的表现手法。如《雨霖铃》巧妙地用铺叙之法写景叙事,将离别的环境氛围、人物动态、情绪体验细致具体地描绘出来,让人仿佛身临其境。至于他那些描写宋代都市繁华的词更可谓词家之史笔。千载之下,民情物态、都市繁华,如在目前,"承平气象,形容曲尽"④"形容盛明",令人

---

① [美]哈罗德·布鲁姆:《西方正典》,江宁康译,译林出版社2005年版,第36页。

② 刘尊明:《唐宋词综论》,中国社会科学出版社2004年版,第336页。

③ (后蜀)欧阳炯:《花间集叙》,见施蛰存:《词籍序跋萃编》,中国社会科学出版社1994年版,第631页。

④ (清)沈雄:《古今词话·词评上卷》,"柳永乐章集"条,见唐圭璋:《词话丛编》,中华书局2005年版,第982页。

"千载如逢当日"①。宋代高级官僚范镇更无不感慨地说："仁宗四十二年太平,镇在翰苑十余载,不能出一语咏歌,乃于耆卿词见之。"②

柳永从调式体式、题材内容、表现手法等方面对词体文学进行了全面的创造性改进,促进了宋词的繁荣。由于艺术上的独创性,柳永的词成为文人自觉或不自觉地比拟效仿的对象,如前所述,具有高度的典范性。独创性与典范性是文学经典性最关键的特质之一,这也是柳永词虽然备受上层文人士大夫的訾责却仍能立足于词坛中心,成为宋词经典的重要原因之一。

二、直面生命的真率抒写导致其人其词毁誉叠加

柳永经常流连于勾栏瓦肆、浪迹于驿站别馆,以口语、俚语入词,配着动人哀婉的新声,演唱着人们所喜闻乐见的节气风光、世俗繁华与情感思绪,这是一种直面生命本身的真率抒写,表现出鲜明的通俗化风格与世俗化的文化品格。在与读者接受心理的融合碰撞中,直面生命、真率书写世情的柳永词在受到普通大众读者喜爱的同时,被掌握着审美话语权的上层文化精英们贬黜。

首先,柳永词契合着宋金时期下层世俗百姓的审美需求,因而获得普通大众的喜爱。柳词的语言是通俗化的,宋翔风《乐府余论》记载:"耆卿失意无俚,流连坊曲,遂尽收俚俗言语,编入词中,以便伎人传习。一时动听,散布四方。"③这在一定程度上说明了柳词深受下层普通读者喜爱的原因。"收俚俗言语编入词中",柳词因此而极易引起普通大众的情感共鸣,故出现"流俗人尤喜道之"的情况。

深受大众读者喜爱的更深层的原因是柳词真率书写世情。柳永把眼光投向市井,以一种感同身受的情感体验抒写世俗人生,表现世俗生活,再加之柳

---

① (宋)李之仪:《跋吴思道小词》,金启华等:《唐宋词集序跋汇编》,江苏教育出版社1990年版,第36页。

② (明)徐伯龄:《蟫精隽》卷十四,"崇安柳七冢",景印文渊阁《四库全书》本。

③ (清)宋翔风:《乐府余论》,"慢词始于耆卿"条,见唐圭璋:《词话丛编》,中华书局2005年版,第2499页。

词"音律协婉",因而柳永及其词在普通市井人中享有盛誉。譬如柳永不少词作将笔触伸向了平民女子、青楼歌妓等下层女性的内心深处,表现她们的喜乐需求与对她们的同情、关怀、尊重、欣赏。譬如,《少年游》赞赏她们虽身在风尘却"心性温柔,品流详雅,不称在风尘""丰肌清骨,容态尽天真";《定风波》"镇相随,莫抛躲。针线闲拈伴伊坐",表现世俗女性真率的爱情意识;《满江红》"残梦断、酒醒孤馆,夜长无味。可惜许枕前多少意,到如今两总无终结",描写了失恋的平民女子的痛苦。再譬如,《少年游》"一生赢得是凄凉。追往事、暗心伤",表现青楼歌妓的人生不幸辛酸;《迷仙引》"万里丹宵,何妨携手同归去。永弃却、烟花伴侣。免教人见妾,朝云暮雨",表现下层妓女从良的美好愿望。柳永的这些词直面生命本身,抒写下层女子的喜怒哀乐,因此深受她们的喜爱。同时,柳永在很大程度上甚至将她们视为心灵的知音,他在羁旅中吟着"便纵有千种风情,更与何人说"(《雨霖铃》),他在仕途失意时唱着"幸有意中人,堪寻访"(《鹤冲天》)。柳永因此赢得这些歌儿舞女们的尊重与追捧。"音律协婉"的柳词则通过她们的朱唇玉齿而声传天下。再譬如那些表现都市风情的词,则因为其展现着下层普通读者所渴望与向往的世俗繁华,自然也易赢得她们的钟爱。如元丰五年(1082)进士第一的黄裳,在其《演山集·书乐章集后》对柳永歌颂"太平气象"的词叹赏不已:"予观柳氏乐章,喜其能道嘉祐中太平气象,如观杜甫诗。典雅文华,无所不有。是时予方为儿,犹想见其风俗,欢声和气,洋溢道路之间,动植咸若。令人歌柳词,闻其声,听其词,如丁斯时,使人慨然有感。呜呼!太平气象,柳能一写于《乐章》,所谓词人盛世之世之黼藻,岂可废耶!"①作为时代的记忆,慨然有感于柳词所展现的世俗繁华的又岂止黄裳一人呢。

可见,不论是语言风格还是内容情感,柳永词均契合市井普通读者的接受心理,柳永及其词因此而获得他们充分的肯定与喜爱。

其次,对于身处社会上层,把握着审美话语权的批评权威来说,柳词直面

---

① (宋)黄裳:《演山集》卷三十五,景印文渊阁《四库全书》本。

生命的真率书写所导致的世俗化、通俗化特点却让他们在接受柳永及其词时充满矛盾。

如上所述,帝王将相、文人雅士者如宋仁宗、晏殊、苏轼、李清照等人对柳词均可谓是又爱又恨,充满了矛盾心态。他们一方面批判柳词之俗,另一方面却对柳词耳熟能详,喜闻乐道。之所以出现这种矛盾现象,与柳永直面生活,以生命的名义真率、通俗地描写他长期流连勾栏瓦肆、浪迹于市井驿站的见闻感受与情绪体验相关。因为这种真率的生命表达毫无疑问与自然个体的生命冲动相吻合,但却与当时主流生活价值观与审美观念相背离。因此对于受宋代主流文化话语支配的上层精英读者来说,柳词所展现出的文化精神与沉淀在他们内心的集体无意识碰撞融合,必然会导致这样的情形:作为一个自然的生命个体,作为一个活生生的普通的生命,柳词中所展现的富贵繁华、温柔缠绵以及娱乐因素是他们无法拒绝柳词的原因。而作为一个社会的人,尊贵的身份、身居高位使得他们在社会上不可避免地受到传统道德规范的约束,在文学上秉承儒家的诗教传统,以含蓄、典雅、韵致为审美追求,因而批判柳词之俗。柳永生活上放纵无行,文学上张扬个性,代世俗阶层立言,这必然导致上层主流文化对柳永及其词的贬黜。

总之,柳永真实地描写世情与自己的心声,所展现出来的平民化、世俗化的精神意蕴与文化品格与宋代日渐发达的城市民俗文化及自然人的本性相遇合,却与主流权威的传统文化与审美观念相冲突,这最终导致了柳永在宋代经典化过程中的矛盾:在上层文人的贬斥与模仿,下层读者的推崇与追捧中成为经典。

三、批评权威与大众读者合力建构了柳永的经典地位

文学经典化机制中,作品的内质、权威人士的批评和选择、国家的教育体制与意识形态、读者承载的文化传统等诸多因素分别从不同的侧面对经典的生成与嬗变发生影响。从上可知,柳永及其词经典化过程中的矛盾的产生就是一个复杂的现象,当中既有柳词内质的参与,又与沉淀着宋金人历史传统、

时代气候的接受心理等因素相关,两者相互碰撞导致了以上矛盾现象的产生。

一方面,批评权威在作品(作家)经典化过程中的重要作用是毋庸置疑的。如刘象愚在肯定作品内质情况下就曾指出,具有经典或大师地位的学者或批评家的肯定是影响经典化最重要的因素之一。① 批评权威的点评与遴选,在很大程度上决定着普通大众读者的阅读范围,也影响着他的同代与后代读者对某类文学作品的理解。譬如中国古代批评者常用的传、注、笺、疏、点评等接受方式有效地延伸了作品(作家)的生命力,对古代经典的形成起着至关重要的作用。宋金时期的批评权威对柳词"协音律""极工致""音律协婉"的肯定,影响读者对柳词的效仿与点评,在柳永及其词的经典地位的确立过程中起着不容忽视的作用。譬如在上层精英读者对柳永的接受中,他的羁旅行役词由于艺术上的成功为他在文人当中赢得了不小的声誉,如苏轼对其《八声甘州》(对潇潇暮雨洒江天)"不减唐人高处"的评价就影响了整个词史对该词的批评,造成了广泛的影响。

另一方面,普通大众读者无形中影响作为审美权威的批评者的选择。下层普通大众读者虽然没有直接参与编选选本、点评、唱和这样的直接影响柳永经典地位确立的活动,但他们在柳永经典化过程中的隐性作用却不可忽视。综观柳永经典地位确立过程中的传播接受活动,可以说正是下层市井间的普通大人读者所造成的天下传唱柳词的局面,从而使柳词不但传入禁中,而且远播域外。更重要的是,天下传唱的巨大声势让上层掌握着审美话语权的精英读者们不得不认真审视柳词,不得不在创作中潜移默化地受到柳词的影响。在普通大众读者造就的柳词风靡天下的气势中,柳永词中符合传统审美倾向的作品也自然更容易引起批评权威的关注,从而扩大影响。柳永及其词最终在上层批评权威与下层普通读者传播接受的合力中成为经典。

总之,柳词内在的品质,即直面生命、真率书写及其所导致的通俗化、世俗化特质,既是柳词获得下层市井人士赞赏与喜爱的原因,也是柳词为上层精英

---

① 刘象愚:《经典、经典性与关于"经典"的论争》,《中国比较文学》2006 年第 2 期。

文士又爱又贬的缘由。柳永及其词经典地位的确立既受到批评权威的影响，也与普通大众读者有关。在这一过程中，我们可以看到，批评权威与普通大众读者对作品（作家）的接受是相互影响的。掌握着审美霸权的批评权威虽起着重要作用但并不拥有绝对的话语权，下层普通大众读者实际上对经典的建构也拥有强大的隐性话语权。

第十一章　选评离合视野下朱敦儒词在明代之影响效应

　　朱敦儒(1081—1159年),字希真,河南洛阳人,历神宗、哲宗、徽宗、钦宗、高宗五朝。他早年获"词俊"①雅誉,身后则被认为是苏、辛之间的桥梁②,其"希真体""樵歌体",是包括辛弃疾、元好问等词人在内的效仿对象。朱敦儒传世词为南渡词人之最,249首词作③题材多样,涉及三大主题。其一,世俗情怀,包括相思离怨、狎饮游宴、颂词、寿词等彰显娱乐功能的本色之词。其二,个性高致,包括咏怀、咏史、怀古、慨世等彰显文士情怀的个性之调以及吟咏山水自然、雅韵高致的世外清音。其三,乱离悲歌,包括南渡后词人书写颠沛流离之苦、故国山河之恸的悲怆之音。时空流转,这位在宋代颇有影响的词人,在明代面向普通大众读者的选本和以文人接受为主的评点的离合交糅中,其词之影响效应呈现复杂状态。

---

　　① (宋)楼钥《跋朱岩壑鹤赋及送闾丘使君诗》曰:"承平时,洛中有八俊。陈简斋诗俊,岩壑词俊,富季申文俊,皆一时奇才也。"(《攻愧集》,《四部丛刊》本)
　　② (宋)汪莘《诗余序》中即认为朱敦儒是"词之三变"之苏、辛之间的关键一变。近代以来,梁启勋、龙榆生、陶尔夫、刘敬圻等均承袭了这一观点。
　　③ 唐圭璋《全宋词》收录朱敦儒词246首,此据邓子勉《樵歌校注》,上海古籍出版社2010年版。

第一节 朱敦儒词在明代选本中的传播

一、明代选本中朱敦儒词的分布

朱敦儒词入选的明选本,既有坊间流传《草堂诗余》系列版本(因不同版本各有增删,故虽为一个系列,笔者在统计时仍按单个选本计数),也有明代选家独立选编成册的题程敏政编《天机余锦》、杨慎《词林万选》、陈耀文《花草粹编》、茅映《词的》、陆云龙《词菁》、潘游龙《精选古今诗余醉》、沈际飞《草堂诗余续集》、卓人月《古今词统》、周瑛《词学笙蹄》、张綖《诗余图谱》、程明善《啸余谱》等共 23 个词学选本。朱敦儒词入选情况如表 11-1。

表 11-1 明选本选录朱敦儒词一览表

词牌	词作	《草堂诗余》洪武本	荆聚本	丛刊本	顾刻本	四库本	张东川刻本	詹圣学刻本	昆石本	南城本	闵映壁本	古香岑本	博雅堂本	天机余锦	词林万选	花草粹编	词的	词菁	精选古今诗余醉	草堂诗余续集	古今词统	词学笙蹄	诗余图谱	啸余谱
浣溪沙	碧玉阑干白玉人															√								
卜算子	碧瓦小红楼																	√	√	√				
采桑子	扁舟去作江南客															√								
念奴娇	别离情绪	√	√	√	√		√	√	√	√	√	√								√		√	√	√
浣溪沙	才子佳人相见难															√								
念奴娇	插天翠柳	√	√	√	√		√	√	√	√	√	√	√										√	
点绛唇	春雨春风															√			√	√				
蓦山溪	东风不住															√								
相见欢	东风吹尽江梅															√			√	√	√			
清平乐	多寒易雨															√								
浪淘沙	风约雨横江															√			√	√	√			

191

续表

		《草堂诗余》											天机余锦	词林万选	花草粹编	词的	词菁	精选古今诗余醉	草堂诗余续集	古今词统	词学筌蹄	诗余图谱	啸余谱
词牌	词作	洪武本	荆聚本	丛刊本	顾刻本	四库本	张东川本	詹圣学刻本	昆石本	南城本	闵映璧本	古香岑本	博雅堂本											
双鸂鶒	拂破秋江烟碧															√								
一落索	惯被好花留住															√	√		√	√			√	
醉落魄	海山翠叠																							
绛都春	寒阴渐晓	√	√	√	√	√	√	√	√	√	√	√	√											
柳梢青	红分翠别															√								
玷龙谣	肩拍洪崖															√								
鹧鸪天	检尽历头冬又残			√	√	√	√	√	√	√	√	√				√			√					
念奴娇	见梅惊笑			√			√	√	√	√	√	√	√			√			√					√
西湖曲	今冬寒早风光好															√								
柳梢青	狂踪怪迹															√								
梦玉人引	浪萍风梗															√								
十二时	连云衰草															√								
减字木兰花	刘郎已老															√					√			
相见欢	泷州几番清秋															√								
昭君怨	胧月黄昏亭榭															√								
清平乐	乱红深翠															√								
沙塞子	蛮径寻春春早															√								
恋绣衾	木落江南感未平															√								
玷龙谣	凭月携箫															√								
杏花天	残春庭院东风晓															√	√		√				√	

续表

选本 词作		《草堂诗余》												天机余锦	词林万选	花草粹编	词的	词菁	精选古今诗余醉	草堂诗余续集	古今词统	词学筌蹄	诗余图谱	啸余谱
		洪武本	荆聚本	丛刊本	顾刻本	四库本	张东川刻本	詹圣学刻本	昆石本	南城本	闵映壁本	古香岑本	博雅堂本											
促拍丑奴儿	清露湿幽香															√								
乌夜啼	秋风又到人间																		√	√	√			
清平乐	人间花少															√								
秋霁	壬戌之秋			√	√	√	√	√	√	√	√	√												
西江月	日日深杯酒满											√		√		√			√					
洛妃怨	拾翠当年																							
西江月	世事短如春梦	√	√	√	√	√	√	√	√	√	√	√							√			√	
孤鸾	天然标格	√	√	√	√	√	√	√	√	√	√	√	√									√	√
沙塞子	万里飘零南越															√								
鹧鸪天	我是清都山水郎															√								
桃源忆故人	西楼几日无人到															√								
春晓曲	西楼月落鸡声急																					√		
鹊桥仙	溪清水浅																		√	√				
清平乐	相留不住															√								
醉春风	夜饮西真洞																					√		
如梦令	一夜新秋风雨															√								
一落索	一夜雨声连晓															√								
减字木兰花	慵歌怕酒															√								
浣溪沙	雨湿清明香火残															√								
桃源忆故人	雨斜风横香成阵																			√	√			

词作	《草堂诗余》												天机余锦	词林万选	花草粹编	词的	词菁	精选古今诗余醉	草堂诗余续集	古今词统	词学筌蹄	诗余图谱	啸余谱
	洪武本	荆聚本	丛刊本	顾刻本	四库本	张东川本	詹圣学刻本	昆石本	南城本	闵映璧本	古香岑本	博雅堂本											
芰荷香 远寻花															√								
浪淘沙 早起未梳头																		√					
清平乐 春寒雨妥																			√				
滴滴金* 武陵春色浓如酒																√							
生查子* 年年玉镜台														√	√								
满路花* 帘烘泪雨干				√	√	√	√	√	√	√	√	√			√	√		√		√			
念奴娇* 寻常三五		√	√																				

　　表11-1统计有3种情况。其一，词的创作与署名均为朱敦儒者，计有50首。其二，词为朱敦儒所创，但误署名为他人者，共4首13次。《精选古今诗余醉》将《浪淘沙》（早起未梳头）误系于陈眉公名下；《天机余锦》《词学筌蹄》中《孤鸾》（天然标格）系于无名氏下；《秋霁》（壬戌之秋）在顾刻本、四库本、张东川本、詹圣学刻本、博雅堂本《草堂》系列中或系于无名氏下，或署名宋□甫；《绛都春》（寒阴渐晓）在《花草粹编》中系于朱淑真名下，在《词学筌蹄》中系于周邦彦名下，在《天机余锦》和洪武本、荆聚本、丛刊本《草堂》系列中系于无名氏下。这几首词虽署他人名下，但实为朱敦儒词，故其词传播的影响计其名下。其三，词为他人所创，但署名为朱敦儒者，共4首18次。顾刻本、四库本、张东川本、詹圣学刻本、昆石本、南城本、古香岑本、闵映璧本、博雅堂本《草堂诗余》以及《古今词统》《花草粹编》《精选古今诗余醉》《词的》均将周邦彦《满路花》（帘烘泪雨干）误为朱敦儒词；荆聚本、丛刊本《草堂诗余》误将范端臣《念奴娇》（寻常三五）系于朱敦儒名下；朱淑真《生查子》（年年玉镜台）在《词林万选》《花草粹编》中误为朱敦儒词；李石才《滴滴金》（武陵春色浓如

酒)在《词的》中亦误系于朱敦儒名下。以上误为朱敦儒词的均在词牌处加*以示区别。这4首词虽为他人所作,但署名朱敦儒或朱希真,亦传播了朱敦儒的影响力,故亦将其归入表11-1中。

从笔者统计的情况看,明代选家收录了朱敦儒词54首179篇次,约22%的朱敦儒词跨越时空为明人所接受,另有与之相关联的词4首共计18篇次,与宋、元相较影响力明显上升。从传播的旨趣看,明代选家的选择既表现出明显的世俗化倾向,同时亦青睐朱敦儒那些彰显个性高致的词(详见下述)。

二、明代选本传播的传承与新变:世俗情怀与个性高致的彰显

综观明代朱敦儒词在选本中的传播,在各个选本中其影响力无疑有明显差异,但总体上看,选家的选择却表现出共同的旨趣。对比宋代选本传播,明代选家有承有弃,亦有新的选择。传承与新变之间,明代在遴选朱敦儒词时表现出了共同的选择倾向——彰显世俗情怀与个性高致。

(一) 相思离愁与宴饮游乐的本色之调受钟爱

朱敦儒词中彰显世俗性情的本色之调的入选数量剧增是明代朱敦儒词传播的突出特色。入选元本《草堂诗余》的《念奴娇》(别离情绪)书写的是饮食男女相思离别的世俗情怀,明代除《草堂诗余》系列选本外,《精选古今诗余醉》《古今词统》《词学筌蹄》《啸余谱》亦均收录有此词。除此之外,明代23个选本中,朱敦儒词中伤春怀人、闺怨相思、离愁别绪、宴饮游狎、游戏娱情等涉及世俗情怀的词作均有入选。其中,伤春怀人的有《桃源忆故人》(雨斜风横香成阵)、《桃源忆故人》(西楼几日无人到)、《卜算子》(碧瓦小红楼)、《减字木兰花》(慵歌怕酒)、《一落索》(惯被好花留住)、《点绛唇》(春雨春风)、《昭君怨》(胧月黄昏亭榭);闺怨怀人之作有《浣溪沙》(碧玉阑干白玉人)、《杏花天》(残春庭院东风晓)、《清平乐》(多寒易雨)、《浣溪沙》(雨湿清明烟火残);缠绵相思的有《浣溪沙》(才子佳人相见难)、《蓦山溪》(东风不住);伤

离别的有《清平乐》(相留不住)、《柳梢青》(红分翠别);秋日离愁的有《十二时》(连云衰草);游狎之作有《春晓曲》(西楼月落鸡声急)。另外,《清平乐》(春寒雨妥)写清明求雨,《清平乐》(乱红深翠)写春游乐事,《秋霁》(壬戌之秋)以游戏之笔隐括苏轼《赤壁赋》。这些词章或哀或怨、或喜或悲,都不出男女情爱悲欢与世俗游戏快乐,均为书写世俗情怀的本色之调。至于误署名为朱敦儒《满路花》(帘烘泪雨干)、《生查子》(年年玉镜台)、《滴滴金》(武陵春色浓如酒)、《念奴娇》(寻常三五)等4首词,或写游狎艳情,或写相思离愁,俱为源自《花间集》的本色词风,写的亦是世俗的情爱悲欢。

芙蓉锦鸡图

在宋代，朱敦儒有 27 首词入选了《中兴以来绝妙词选》等词学选本 35 次，其中可纳入本色之调的仅 2 首词，怀人伤春的《念奴娇》（别离情绪）入选了《草堂诗余》，纪清明求雨的《清平乐》（春寒雨妥）入选《阳春白雪》。本色词在宋代选本中的篇目占比 7.4%，次数占比 5.7%。而明代，朱敦儒有 25 首（含误署名的 4 首）书写世俗情怀的本色之调入选明代各大词选 79 次，入选篇目占明代朱敦儒词总入选数的 43%，入选次数亦占比 38%，在选本的助力下，朱敦儒彰显世俗情怀的本色之词影响力遽增。

（二）彰显个性高致之作获青睐

朱敦儒书写个性高致之词的影响随着时间逐渐增长。明代，朱敦儒词中那些独具个性、参悟世情、追求自得自适的彰显个性与高致之作通过选本得到更大规模的传播。一方面，宋代词选中 10 首彰显朱敦儒个性高致的词，除《鹊桥仙》（姮娥怕闹）、《蓦山溪》（琼蔬玉蕊）2 首外，余下的咏梅词《念奴娇》（见梅惊笑）、《孤鸾》（天然标格），咏月词《念奴娇》（插天翠柳），咏木樨词《清平乐》（人间花少），慨世咏怀之作《鹧鸪天》（检尽历头冬又残）、《西江月》（日日深杯酒满）、《西江月》（世事短如春梦）、《鹧鸪天》（我是清都山水郎）均入选了明代的选本。另一方面，有 11 首同类主题的朱敦儒词被首次纳入明代选本的传播范围，分别是：游仙之作《聒龙谣》（凭月携箫）、《聒龙谣》（肩拍洪崖）、《醉春风》（夜饮西真洞），咏梅之作《鹊桥仙》（溪清水浅），咏水仙的《促拍丑奴儿》（清露湿幽香），咏鸂鶒的《双鸂鶒》（拂破秋江烟碧），写山水自然间之闲情乐事的《如梦令》（一夜新秋风雨）、《相见欢》（秋风又到人间）、《浪淘沙》（早起未梳头）、《西湖曲》（今冬寒早风光好）、《梦玉人引》（浪萍风梗）等词。这些词或借物咏文人士大夫的情怀高致，或直抒胸臆感慨世事、彰显个性。

传承新变之间，明代朱敦儒共有 20 首彰显个性、追求自适自得的世外高致之作入选各大选本，共计入选篇次为 110 次，入选篇目占比 37%，入选篇次占比 56%。与宋代同类主题的词共入选 9 首 11 篇次相比，朱敦儒追求个性与高致的词在明代,通过词选这一媒介,其传播广度继续延伸,影响扩大。

朱敦儒书写世俗情怀的本色之词的生命力在明代选本的助力下勃然焕发生机,其彰显个性高致之词的影响亦进一步扩大,两大主题并行不悖,共同构成了明代朱敦儒词之选本传播重世俗情怀与个体性情的特点。

(三) 悯时伤世的乱离悲歌影响式微

明代词选中,朱敦儒词影响力最小的主题类型便是那些悯时伤世的乱离悲歌。自元代始,朱敦儒感乱离、哀家国的词完全淡出视野,元本《草堂诗余》所入选 5 首作品无一与朱敦儒南渡后哀恸家国的情怀相关。明代选本中,乱离悲歌类的朱敦儒词不论是入选篇次还是所涉选本数量亦均不高。

首先,该主题明代入选篇次下降。入选了宋代词选的 15 首同类题材的作品中,仅有《采桑子》(扁舟去作江南客)、《减字木兰花》(刘郎已老)、《相见欢》(东风吹尽江梅)、《醉落魄》(海山翠叠)、《柳梢青》(狂踪怪迹)等 5 首① 再次入选了明代的选本。加上明人新选择的《浪淘沙》(风约雨横江)、《芰荷香》(远寻花)、《沙塞子》(万里飘零南越)、《沙塞子》(蛮径寻春春早)、《洛妃怨》(拾翠当年)、《恋绣衾》(木落江南感未平)、《相见欢》(泷州几番清秋)、《一落索》(一夜雨声连晓)等 8 首作品,整个明代,朱敦儒仅有 13 首伤时伤世的家国悲歌共入选 20 次。入选篇目占比从宋代的 56% 下降至 24%,入选篇次占比从宋代的 60% 急遽减少至 10%。朱敦儒词中悯时伤世的悲调从宋代选本的第一大主题变成明代最不受关注的一类。

其次,该主题入选的明代选本数量少。与上述两类主题的词作几乎涵盖笔者所收集的 25 个选本的情况不同的是,朱敦儒这些伤时感世的乱离悲歌仅被 5 个选本收录。除《花草粹编》收录上述 13 首词外,仅有《浪淘沙》(风约雨

---

① 入选宋代选本的另外 10 首乱离悲歌为:《丑奴儿》(一番海角凄凉梦)、《忆秦娥》(西江碧)、《卜算子》(江上见新年)、《水龙吟》(放船千里凌波去)、《鹧鸪天》(唱得梨园绝代声)、《鹊桥仙》(竹西散策)、《木兰花慢》(折芙蓉弄水)、《感皇恩》(曾醉武陵溪)、《减字木兰花》(古人误我)、《鹧鸪天》(曾为梅花醉不归)。

横江)见于《古今词统》《精选古今诗余醉》《词菁》《草堂诗余续集》,《减字木兰花》(刘郎已老)被《古今词统》收录,《相见欢》(东风吹尽江梅)被《古今词统》《精选古今诗余醉》《草堂诗余续集》收录。

　　另外,入选了宋代选本的彰显个性与世俗情怀的词除《鹊桥仙》(姮娥怕闹)、《蓦山溪》(琼蔬玉蕊)外,基本上被明代选家所收录。而入选了宋代选本的 15 首词乱离悲歌的《丑奴儿》(一番海角凄凉梦)等 10 首均未进入明代选家的视野。承弃之间,亦见朱敦儒词中的乱离悲歌之影响在明代的式微。

　　综上可见,与宋代选本传播相比较,明代朱敦儒词的选本传播既有传承又有新变。从宋至明,那些表现朱敦儒个性高致的作品一直具有较强的生命力。这类主题的词,明代的词选家新选了 12 首,同时继承了宋代选家所选的 10 首中的 8 首,在朱敦儒词的选本传播中传承性最强。朱敦儒词中另外两类词,即表现世俗情怀的本色之调与悯时伤世的悲歌在从宋至明的选本传播中则表现出强烈的变异性。对这两类词,宋、明选家的选择表现出明显对立的传播倾向。宋代词选家基本忽略了朱敦儒词书写世俗情性的本色之调,而明代选家在钟爱朱敦儒的本色词的同时却有意地淘汰了宋代选家最偏爱的具强烈时代气息的乱离悲歌。可见,在明代大众传播接受视野中,朱敦儒词中的文人志士之乱离悲歌弱化,而彰显红尘才子的世俗欲望、喜怒哀乐的词章以及吟咏个性高致的作品大多声称于世。世俗情爱与个性高致的彰显,成为这一时期朱敦儒词在选本传播中的突出特色。

第二节　明代评点中朱敦儒词的接受

一、明人评点朱敦儒词概貌

明以来评点之风盛行,朱敦儒词进入明代批评型读者视野的增多,据笔者统计,大约是宋代评点①的 2.5 倍。

据邓子勉辑《明词话全编》,在明代,"神仙风致""天资旷远(达)"之类的关于朱敦儒的评价为明人所继承。同时,朱敦儒有 20 余首词进入明人的批评视野,被杨慎、卓人月、沈际飞、潘游龙、茅映、陆云龙、李廷机、李攀龙、钱允治、吴从先、顾从敬、董其昌、毛晋、陈继儒、陈懋学、徐树丕、诸茂卿、彭大年等人所评点(详见下述)。这些作品包括朱敦儒的《鹧鸪天》(我是清都山水郎)与(检尽历头冬又残)、《西江月》(世事短如春梦)与(日日深杯酒满)、《沙塞子》(万里飘零南越)、《鹊桥仙》(溪清水浅)、《念奴娇》(插天翠柳)、《卜算子》(碧瓦小红楼)、《点绛唇》(春雨春风)、《孤鸾》(天然标格)、《浣溪沙》(晚菊花前敛翠蛾)、《减字木兰花》(刘郎已老)、《绛都春》(寒阴渐晓)、《浪淘沙》(风约雨横江)、《念奴娇》(别离情绪)、《念奴娇》(见梅惊笑)、《秋霁》(壬戌之秋)、《水龙吟》(放船千里凌波去)、《桃源忆故人》(雨斜风横香成阵)、《相见欢》(东风吹尽江梅)、《相见欢》(秋风又到人间)、《一落索》(惯被好花留住)等 22 首词。另外,误署名为朱敦儒的《滴滴金》(武陵春色浓如酒)、《满路花》(帘烘泪雨干)、《鹧鸪天》(梅妒晨妆雪妒轻)3 首词亦被明人评点。20 余首词,涵盖了朱敦儒关于节序物象、伤春怀人、相思离别的书写以及伤时悲世的家国情怀、看破世情的旷达高致的吟咏。100 余次评点或论其词风,或言其词法,或述其意蕴以及流传,其中亦有传承,有新变,在延伸朱敦儒词之生命力的同时,更全面地展现了朱敦儒词的特色,亦彰显着作为精英读者的文士的批评价值取向。

---

① 据邓子勉辑《宋金元词话全编》,在宋代,黄昇、胡仔、张端义、周必大、吴曾、周密、刘克庄、袁文、林洪等人先后评点了朱敦儒的《鹧鸪天》(我是清都山水郎)与(检尽历头冬又残)、《西江月》(世事短如春梦)与(日日深杯酒满)、《沙塞子》(万里飘零南越)、《鹊桥仙》(溪清水浅)、《念奴娇》(插天翠柳)、《清平乐》(人间花少)、《鹧鸪天》(解唱阳关别调声)与(曾为梅花醉不归)等 10 首词。

二、明代评点朱敦儒词的共性与个性:聚焦个性高致与多元化批评

从批评的指向性而言,与前代文人一致,明代关于朱敦儒及其词的文人评点聚焦于那类个性高致的词。而对于乱离悲歌、世俗本色之词,明代文人的关注点则仅阐释其艺术审美特性。

(一) 聚焦朱敦儒及其词的个性高致

首先,关于朱敦儒及其词彰显的世外风致,明代的批评者多承袭宋人之论而持赞赏态度。

宋代黄昇在《中兴以来绝妙词选》中对朱敦儒及其部分词作了精到的评点,其中的主要观点基本上被明代文人传承。评点中"志行高洁""天资旷达(远),有神仙风致"之论源出于黄昇的观点。以下的明人评点亦与黄昇之论如出一辙:

> 朱敦儒字希真,东都名士。绍兴中,以诗词擅名。又:朱希真,天资旷达,有神仙风致。(蒋一葵《尧山堂外纪》卷五八)
> 朱敦儒,字希真。天资旷逸,有神仙风致。(钱一本《遯世编》卷一四)
> 朱希真,名敦儒,博物洽闻,东都名士也。天资旷逸,有神仙风致。(陈继儒《辟寒部》卷二)
> 黄玉林云:朱希真,名敦儒。博物洽闻,东都名士也。南渡初,其词章最著。(卓人月《古今词统》卷三)

诸如此类的记载,皆源出黄昇"朱希真,名敦儒。博物洽闻,东都名士。

南渡初,以词章擅名。天资旷远,有神仙风致"①。同时,黄昇评点朱敦儒《西江月》(世事短如春梦)(日日深杯酒满)二词的"辞浅意深,可以警世之役役于非望之福者"的评点亦被李廷机、顾从敬、诸茂卿②等人完全因袭。而杨慎评朱希真《西江月》(世事短如春梦)"言近而指远,不必求其深宛"③,李廷机又评之曰:"辞浅意深,真可以儆世者。"④沈际飞评朱希真《西江月》二首:"二词一意,是病热中清凉散,毋忽其浅率""朱希真《西江月》(日日深杯酒满)"唤醒古今人"⑤,潘游龙评"朱希真《西江月》二首:词虽浅率,正可砭世"⑥等,遣词造句虽不尽相同,然其意亦皆祖述宋人黄昇之语。

其次,朱敦儒彰显个性高致之词获艺术审美与情志评判的双重观照。

朱敦儒词很大一部分是吟咏性情之作。这类词或托物咏怀,或直抒胸臆,彰显着创作主体的疏狂孤傲的个性和闲适清高的世外风致。如《鹧鸪天》(我是清都山水郎)及《鹧鸪天》(检尽历头冬又残)便属此类。时空流转,这类词在明代获得了更多批评型读者的青睐,成为明代文人评点中的热点。朱敦儒咏梅的《孤鸾》(天然标格)、《绛都春》(寒阴渐晓)、《念奴娇》(见梅惊笑)、《鹊桥仙》(溪清水浅),咏月的《念奴娇》(插天翠柳),参破红尘感慨世情而直抒胸臆的《相见欢》(秋风又到人间)、《西江月》(世事短如春梦)及(日日深杯酒满)、《鹧鸪天》(检尽历头冬又残)等词吸引了明代文人的眼光,共获得了李

---

① (宋)黄昇:《中兴以来绝妙词选》卷二,《四部丛刊》本。

② 明代李廷机在《新刻注释草堂诗余评林》卷五中评此二此时承袭黄昇之语云:"此二词辞浅意深,可以警世之役役于非望之福者。"另顾从敬《类选笺释草堂诗余》评朱希真《西江月》(世事短如春梦):黄玉林云:希真又有一阕云:"日日深杯酒满……"此二词辞浅意深,可以警世之役役于非望之福者。"另诸茂卿:《今古钩玄》卷四十:宋朱希真有《西江月》二首。其一"世事短如春梦……"其二"日日深杯酒满……"二词辞浅意深,可以警世之役役于非望之福者。

③ (明)杨慎批:《草堂诗余》卷一,见邓子勉:《明词话全编》,凤凰出版社2012年版,第751页。

④ (明)李廷机批评,唐川之解注,田一隽精选:《重刻草堂诗余评林》卷一,见邓子勉:《明词话全编》,凤凰出版社2012年版,第2648页。

⑤ (明)沈际飞:《草堂诗余正集》卷一,见邓子勉:《明词话全编》,凤凰出版社2012年版,第5332页。

⑥ (明)潘游龙:《古今诗余醉》卷一十五,见邓子勉:《明词话全编》,凤凰出版社2012年版,第5195页。

攀龙、李廷机、吴从先、沈际飞、杨慎、潘游龙、毛晋等人的50余次的评点。他们或阐释词作艺术手法，或解读词人情志。

一方面，从艺术视角着眼是阐释朱敦儒咏个性高致之词的主流。

或论其语言的艺术处理方式。譬如，咏月词《念奴娇》开篇"插天翠柳，被何人推上，一轮明月"即被杨慎评之"不成话"①，沈际飞评之"开奇口"②，皆赞赏遣词造句之奇。咏怀之词《相见欢》（秋风又到人间），潘游龙《精选古今诗余醉》批注曰："'欠青山'三字妙"③，高度评价了词作的炼字技巧。吴从先评《鹧鸪天》（检尽历头冬又残）"家家酒、处处山，醉梦间，□"④，亦是分析词的造语遣词的问题。或叹赏词中所营造的艺术境界。譬如《念奴娇》（插天翠柳）被李廷机评"洗心涤虑之句，诵之令人自乐"⑤，或被李攀龙、李廷机等引用古诗"皎皎金波天际流，一轮碾破碧云秋"评之并赞曰"此贞明之象，万古不磨也"⑥，肯定这首咏月词所构筑的澄明清朗的意境。吴从先评《绛都春》（寒阴渐晓）"自其初开时芳姿莫比，至疏影斜照，犹见巧媚，恍似一梅图"⑦，赞赏的是这首咏梅词的诗思画意。咏怀之作《相见欢》（秋风又到人间），钱允治赞

---

① （明）杨慎批：《草堂诗余》卷四，见邓子勉：《明词话全编》，凤凰出版社2012年版，第765页。

② （明）沈际飞：《草堂诗余正集》卷四，见邓子勉：《明词话全编》，凤凰出版社2012年版，第5365页。

③ （明）潘游龙：《古今诗余醉》卷七，见邓子勉：《明词话全编》，凤凰出版社2012年版，第5177页。

④ （明）吴从先：《草堂诗余隽》卷四，见邓子勉：《明词话全编》，凤凰出版社2012年版，第1201页。

⑤ （明）李廷机批评，唐川之解注，田一隽精选：《重刻草堂诗余评林》卷四，见邓子勉：《明词话全编》，凤凰出版社2012年版，第2665页。

⑥ （明）李攀龙：《新刻题评名贤词话草堂诗余》卷五，见邓子勉：《明词话全编》，凤凰出版社2012年版，第1228页。另吴从先汇编，袁宏道增订，何伟然参校：《新刻李于麟先生批评注释草堂诗余隽》卷三，见邓子勉：《明词话全编》，凤凰出版社2012年版，第1178页。李廷机批评：《新刻注释草堂诗余评林》卷五，见邓子勉：《明词话全编》，凤凰出版社2012年版，第2723页。以上均用此语评《念奴娇》（插天翠柳）。

⑦ （明）吴从先：《草堂诗余隽》卷四，见邓子勉：《明词话全编》，凤凰出版社2012年版，第1195页。

其"有水无山,别是烟波秋色"①,则从审美意境的艺术层面给予了词作高度的评价。或有论作品的艺术结构的。如吴从先等评咏月词《念奴娇》,"上一段有月到天心之景色,下一段有月冷人心之情怀""'洗尽凡心'又悟到处处皆圆上去"②,具体地阐释了词作布局谋篇之妙。再如咏梅词《绛都春》(寒阴渐晓),吴从先言其"上言梅花有斗雪缀玉之精神,下言梅花有笼用横窗之芳姿"③,评价的是该词之构思的特点。再如《孤鸾》(天然标格),沈际飞评:"佳处在笔笔早梅"及"'莫待单于吹老,便须折取归来,寄驿人遥,和羹心在,为谁攀折?'顺反之殊。"④李廷机曰:"用唐齐己'前村深雪里,昨夜一枝开'之句,俱见早梅。"⑤此亦是从词之结构做法着眼肯定其艺术特色。或有论其艺术水准者。如咏梅词《绛都春》(寒阴渐晓),李攀龙、李廷机、沈际飞等云:"此等词体如良金出冶,煅炼精神,良璧出璞,追琢温润。"⑥李廷机则言:"词意清朗,诵之敬服。"⑦此皆赞美该词达到了极高之艺术水准。再如《鹊桥仙》(溪清水浅)一词,沈际飞、潘游龙评其"清态得""在咏梅诸作中未免居殿"⑧,亦言其

① (明)钱允治:《类编笺释续选草堂诗余》卷上,见邓子勉:《明词话全编》,凤凰出版社2012年版,第4923页。

② (明)吴从先:《新刻李于麟先生批评注释草堂诗余隽》卷三,见邓子勉:《明词话全编》,凤凰出版社2012年版,第1178页。

③ (明)吴从先:《草堂诗余隽》卷四,见邓子勉:《明词话全编》,凤凰出版社2012年版,第1195页。

④ (明)沈际飞:《草堂诗余正集》卷四,见邓子勉:《明词话全编》,凤凰出版社2012年版,第5362页。

⑤ (明)李廷机批评,唐川之解注,田一隽精选:《重刻草堂诗余评林》卷四,见邓子勉:《明词话全编》,凤凰出版社2012年版,第2664页。

⑥ (明)李攀龙:《新刻题评名贤词话草堂诗余》卷六,见邓子勉:《明词话全编》,凤凰出版社2012年版,第1236页。另李廷机批评《新刻注释草堂诗余评林》卷六(见邓子勉:《明词话全编》,凤凰出版社2012年版,第2735页)、沈际飞《草堂诗余正集》卷四(见邓子勉:《明词话全编》,凤凰出版社2012年版,第5364页)均用此语评点《绛都春》(寒阴渐晓)。

⑦ (明)李廷机批评,唐川之解注,田一隽精选:《重刻草堂诗余评林》卷四,见邓子勉:《明词话全编》,凤凰出版社2012年版,第2665页。

⑧ (明)沈际飞:《草堂诗余续集》卷下,见邓子勉:《明词话全编》,凤凰出版社2012年版,第5400页。另潘游龙《古今诗余醉》卷十三亦评朱希真《鹊桥仙》(溪清水浅):"在咏梅诸作,此则居殿。"(见邓子勉:《明词话全编》,凤凰出版社2012年版,第5192页)

艺术水准之高。

另一方面,词所寄寓之情志是阐释朱敦儒咏个性高致之词的另一着力处。

明人对朱敦儒咏个性高致之词多赞赏其中所含之情志。如,沈际飞评《相见欢》(秋风又到人间)"闲旷"①,阐明作者情怀。譬如,《鹧鸪天》(检尽历头冬又残),李廷机评"此词不布景,只说心中见,有隐逸高情"②,点明了该词直抒胸臆的特点,更道出了作品抒发的情志。潘游龙评该词"奇趣豪情,读来欲舞"③,沈际飞评之"奇趣豪情""向乘篮舆,亦足自适"④,则体悟到了朱敦儒此词高致之外有豪情。至于吴从先评之曰:"上醉来有扶杖登山之雅兴,下闲里有纸帐梅花之天真""'几许家山游未遍,老来世味醉梦间',信口说来,头头是道,悟后语也"⑤,亦阐释了该词所彰显的世外高致。再如《念奴娇》(见梅惊笑)的评点亦是读其词而想见其人的评价。李廷机"此言梅之洁白芬芳,凌雪傲霜,喻君子特立独行,岂若小人班乎?"⑥"言梅之芳姿不得多,何以喻贤人君子独处。岂与小人同伴意?"⑦充分肯定了词中所彰显的孤傲高洁的人格。潘游龙、沈际飞批注此词亦皆高度赞美其节操,曰:"淡然独往,不与蜂蝶

---

① (明)沈际飞:《草堂诗余续集》卷上,见邓子勉:《明词话全编》,凤凰出版社 2012 年版,第 5386 页。

② (明)李廷机批评,唐川之解注,田一隽精选:《重刻草堂诗余评林》卷一,见邓子勉:《明词话全编》,凤凰出版社 2012 年版,第 2649 页。

③ (明)潘游龙:《古今诗余醉》卷一,见邓子勉:《明词话全编》,凤凰出版社 2012 年版,第 5161 页。

④ (明)沈际飞:《草堂诗余正集》卷一,见邓子勉:《明词话全编》,凤凰出版社 2012 年版,第 5335 页。

⑤ (明)吴从先:《草堂诗余隽》卷四,见邓子勉:《明词话全编》,凤凰出版社 2012 年版,第 1201 页。

⑥ (明)李廷机:《新刻注释草堂诗余评林》卷六,见邓子勉:《明词话全编》,凤凰出版社 2012 年版,第 2736 页,另李攀龙《新刻题评名贤词话草堂诗余》卷六亦用此诗评点《念奴娇》(见梅惊笑)一词。

⑦ (明)李廷机批评,唐川之解注,田一隽精选:《重刻草堂诗余评林》卷四,见邓子勉:《明词话全编》,凤凰出版社 2012 年版,第 2666 页。

为伍,君子哉。"①而吴从先曰:"上言洁白芬芳,有凌霜傲雪之节;下言调和风味,在凄风凉月之怀。"又云:"驿史未逢,调羹谁托?种种寓意。"又云:"问红尘久客,无人攀折,俱是托言,君子独立之操,不为小人所混全意。"②这些评点均分析了该词在梅花吟咏中所透露出来的主体情怀。再如《孤鸾》(天然标格)一词,吴从先、李攀龙、李廷机均读出了孤傲之意,认为"'苦被东风着意催,初无心事占春魁。年年为报南枝信,不许群芳作伴开。'可为此评。"③另吴从先亦读出了词中的济世之心,云:"下有调羹之志,只恐声落尘埃""难寄难横,和羹鼎之才也。"④

(二) 乱离悲歌在明代获得文人共鸣

在宋代,朱敦儒那些书写乱离痛苦的伤时悲世之词虽在选本中获得了广泛的流传,但在评点领域却鲜被关注。与宋代不同的是,朱敦儒词中的乱离悲歌虽在明代入选量大为减少,却在文人的评点中受到较多关注,引发共鸣。

朱敦儒南渡后书写飘零之苦、故国之思及伤老之叹的词有《相见欢》(东风吹尽江梅)、《减字木兰花》(刘郎已老)、《水龙吟》(放船千里凌波去)、《浪淘沙》(风约雨横江)、《一落索》(惯被好花留住)、《沙塞子》(万里飘零南越)等6首词进入到了明代文人的阐释视野中。沈际飞从语辞与谋篇论词的艺术手法评点《浪淘沙》(风约雨横江),曰:"简当","'开愁'句,七字创语","说

① (明)沈际飞:《草堂诗余正集》卷四,见邓子勉:《明词话全编》,凤凰出版社2012年版,第5367页。另潘游龙《古今诗余醉》卷十三评《念奴娇》(见梅惊笑),意同此言(见邓子勉:《明词话全编》,凤凰出版社2012年版,第5192页)。

② (明)吴从先:《草堂诗余隽》卷四,见邓子勉:《明词话全编》,凤凰出版社2012年版,第1196页。

③ (明)李攀龙:《新刻题评名贤词话草堂诗余》卷六,见邓子勉:《明词话全编》,凤凰出版社2012年版,第1236页。另吴从先《草堂诗余隽》卷四(见邓子勉:《明词话全编》,凤凰出版社2012年版,第1195页)、李廷机批评《新刻注释草堂诗余评林》卷六(见邓子勉:《明词话全编》,凤凰出版社2012年版,第2735页)均用此诗评点《孤鸾》。

④ (明)吴从先:《草堂诗余隽》卷四,见邓子勉:《明词话全编》,凤凰出版社2012年版,第1195页。

'休问',正要问,故佳"。他另以"柔款"①评《一落索》(惯被好花留住)论词之风格。除此之外,其余的评点之语皆带着浓厚的情感色彩。如"老大伤悲,使人黯然"②的感叹传达出了阅读《相见欢》(东风吹尽江梅)一词时深深的情感共鸣。另有钱允治评点《相见欢》(东风吹尽江梅):"旧宫苔镞,寂寞可知,况梅落而橘开乎"③,潘游龙、沈际飞评之"可与言'逝者如斯'义"④,均发掘出了朱敦儒这首怀古之作的情感内蕴。至于陆云龙曰"凄其景,凄其事"⑤,钱允治曰"云与梦皆无依准,何处可问家乡,道旅况极尽"⑥与卓人月云"真伤心人,作假旷达语"⑦,此类关于朱敦儒《浪淘沙》(风约雨横江)的评点,亦深入词心,道出了词人漂泊岭外的凄凉伤感,皆同情共感式之评点。此外,如卓人月评《减字木兰花》(刘郎已老)末句"故国山河照落红"时曰:"末句如古剑一吼"⑧,亦是共情之评。另外,杨慎《词品》则在黄昇论朱敦儒词的基础上,再拈出《相见欢》(东风吹尽江梅)、《鹧鸪天》(检尽历头冬又残)、《水龙吟》(放船千里凌波去)云:"亦可知其为人矣"⑨,这样的评点都是设身处地,深入词

---

① (明)沈际飞:《草堂诗余别集》卷一,见邓子勉:《明词话全编》,凤凰出版社 2012 年版,第 5418 页。

② (明)卓人月、徐士俊:《古今词统》卷三,见《续修四库全书》第 1728 册,上海古籍出版社 2002 年版,第 512 页。

③ (明)钱允治:《类编笺释续选草堂诗余》卷上,见邓子勉:《明词话全编》,凤凰出版社 2012 年版,第 4923 页。

④ (明)沈际飞:《草堂诗余续集》卷上,见邓子勉:《明词话全编》,凤凰出版社 2012 年版,第 5386 页。又见潘游龙:《古今诗余醉》卷十二,见邓子勉:《明词话全编》,凤凰出版社 2012 年版,第 5190 页。

⑤ (明)陆云龙:《翠娱阁评选行笈必携词菁》卷二,见邓子勉:《明词话全编》,凤凰出版社 2012 年版,第 5084 页。

⑥ (明)钱允治:《类编笺释续选草堂诗余》卷上,见邓子勉:《明词话全编》,凤凰出版社 2012 年版,第 4927 页。

⑦ (明)卓人月、徐士俊:《古今词统》卷七,见《续修四库全书》第 1728 册,上海古籍出版社 2002 年版,第 598 页。

⑧ (明)卓人月、徐士俊:《古今词统》卷五,见《续修四库全书》第 1728 册,上海古籍出版社 2002 年版,第 547 页。

⑨ (明)杨慎:《词品》卷四,"朱希真"条,见唐圭璋:《词话丛编》,中华书局 2005 年版,第 488 页。

心的阐释,均浸润着阐释者对朱敦儒这些词之情感的共鸣。

(三) 彰显世俗情怀之词的艺术性获得明人关注

进入明人评点视野的朱敦儒词亦有涉及春愁及风情的,如《卜算子》(碧瓦小红楼)、《桃源忆故人》(雨斜风横香成阵)、《念奴娇》(别离情绪)、《清平乐》(春寒雨妥)、《浣溪沙》(晓菊花前敛翠蛾)。明代文人主要从艺术审美的角度评点这类相思离怨之词和游戏笔墨的隐括之作《秋霁》(壬戌之秋)。

明人评点朱敦儒的相思愁怨之作与游戏笔墨之词仅《浣溪沙》(晓菊花前敛翠蛾)、《念奴娇》(别离情绪)被沈际飞①、李攀龙和李廷机②、沈际飞和卓人月③从意蕴情感着眼进行评点,其他的主要从艺术审美的角度阐释其语言笔法、布局谋篇、审美意境、艺术水准等。如从炼字炼句的角度评价的:卓人月指出《卜算子》(碧瓦小红楼)乃化用秦观《满庭芳》之句,曰:"'寒鸦'二句,朱希真又化作小词云:'看到水如云,送尽鸦成点。'"④潘游龙评点《桃源忆故人》(雨斜风横香成阵)曰:"'欢少愁多''浑难问',妙甚。"⑤卓人月亦云:"欢少愁多因甚"句"问得妙"⑥。沈际飞《桃源忆故人》亦评此问曰:"不知何因,又

---

① (明)沈际飞:《草堂诗余续集》卷上评:《浣溪沙》(晓菊花前敛翠蛾):"织女事,感慨歌者",见邓子勉:《明词话全编》,凤凰出版社 2012 年版,第 5389 页。(按:该词在此处系于苏轼名下。)

② (明)李攀龙补遗、陈继儒校正的《新刻题评名贤词话草堂诗余》卷三以及李廷机批评、翁正春校正、徐宪成梓行的《新刻注释草堂诗余评林》卷三均认为《念奴娇》(别离情绪)为"见景伤怀"之作。

③ (明)沈际飞《草堂诗余正集》卷四评《念奴娇》(别离情绪)时云:"以不得真心为大幸,抑情之语,忍信之乎?"卓人月《古今词统》卷十三评《念奴娇》(别离情绪)大意与沈评相同。

④ (明)卓人月、徐士俊:《古今词统》卷十二,《续修四库全书》第 1729 册,上海古籍出版社 2002 年版,第 61 页。

⑤ (明)潘游龙:《古今诗余醉》卷四,见邓子勉:《明词话全编》,凤凰出版社 2012 年版,第 5171 页。

⑥ (明)卓人月、徐士俊:《古今词统》卷六,《续修四库全书》第 1728 册,上海古籍出版社 2002 年版,第 573 页。

无可问,故为春恨。韵脚添致,陈君美云:'炼句不如炼韵。'"①从布局谋篇的视角评点《秋霁》(壬戌之秋)的有吴从先云:"上泛舟而箫声,可乘风弄月。下传杯而枕藉,惟慨魏伤吴""秋水长天一色矣,惟有清风明月不用钱""不满百余言,而一篇《赤壁赋》词旨悉备,洵能削繁就简,而得片言居要法"②。董其昌曰:"此词仅有百余言,以坡老《前赤壁赋》尽,妙! 妙!"③杨慎批此词亦云:"此与山谷醉翁亭词一格,何意味之有?"④或有从审美境界评价的,如潘游龙评《卜算子》(碧瓦小红楼):"'看到''送尽'二句不但照管上下,且极尽画家之妙。"⑤沈际飞亦云此词:"'水如云''鸦成点',画家宗门","'看到''送尽',照管上下。"⑥另有论词之艺术水准的,如陆云龙评《卜算子》(碧瓦小红楼):("看到"二句)"神镂"⑦。沈际飞评之"晋韵"⑧。

从笔者收集的资料看,朱敦儒那些彰显个性高致之词毫无疑问是明代评点的焦点。从评点的广度看,这类词的评点既有传承又有新变,涵盖了艺术审美和情志评判;乱离悲歌之评则基本上从情感层面切入;而那些书写世俗情怀的词获得的则基本是艺术审美的评点。从数量看,朱敦儒被评点的 22 首词,乱离悲歌和本色之调分别为 6 首,彰显个性高致的词明显吸引了文人最广泛

---

① (明)沈际飞:《草堂诗余续集》卷上,见邓子勉:《明词话全编》,凤凰出版社 2012 年版,第 5394 页。

② (明)吴从先:《草堂诗余隽》卷四,见邓子勉:《明词话全编》,凤凰出版社 2012 年版,第 1187 页。

③ (清)董其昌评订,曾六德参释:《新锲订正评注便读草堂诗余》卷五;李廷机批评,翁正春校正:《新锲李太史注释草堂诗余旁训评林》卷五:"此词仅百余言,以坡老:《前赤壁赋》包括殆尽,妙! 妙!"

④ (明)杨慎批:《草堂诗余》卷五,见邓子勉:《明词话全编》,凤凰出版社 2012 年版,第 768 页。

⑤ (明)潘游龙:《古今诗余醉》卷八,见邓子勉:《明词话全编》,凤凰出版社 2012 年版,第 5180 页。

⑥ (明)沈际飞:《草堂诗余续集》卷上,见邓子勉:《明词话全编》,凤凰出版社 2012 年版,第 5390 页。

⑦ (明)陆云龙:《翠娱阁评选行笈必携词菁》卷二,见邓子勉:《明词话全编》,凤凰出版社 2012 年版,第 5084 页。

⑧ (明)沈际飞:《草堂诗余续集》卷上,见邓子勉:《明词话全编》,凤凰出版社 2012 年版,第 5388 页。

的注意力。与选本相较,朱敦儒词中的乱离悲歌在评点中的生命力增强,彰显个性高致的词在评点中仍保持着旺盛的生命力,而本色之调的影响力在评点中却大为减弱。明代朱敦儒词之影响在选评之间可谓离合交糅。

第三节　选评离合中彰显时代文化与
历史传统的角力融合

朱敦儒词在明代的影响主要表现在以选本为媒、以评点为阐释方式的传播接受中,其中选家与评点者的选择既有契合之处,亦有两相背离者,离合之间折射读者对朱敦儒词的不同态度,彰显着明代人自身所承载的历史文化传统与时代文化气候之间的角力与融合。

一、选本传播主要浸染着明代浓烈的时代文化气候

在选本传播中,朱敦儒那些书写世俗情怀的本色之调备受钟爱,与宋代相比入选率突飞猛进。同时,吟咏个性与高致之作受到更多的青睐,入选数量较宋时增加不少,而宋代选本中入选最多的悯时伤世的乱离悲歌受关注程度却急遽下降。很明显,从宋至明,面向大众的选本由传播朱敦儒的乱离悲歌转向了传播彰显世俗情怀与个性高致之作。这折射着明代以来的时代文化气候在文学传播接受中的强大影响。

首先,明代城市经济进一步繁荣,特别是明中叶以来商品经济的发展所造成的文化的商品化、世俗化、平民化使得世俗情怀成为影响文学传播接受的重要因素。明代社会"出现了两种空前突出的情况:权力的商品化和文化的商品化"①,享乐与敛财为世所重。在重享乐、重财富之观念的刺激下,明代平民化、世俗化的俗文化充分发展。"明代士大夫文化中包括了以前所不能相比

---

① 商传:《明代文化史》,东方出版中心 2007 年版,第 18 页。

的娱乐性和通俗性"①。明代以来戏曲、小说等通俗文学样式的繁荣则是这种文化气候在文学领域中的表现。故《草堂诗余》能风行明代几百年长盛不衰，而"清空""骚雅"的姜夔词却在明代湮没无闻②。因此词选家在面对前代词人作品时，一方面自我不可避免地受时风影响，另一方面为了迎合读者的心理需求，自然会青睐于娱宾遣兴的本色词。朱敦儒词中书写世俗情怀的本色之调与这种文化商品化、世俗化、平民化的时代文化气候相遇合，必然在面向大众的明代选本中焕发勃勃生机。

其次，心学的进一步发展及其所诱发的个性解放思潮使得彰显个性、表现世俗情怀的作品受青睐。陆九渊立心学一派，至明代经王阳明阐发而大兴，广为流传。《明史》载："宗守仁者曰姚江之学，别立宗旨，显与朱子背驰，门徒遍天下，流传逾百年，其教大行，其弊滋甚。嘉、隆而后，笃信程、朱，不迁异说者，无复几人矣。"③"吾心即理""心外无理，心外无物，心外无事"的命题将"心"置于"理"之上，为个性彰扬提供了理论依据。吕坤认为："真情不饰，饰者伪交也"④，李贽倡导"童心说"，"不必矫情，不必逆性，不必昧心，不必抑志，直心而动，是为真佛"⑤。心学勃兴，任性、重情、追求自我成了时代风尚。在重真情、重个性的时风影响下，朱敦儒词作中彰显世俗情怀与个性高致的词应时而动，为时人所喜好。

另外，诗词分途、以本色为尊的词学观念亦深刻影响了选本传播中的世俗化特征。在诗词离合中，明人逆转南宋以来诗词合流的趋势，诗文之学和词学分途。明代诗文大家绝少作词⑥，"尽谓填词能损诗骨，近代何、李大家亦不肯

---

① 商传：《明代文化史》，东方出版中心2007年版，第36页。

② 郁玉英：《姜夔词史经典地位的历史嬗变》，《文学评论》2012年第5期。

③ （清）张廷玉等：《明史》，中华书局1974年版，第7223页。

④ （明）吕坤：《呻吟语》，江苏古籍出版社2002年版，第76页。

⑤ （明）李贽：《焚书》，中华书局1961年版，第77页。

⑥ 查《全明词》和《全明词补编》，明代重要的诗文大家除杨慎存词363首，王世贞89首外，其余都极少作词。譬如，李东阳13首，何景明1首，李梦阳2，李攀龙3，钟惺3首，谭元春0首，袁中道0首，袁宏道14首，袁宗道0首。

降格为之……劝勿多作,以崇诗格"①。在明人的观念中,词"柔靡而近俗"②,"词于不朽之业,最为小乘"③。明人论词以本色为尊,一代文坛领袖王世贞认为:"词须宛转绵丽,浅至儇俏,挟春月烟花于闺幨内奏之,一语之艳,令人魂绝,一字之工,令人色飞,乃为贵耳。"④这显示了明确的崇抑倾向。徐师曾也说:"词贵感人,要当以婉约为正。否则虽极精工,终乖本色,非有识者所取也。"⑤因而"永乐以后,南宋诸名家词,皆不显于世,惟《花间》《草堂》诸集盛行"⑥"近来填词家辄效颦柳屯田作闺帏秽媒之语"⑦。朱敦儒的本色词在明代选本中的影响强势上升,而书写家国之思乱离之感的乱离悲歌备受冷落是以本色为尊的词学观念影响下必然导致的文化现象。

二、评点阐释基本上渗透着历史文化传统的强力影响

随着燕乐的流行而兴起的词,在晚唐五代成熟之后本来以它艳婉的审美特性和世俗化的文化品格表现出和古典诗歌传统不同的特质。随着词士大夫化的加强,词诗逐渐合流,最终成为古典美学传统的一部分。唐宋词的千年流播,从文人的复雅之声,再至将词之比附诗骚,儒家诗学的批评传统深刻影响了词的批评史。譬如,词学批评中认为词"以道贤人君子幽约怨悱不能自言之情","诗之比兴,变风之义,骚人之歌,则近之矣"⑧之论,"词家之有姜石

---

① (清)沈雄:《古今词话·词话下卷》,"西樵阮亭诗词同工"条,见唐圭璋:《词话丛编》,中华书局 2005 年版,第 815 页。

② (明)王世贞:《艺苑卮言》,"词之正宗与变体"条,见唐圭璋:《词话丛编》,中华书局 2005 年版,第 385 页。

③ (明)俞彦:《爰园词话》,"词得与诗并存之故"条,见唐圭璋:《词话丛编》,中华书局 2005 年版,第 399 页。

④ (明)王世贞:《艺苑卮言》,"隋炀帝望江南为词祖"条,见唐圭璋:《词话丛编》,中华书局 2005 年版,第 385 页。

⑤ (明)徐师曾:《文体明辨序说》,人民文学出版社 1962 年版,第 33 页。

⑥ (清)王昶:《明词综》,辽宁教育出版社 1997 年版,第 5 页。

⑦ 李谊:《花间集注释》,四川文艺出版社 1986 年版,第 401 页。

⑧ (清)张惠言:《词选序》,施蛰存:《词籍序跋萃编》,中国社会科学出版社 1994 年版,第 796 页。

帚,犹诗家之有杜少陵"①之类的将词人比附诗人的批评之法,诸如此类都是批评者试图将词纳入诗学批评范畴的表现。崇尚比兴寄托、意境韵味,强调人格美,主张言情志等诗学批评话语亦影响着词的流播。

在朱敦儒词的评点阐释中,明代文人的继承和新见,均折射出作为历史文化传统的诗学审美理想的渗透。一方面,朱敦儒吟个性高致词的流传中彰显着强烈的传承性。明代人完全继承了宋代黄昇观点,赞赏朱敦儒的神仙风致及与之相关的词作,吟咏个性、彰显士大夫高雅风致的词赢得了广泛的关注,获得了情感意蕴与艺术审美两个层面的深度点评,承继之间彰显着崇尚高雅格调性情的诗学审美理想。另一方面,明代的批评者与选家的态度的背离中亦折射出诗学审美理想的影响。朱敦儒书写家国之思、悯时伤世的乱离悲歌在选家那儿被忽视,但在文人评点中却获得了共鸣式的评点,同时文人在评点时对朱敦儒表现自我性情怀抱的词也投入了更多的关注,而不太关注朱敦儒那些彰显世俗情怀的本色之调,即便是评点那些春怨离愁的词,主要关注点亦不是情感意蕴而是其艺术表现。

从中可见,作为精英型读者接受方式的文人评点以及以选本传播为代表的面向大众读者的传播表现出明显不同的特点。明代文人虽在城市经济的日渐繁荣下不免受世俗文化的影响,尤其是明代中后期心学兴起后张扬个性的思潮对明人的文学观念影响甚著,肯定世俗情欲与个性成为时代文化气候,"柔靡而近俗"成为主流词学观念,但诗学审美理想作为文化传统仍然对文人评点影响甚著。不论是叹赏朱敦儒词的艺术境界、结构与水准,还是肯定朱敦儒词中的和羹之志、淡然节操与乐天知命之论以及共鸣式的评点朱敦儒的乱离悲歌,抑或是对朱敦儒彰显世俗情怀的本色词的低度关注,明代文人对朱敦儒词的评点毫无疑问折射着以诗学审美理想为主的文化传统的强大影响。

---

① （清）宋翔凤:《乐府余论》,"姜石帚继往开来"条,见唐圭璋:《词话丛编》,中华书局2005年版,第2503页。

三、选评离合中时代文化气候与历史文化传统交错融合

影响一代读者接受心理的时代文化气候与历史文化传统,作为沉淀在接受传播者心灵深处的二维,往往交错融合,并不是非此即彼地影响作家作品身后的生命力,前代文学作品的影响效应也因此而表现出复杂的形态。

朱敦儒词在明代的影响效应如上所述,在选本与评点中呈现出不同的面貌,但两者之间非判若泾渭,而呈现出交错融合的状态。一方面,在商品化、世俗化、平民化的文化观念,个性解放的思潮以及崇尚本色的词学观等时代文化气候的影响下,朱敦儒词在明代的流传打上了世俗化的印记,而以诗学审美观念为主的文化传统则让朱敦儒词在明代更大程度上以彰显着世外高致和洋溢着志士理想的状态流转于历史时空。另一方面,文人评点中有涉及朱敦儒词中的相思离别之调者,而选本中,如《孤鸾》(天然标格)、《念奴娇》(插天翠柳)、《西江月》(世事短如春梦)及(日日深杯酒满)等书写文人士大夫情怀志向及人生感悟的词也深为诸多选家所钟爱。事实上,宋词在明代的流传都呈现出了这种态势,"这一历史时期的宋词经典呈现出明显的通俗化和世俗化的特征。当然,以本色为正宗的同时,豪放别调并没有完全为明人所弃,如杨慎《词品》卷四就极认可宋人陈模对稼轩的如此评价:'回视稼轩所作,岂非万古一清风哉!'"①

值得注意的是,历史文化传统与时代文化气候的复杂交融中,历史文化传统似乎发生着更深远的影响。以下的两点可见一斑:其一,相对于表现世俗情怀的本色之调以及乱离悲歌,那些彰显个性与高致,洋溢着文人士大夫情怀的朱敦儒词在词选和评点中均具旺盛和恒久的生命力,笔者统计分析这类词的传播接受资料发现,它们在宋代亦是词选编撰者和评点者的宠儿,清代读者亦以大量的入选和评点表达了对这类词的喜爱。其二,不仅历史文化传统如上所述强力介入文人的评点,而且在评选合一的传播接受活动中,入选的同时被

---

① 郁玉英:《宋词经典的生成及嬗变》,中国社会科学出版社 2016 年版,第 208 页。

评点的往往是彰显着朱敦儒士大夫高怀雅韵的词作。明代词学选本多附有选家的点评。《草堂》系列就有吴从先汇编、袁宏道增订、何伟然参校《新刻李于麟先生批评注释草堂诗余隽》,李廷机批评、翁正春校正、徐宪成梓行《新刻注释草堂诗余评林》,董其昌评点、曾六德参释《新锓订正评注便读草堂诗余》等为代表的诸多评点本。另外如茅映《词的》、卓人月《古今词统》、潘游龙《精选古今诗余醉》等选本亦附有点评之语。以上诸选本选词,书写相思离愁、宴饮游乐均不在少数,但入选的同时被编撰者评点的则以表现朱敦儒个性与高致的词居多。可见,当文士们以批评者的身份介入阐释中进行着"立言"的活动时,虽然面对的批评对象是被他们视为小道的词,但沉淀在灵魂深处的历史文化传统往往会不自觉地介入,他们的评点便不免受传统诗学审美观的影响而大多表现出高雅的姿态。

　　综观朱敦儒词在明代词学视野中的影响效应,在面向普通大众读者的选本和以精英读者(文人)接受为主的评点中,既有对前代选择与评价的传承,又有新变;既有一致的选择,又表现出截然不同倾向。传承新变之间的选评离合,彰显了朱敦儒词的影响效应,同时亦反映了这一时期历史文化传统与时代文化气候相互角力又相互融合的文化状态。明代的词选编撰者和评点人在接受作为前代词学传统的朱敦儒词的同时,其选择与批评将朱敦儒词打上他们自身文化心理的印迹,朱敦儒词由此被建构成了明代词学传统的一部分。作家作品身后的命运大多有类于此。

第十二章　山水情韵的传承:论朱敦儒及其词在清代的影响效应

　　被称为北、南两宋之际的词坛"巨擘"①的朱敦儒,在宋词词质的转变过程中,他的词有鲜明的个性特色,他以纪实性的手法书写人生体验,在南渡词坛独树一帜,被认为是苏轼和辛弃疾之间的重要桥梁②。他早年即获"词俊"③之誉,其词被称为"希真体"(或"樵歌体")④,身后存词量亦位列南渡词人榜

---

　　①　陆侃如、冯沅君:《中国诗史》(百花文艺出版社 1999 年版,第 564 页):"在南北宋之交的词人中,朱敦儒应是个巨擘。"

　　②　宋人汪莘《诗余序》中曰:"余于词喜三人,盖至东坡而一变,其豪妙之气,隐然流于言外,天然绝世,不假振作。二变而为朱希真,多尘外之想,虽杂以微尘,而其清气自不可没。三变而为辛稼轩,乃写其胸中事,尤好称渊明。此词之三变也。"(汪莘:《诗余序》,《方壶存稿》卷一)此即认为朱敦儒是"词之三变"之苏、辛之间的关键一变,近代以来,梁启勋、龙榆生、陶尔夫、刘敬圻等均承袭了这一观点。

　　③　宋人楼钥《跋朱岩壑鹤赋及送闾丘使君诗》曰:"承平时,洛中有八俊。陈简斋诗俊,岩壑词俊,富季申文俊,皆一时奇才也。"(《攻愧集》,《四部丛刊》本。)

　　④　关于"希真体",杨海明在《论朱敦儒的词》(《杭州师专学报》1985 年第 3 期)及张而今在《朱敦儒词综观》(《文学遗产》1997 年第 3 期)中认为,"希真体"指朱敦儒晚年隐逸词中所呈现出来的看透世情、忘情山水的飘逸高妙而明白晓畅的词作。张叔宁在《论朱敦儒的晚期隐逸词》(《苏州大学学报》1991 年第 4 期)中则认为"希真体"指朱敦儒隐逸词中那些看透世情而于现世中自得其乐的词,"俗"是其主要特征。邓子勉注《樵歌》则认为"希真体"当不涉词作内容,而主要指其词作风貌,为贯穿朱敦儒词作各个阶段的那些具"清隽婉丽、流畅谐缓"的词作。黄海在《宋南渡词坛研究》(贵州人民出版社 2006 年版,第 127 页)中,总评各家之说,综合后世效仿之作,在此基础上指出"希真体"除了隐逸词外,还有伤春惜别、儿女情长的题材,其风格或清丽婉转,或高妙飘逸、浅显俚俗,直抒胸臆,一泻而下,语言呈现口语化、散文化特点。

首,尤其以"神仙风致"①为世所称赏。朱敦儒的词题材广泛,主题多样,风格多元,有相思离别、伤春悲秋、宴饮狎游的本色之调,有乱离伤时、思家念国的悲怆之歌,有书写山水情韵、追求个体自适自得的清畅之音。据邓子勉校注《樵歌》,朱敦儒有 249 首传世之作,彰显了朱敦儒从伊洛名士到南渡志士再至嘉禾隐者的心路历程。斗转星移,至清代,词学中兴,不仅清词创作蔚为大观,对前代词人的传播接受亦进入一个词史的高潮。面对题材主题多样且审美风格多元的朱敦儒词,清代不同类型的读者审美传承表现出了强烈的趋同性。不论是代表着批评型读者选择的文人评点,还是在大众读者中颇具影响的选本传播,抑或是反映创作型读者趋向的异代追和,清人对朱敦儒词中彰显的自适自得、世外高致清风的山水情韵,可谓情有独钟。

第一节　朱敦儒于山水之间彰显的世外 高致清风获文人赞许

情归林壑云水,是农耕文明时代中国古代文人士大夫保持独立人格的生存模式之一,代表着人类对自由独立、诗意栖居的美好理想的追求。朱敦儒生活的两宋之交,"奔趋衔鬻为深谋""委靡因循为窃食之计"②"比年以来,纲纪隳坏,风俗凋薄,士大夫无奉公守节之诚,有全身远害之计"③。作为一个"不肯随人独自行"(朱敦儒《减字木兰花》)且"几曾着眼看侯王"(朱敦儒《鹧鸪天》)的洛中名士,他曾以醉于诗酒风流、走向山林云水的不同方式保持自我人格独立,寻求心灵的栖顿,其传世词作则真实记录了他的心路历程。时空流转,数百年之后,在清代读者的选择下,朱敦儒作为才子词人的风流生活的记录的词作声名消减,而彰显其"神仙风致"的山水情韵的记录之词却在文人的评点中获得了巨大的影响效应。

---

① (宋)黄昇:《中兴以来绝妙词选》卷一,《四部丛刊》本。
② (宋)葛胜仲:《丹阳集》卷六,景印文渊阁《四库全书》本。
③ (宋)徐梦莘:《三朝北盟会编》卷一百一十九,景印文渊阁《四库全书》本。

一、全面传承了宋人赞美朱敦儒其人其词之高致清风的评论

宋人赞美朱敦儒及其词于山水间所彰显的世外高致清风的评点悉数为清人继承。宋代黄昇、汪莘、张端义等人对朱敦儒及其词的评点堪称精妙，清人多祖述其说。黄昇谓朱敦儒"天资旷达，有神仙风致"①，清代的沈雄《古今词话》②、阮元《挈经室外集》③、黄苏《蓼园词选》④均完全承袭其语评价朱敦儒。汪莘谓："余于词所喜爱者三人焉：盖至东坡而一变，其豪妙之气隐隐然流出言外，天然绝世，不假振作；二变而为朱希真，多尘外之想，虽杂以微尘，然其清气自不可没；三变而为辛稼轩，乃写胸中事，犹好称渊明。"⑤其中"多尘外之想"之论，被清代王初桐《小嬛嬛词话》⑥、黄苏《蓼园词选》⑦称引来评价《樵歌》。而张端义评朱敦儒月词《念奴娇》（插天翠柳）、梅词《鹊桥仙》（溪清水浅）"如不食烟火人语……语意奇绝"⑧，在沈雄《古今词话·词评上卷》"朱敦儒《樵歌》"条、王奕清《历代词话》卷七"朱敦儒赋月"条、冯金伯《词苑萃编》卷五"朱敦儒赋月"、阮元《挈经室外集》"《樵歌》三卷提要"⑨、王初桐《小嬛嬛词话》"朱敦儒词"条⑩中被称引转述。华长卿《论词绝句》有云："插天翠柳

① （宋）黄昇：《中兴以来绝妙词选》卷一，《四部丛刊》本。
② （清）沈雄：《古今词话·词话上卷》，"两朱希真"条，见唐圭璋：《词话丛编》，中华书局2005年版，中华书局2005年版，第770—771页。
③ （清）阮元：《樵歌三卷提要》，见《挈经室外集》卷三，《丛书集成新编》本，第361页。
④ （宋）黄苏：《蓼园词评》，"孤鸾"条，见唐圭璋：《词话丛编》，中华书局2005年版，第3074页。
⑤ （宋）汪莘：《诗余序》，《方壶存稿》卷一，《北京图书馆古籍珍本丛刊》（88），书目文献出版社1998年版，第721页。
⑥ 王初桐：《小嬛嬛词话》卷一，见屈兴国编：《词话丛编二编》（2），浙江古籍出版社2013年版，第1014页。
⑦ （清）黄苏：《蓼园词评》，"孤鸾"条，见唐圭璋：《词话丛编》，中华书局2005年版，第3074页。
⑧ （宋）张端义：《贵耳集》卷上，中华书局1959年版，第16页。
⑨ （清）阮元：《樵歌三卷提要》，见《挈经室外集》卷三，《丛书集成新编》，第361页。
⑩ 王初桐：《小嬛嬛词话》卷一，见《词话丛编二编》（2），第1013页。

月明高,饶有髯苏意气豪。不食人间烟火语,东都名士混渔樵。"①亦是将张端义评点之语化入诗中,以此评论朱敦儒词的特色。谭莹在《论词绝句一百首》中则融合黄昇对《西江月》二词的肯定、汪莘的"杂以微尘"之论,云:"西江月好足名家,直许微尘点不加。三卷《樵歌》名士语,此才端合赋梅花。"②这两首论词绝句吸收黄昇、汪莘、张端义的评点,亦肯定了朱敦儒的名士高致、世外清风。另外,陆游云:"朱希真居嘉禾,与朋侪诣之,闻笛声自烟波间起,顷之,櫂小舟而至,则与俱归。室中悬琴、筑、阮咸之类,檐间有珍禽,皆目所未睹。室中篮、缶,贮果实脯醢,客至,挑取以奉客。"这种描绘朱敦儒于山水之间的神仙般生活的记录也再次纳入清人沈雄③、厉鹗④等人的笔下。

高士观眺图

---

①　华长卿:《论词绝句》,《梅庄诗钞》卷五,见孙克强:《唐宋人词话》,南开大学出版社2012年版,第588页。

②　谭莹:《论词绝句一百首》,《乐志堂诗集》卷六,见孙克强:《唐宋人词话》,第588页。

③　(清)沈雄:《古今词话·词话上卷》,"两朱希真"条,见唐圭璋:《词话丛编》,中华书局2005年版,第770—771页。

④　(清)厉鹗:《宋诗纪事》卷四四,上海古籍出版社1983年版,第1131页。

诸如此类评点,虽为引用传承之语,亦是读者选择性接受的一种表现,其目的或为佐证、或为介绍,彰显后代读者对前人观点的重视、认同。相对来说,明代文人关于朱敦儒书写乱离痛苦的伤时悲世之词、涉及春愁及风情之作以及游戏笔墨之调的评点,清代读者却很少承袭其言。传承与摒弃之间彰显着清人对朱敦儒及其词之山水情韵的关注与认可。

二、清人新的理解阐释指向清隽超旷的审美风神

关于朱敦儒及其词的评点,清代有不少新的理解和阐释,亦指向朱敦儒于山水间彰显着的共同的审美风神——清隽超旷。

在承扬前代读者的观点的同时,清代的批评者们将关注投向了一些过去未曾进入批评视野的词作。他们拂去时间积尘,将朱敦儒词中一些几百年来未被读者关注的彰显山水情韵的词作展现于众多读者前,并以他们敏锐的审美眼光观照词作,这部分词因此而获得勃勃生机。如朱敦儒晚年致仕后居嘉禾所作的组词《好事近·渔父》,写词人于山水间的垂钓之乐,该词在清代首次进入批评者的视野,且获得了高度的评价。陈廷焯便是渔父组词的第一发现者,不论是他在其早年编选的《云韶集》,还是在他后期重新遴选的《词则》,均对这组词称赞有加。

在《云韶集》中,陈廷焯首先在第一首《好事近》(摇首出红尘)处对朱敦儒渔父词作出了总体的评论:"希真《渔父》诸篇,清绝高绝,真乃看破红尘,烟波钓徒之流亚也。"①在《词则》中,五首渔父词被编入《大雅集》中,其综评云:"希真渔父五篇,自是高境。虽偶杂微尘,而清气自在。烟波钓徒流亚也。"②可见,不论早年还是晚期,陈廷焯都充分肯定了五首词中"清"而"高"的超越红尘俗世的审美特点。同时,陈廷焯还一一对每首渔父词作出评论。

---

① (清)陈廷焯:《云韶集辑评》卷五,见孙克强:《清词话全编》(11),凤凰出版社2019年版,第122页。

② (清)陈廷焯:《词则辑评·大雅集》卷二,见孙克强:《清词话全编》(12),凤凰出版社2019年版,第26页。

《好事近》(渔父长身来)：行文亦是飞空无迹。真高真雅，真正
乐境，不足为外人道。(《云韶集》)

此中有真乐，未许俗人问津。(《词则》)

《好事近》(拨转钓鱼船)：一苇航之，飘飘欲仙。结二语静中有
动，妙合天机，然亦公晚遇之兆。(《云韶集》)静中生动，妙合天机。
亦先生晚遇之兆。(《词则》)

《好事近》(短棹钓船轻)：绘景清绝，直是仙境。啸吟疏狂，真神
仙中人也。(《云韶集》)

《好事近》(失却故山云)：想落尘外，仙乎？仙乎？(《云韶集》)

　　陈廷焯从早年到晚年，他的词学观发生了变化，这从他对欧阳修、姜夔等
一批宋词名家的评价态度中可见一斑，但他对朱敦儒《好事近》中的渔父境界
一直赞誉有加，尤其激赏的是这几首词中展现出来的"未许俗人问津""飘飘
欲仙"的"绘景清绝"山水之境。一直到他编撰《白雨斋词话》，仍然对《好事
近》渔父词称赞不已："至渔父五篇，虽为皋文所质，然譬彼清流之中，杂以微
尘。……余最爱其次章结句云：'昨夜一江风雨，都不曾听得。'此中有真乐，
未许俗人问津。"①朱敦儒"仙风清爽，世外希真"的清隽超旷之美在陈廷焯
《好事近》渔父词的评点中获得了巨大的肯定。

　　朱敦儒书写其于山水自然之间的世外高致的词历来都受到批评者的关
注，清代的读者承继了前人的观点，又有新的发现与创见。传承与新变之间折
射出清人对朱敦儒山水情韵的深度接受与重视。不论是首次进入批评视野
的，还是被前代评家所关注的，清人评点的传承与新变都充分肯定了朱敦儒及
其词的山水情韵之美。

---

　　①　(清)陈廷焯：《白雨斋词话》卷一，"朱希真渔父五篇"条，见唐圭璋：《词话丛编》，中华
书局 2005 年版，第 3790 页。

第二节　彰显山水间世外高致的词获选家和创作者的青睐

朱敦儒词所彰显的山水间的世外高致不仅获得了作为批评权威的文人们的充分肯定,而且在面向大众读者的选本入选以及创作型的文人追寻和效仿中,其彰显山水间的高致之词与其词的其他主题相比同样获得了最大程度的关注。

一、山水情韵成为清代朱敦儒词入选选本的第一主题

清代的词学选本大都具有较鲜明的个性特色,不同于元明时期主要流行《草堂诗余》各种版本,清代编撰者根据自己的词学主张和审美观念辑录的各种词选促成了清代词学选本高度繁荣发达的局面。朱敦儒的词颇受清代选家青睐。笔者收集了朱彝尊、汪森《词综》,沈辰垣等《御选历代诗余》,沈时栋《古今词选》,宋庆长《词苑》,孔传铺《筠亭词选》,蒋方增《浮筠山馆词钞》,黄苏《蓼园词选》,张惠言、董毅《词选》,叶申芗《天籁轩词选》,樊增详《微云榭词选》,陈廷焯《云韶集》,陈廷焯《词则》,赖以邠《填词图谱》,万树《词律》,陈廷敬、王奕清等《康熙词谱》,谢元淮《碎金词谱》,杜文澜《词律拾遗》等 17 个选本,统计了朱敦儒词在清代的入选情况,详见表 12-1。

表 12-1　朱敦儒词清代入选一览表

篇目	选本	词综	御选历代诗余	古今词选	词苑	筠亭词选	浮筠山馆词钞	蓼园词选	词选	天籁轩词选	微云榭词选	云韶集	词则	填词图谱	词律	康熙词谱	碎金词谱	词律拾遗
春晓曲	西楼月落鸡声急		√	√											√	√	√	
浣溪沙	雨湿清明烟火残		√															

续表

篇目 ＼ 选本		词综	御选历代诗余	古今词选	词苑	浮筠山馆词钞	蓼园词选	词选	天籁轩词选	微云榭词选	云韶集	词则	填词图谱	词律	康熙词谱	碎金词谱	词律拾遗
减字木兰花	刘郎已老		√	√					√								
卜算子	碧瓦小红楼	√	√								√						
好事近	摇首出红尘	√	√				√	√		√	√						
好事近	失却故山云	√	√				√	√			√						
好事近	春雨细如尘	√	√		√				√	√	√						
好事近	拨转钓鱼船	√	√				√	√		√	√						
好事近	渔父长身来	√				√	√	√									
好事近	短棹钓船轻							√									
一落索	惯被好花留住		√		√								√				
清平乐	相留不住		√														
清平乐	人间花少		√														
清平乐	乱红深翠		√														
朝中措	当年弹铗五陵间	√	√		√												
双鸂鶒	拂破秋江烟碧	√	√										√	√	√	√	
桃源忆故人	雨斜风横香成阵		√														
西江月	日日深杯酒满		√														
浪淘沙	风约雨横江		√														
鹧鸪天	检尽历头冬又残		√				√										
鹊桥仙	溪清水浅		√														
孤鸾	天然标格		√		√		√							√		√	
念奴娇	见梅惊笑		√		√				√								
念奴娇	别离情绪	√	√				√				√	√					
十二时	连云衰草	√			√		√					√	√	√			

223

续表

篇目		词综	御选历代诗余	古今词选	词苑	筠亭词选	浮筠山馆词钞	蓼园词选	词选	天籁轩词选	微云榭词选	云韶集	词则	填词图谱	词律	康熙词谱	碎金词谱	词律拾遗
点绛唇	客梦初回	√			√							√						
相见欢	金陵城上西楼	√			√							√	√				√	
柳枝	江南岸	√			√							√			√	√	√	
醉落魄	海山翠叠	√								√		√						
桂枝香	春寒未定	√																
菩萨蛮*	秋声乍起梧桐落				√											√		
相见欢	东风吹尽江梅			√						√								
采桑子	扁舟去作江南客									√								
柳梢青	狂踪怪迹		√							√								
减字木兰花	古人误我									√								
鹊桥仙	姮娥怕闹									√								
卜算子	江上见新年									√								
鹧鸪天	曾为梅花醉不归									√								
鹧鸪天	唱得梨园绝代声									√								
感皇恩	曾醉武陵溪									√								
水调歌头	折芙蓉弄水									√								
醉思仙	倚晴空															√		
踏歌	宴阕															√		√
沙塞子	万里飘零南越				√											√		
促拍采桑子	清露湿幽香		√		√											√		
杏花天	残春庭院东风晓		√		√										√	√	√	
玷龙谣	凭月携箫															√		
恋绣衾	木落江南感未平															√		

续表

篇目 ＼ 选本		词综	御选历代诗余	古今词选	词苑	笃亭词选	浮笇山馆词钞	蓼园词选	词选	天籁轩词选	微云榭词选	云韶集	词则	填词图谱	词律	康熙词谱	碎金词谱	词律拾遗
梦玉人引	浪萍风梗		√		√											√		√
聒龙谣	肩拍洪崖															√		
念奴娇	插天翠柳							√										
芰荷香	远寻花				√													
渡江云	寒阴渐晓		√		√													
绛都春*	寒阴渐晓		√															

据表 12-1,朱敦儒有 54 首词共计入选清代选本 153 篇次。需要说明的是,表格中《菩萨蛮》(秋风乍起梧桐落)实为朱淑真词,误题系于朱敦儒名下。另有《御选历代诗余》前后收录首句为"寒阴渐晓"的词实为同一首词,调名为《渡江云》的,著录于朱敦儒名下,而调名为《绛都春》的误系于朱淑真名下。著作权与署名权一致的词在清人选本中共入选 53 首,151 篇次。

其中,《好事近》(春雨细如尘)、《柳枝》(江南岸)、《点绛唇》(客梦初回)、《卜算子》(碧瓦小红楼)、《桃源忆故人》(雨斜风横香成阵)、《清平乐》(相留不住)、《浣溪沙》(雨湿清明烟火残)、《杏花天》(残春庭院东风晓)、《念奴娇》(别离情绪)、《十二时》(连云衰草)、《踏歌》(宴阕)等 11 首词,或写伤春悲秋、或述相思离别、或叙宴饮游乐,这些均为本色题材词,共入选清代选本 51 篇次。

另外,《相见欢》(金陵城上西楼)、《卜算子》(江上见新年)、《相见欢》(东风吹尽江梅)、《水调歌头》(折芙蓉弄水)、《鹧鸪天》(唱得梨园绝代声)、《沙塞子》(万里飘零南越)、《浪淘沙》(风约雨横江)、《醉落魄》(海山翠叠)、《桂枝香》(春寒未定)、《恋绣衾》(木落江南感未平)、《采桑子》(扁舟去作江南客)、《减字木兰花》(刘郎已老)、《感皇恩》(曾醉武陵溪)、《鹧鸪天》(曾为梅花醉不归)、《朝中措》(当年弹铗五陵间)、《一落索》(惯被好花留住)、《柳梢青》(狂踪怪迹)、《聒龙谣》(凭月携箫)、《芰荷香》(远寻花)等 19 首词,或述南奔的飘零之苦、故国之思,或抒南渡后的失意之悲,迟暮之叹,入选清代选本共计 37 次。

除上述两大主题之外,余下的 24 首词共计 65 篇次的主题书写山水情韵,三大主题类型中占比最高,约 43%。选家的选择既有传承,又有新变。元明选家选择了曾入选宋代选本的有:咏梅词《念奴娇》(见梅惊笑)、《孤鸾》(天然标格)、《鹊桥仙》(溪清水浅)、《渡江云》(寒阴渐晓),咏月词《念奴娇》(插天翠柳)、咏木樨的《清平乐》(人间花少)、咏水仙的《促拍采桑子》(清露湿幽香)、咏鹭鹚的《双鹭鹚》(拂破秋江烟碧)、记梦游仙之作《聒龙谣》(肩拍洪崖)以及写悟世之道、闲适自得之怀的《鹧鸪天》(检尽历头冬又残)、《减字木兰花》(古人误我)、《西江月》(日日深杯酒满)、《鹊桥仙》(姮娥怕闹)、《菩萨蛮》(秋风又到人间)、《梦玉人引》(浪萍风梗)、《清平乐》(乱红深翠),这 16 首词再次进入清代选本。它们都以山水之间的高致清风为表现对象。承袭之外,清代读者在此基础上首次遴选了彰显其山水间世外风致的《好事近》渔父组词。从清初的朱彝尊到清末的陈廷焯,先后被清代朱彝尊《词综》、沈辰垣《御选历代诗余》、张惠言《词选》、陈廷焯《云韶集》和《词则》收录,共计 26 篇次,在朱敦儒词清代首次入选的 51 篇次中占比近 51%,远超其他主题。选家的传承与新变亦彰显着朱敦儒书写山水情韵词在清代颇受青睐。

二、异代追和效仿钟情于彰显山水间的世外高致的词

异代追和,不同于即席唱和的娱乐呈技性质,通常发生于后代接受者被前代作品的情思、艺术风格感动之时。这种跨越时空的效仿实质上是深度接受在创作领域的重要表现。清人的追和中,朱敦儒吟咏山水间世外高致的词获得了勃勃生机,影响力增强。

目前,笔者统计了清代顺康时期朱敦儒词被唱和的情况,共 16 人追和效

仿朱敦儒词34首。这些追和之作分别是:朱中楣《卜算子·效希真体》(处处烽烟未息),李符《钓船笛·效朱希真渔父词》(辟塞旧枫湾),傅燮詷《钓船笛·读朱希真渔父词,拟十有六解》(宛转碧溪流)(生小大江边)(小艇老烟波)(凛凛北风来)(云压远滩飞)(沧海上冰轮)(日出晓烟消)(提着一篮鱼)(名姓少人知)(自向竹林中)(春水涨波痕)(一笠一蓑衣)(茅屋两三间)(且莫羡玄真)(结得一张网)(十里放荷花),朱彝尊《好事近·效朱希真渔父词》(新月下瓜洲),徐玑《好事近·效朱希真渔父词》(心与白鸥闲)(月额雨如漆)(圆泖去垂纶)(江心漾空虚),龚翔林《好事近·仿朱希真渔父词》(久雨雾儿晴),周廷谔《减字木兰花·听琵琶,用朱希真韵》(秋光渐老),彭孙贻《满路花·和朱希真风情韵》(花低月影那),徐喈凤《念奴娇·用朱希真韵》(咄哉陈子),陈维崧《念奴娇·亦用朱希真韵》(空江采石),尤珍《念奴娇·次朱希真韵》(画栏携手),朱澜《念奴娇·和朱希真中秋》(遥怜儿女),陈祥裔《桃源忆故人·用朱希真韵》(心头何事攒成阵),孙枝蔚《西江月·即席限次朱希真韵》(花是宵来火树),盛枫《相见欢·迎春,用朱希真韵》(红楼试问江梅),冯云骧《鹧鸪天·和朱希真》(检尽历头冬又残)。

从上述追和之作看,最受追捧的是朱敦儒的渔父词,有23首效仿之作。其中除朱彝尊《好事近》(新月下瓜洲),李符《钓船笛》(辟塞旧枫湾),龚翔林《好事近》(久雨雾儿晴)3首外,傅燮詷一人便追和《钓船笛》(宛转碧溪流)等16首,徐玑一人追和《好事近》(心与白鸥闲)等4首。除了朱敦儒的渔父词外,另有孙枝蔚《西江月》(花是宵来火树)、冯云骧《鹧鸪天》(检尽历头冬又残)等所追和的朱敦儒的原词均为他晚年隐居于嘉禾(浙江嘉兴)的悟世之作。从清代顺康年间的追和看,彰显朱敦儒山水间世外高致的词明显地受到了词人更多的关注,更深入创作型读者的内心。

由此可见,在清代,最受称赞的是朱敦儒那些彰显山水情韵的作品。不论是选家的选择还是创作者的效仿,抑或是批评者的评点,都对朱敦儒及其词中所彰显的山水情韵青睐有加。

第三节　朱敦儒及其词的山水情韵在
清代影响效应增强的原因

朱敦儒及其词所彰显的山水情韵在清代获得了跨越时空的称许,审美传承之间彰显的是时代文化气候与历史文化传统对作家作品身后影响效应的催化作用。

一、清代的时代文化气候催生了清人对山水情韵的向往

山水自然是清代文人在心理危机状态下的心灵安顿之所。清代前期,文网严密,大兴文字狱,"人情望风觇景,畏避太甚。见鳝而以为蛇,遇鼠而以为虎"①,所谓"避席畏闻文字狱,著书都为稻粱谋"(龚自珍《咏史》)。清高的文人在转向训诂、考据之学的同时,山水自然成为他们逃避社会实现心灵解脱的处所。朱敦儒及其词所彰显的山水情韵也自然极易感发清代文人的心理共鸣而自然备受关注。清代后期则随着嘉道以来国家的内忧外患,社会积弊日甚,社会亦日趋动荡,诚如梁启超在《清代学术概论》中指出的那样:"嘉道以还,积威日弛,人心已渐获解放;而当文恬武嬉之既极,稍有识者,咸知大乱之将至。"②社会的危机与百姓的苦难召唤经世致用思潮,同时山水自然因为其舒缓人心的作用也理所当然地成为人们心灵的避乱所,朱敦儒及其词中的山水情韵因契合时代文化心理而受到高度的关注与肯定。另外,清代崇雅尚韵的审美思潮是朱敦儒及其词所彰显的山水情韵的备受称赏的催化剂。与明人论词以本色为尊,以婉丽为尚的审美思潮不同的是,清人论词尚雅。清代词学理论中,"蕴藉""清""空""秀"等是清人品评词人词作的重要话语。浙西派崇

---

① (清)李祖陶:《与杨蓉诸明府书》,李祖陶辑:《国朝文录续编》附录,见《迈堂文略》卷一,影印复旦图书馆藏清同治七年李氏刻本,《续修四库全书》第1672册,上海古籍出版社2002年版,第251页。

② (清)梁启超:《清代学术概论》,见朱维铮校注:《梁启超论清学史二种》,复旦大学出版社1985年版,第58页。

尚姜、张，标榜"清空""醇雅""以雅为目"①，是清代前期风行词坛百年的浙西派的词学审美主张。清代后期的常州派推尊比兴寄托，亦以清为美，譬如"盖尝论秦之长，清以和；周之长，清以折；而同趋于丽。苏、辛之长，清以雄；姜、张之长，清以逸；而苏、辛不自调律，但以文辞相高，以成一格，此其异也。六子者两宋诸家皆不能过焉。"②朱敦儒及其词中彰显的那种"清气自不可没"的山水情韵超越时空，成为清人期待视界中合乎审美理想的存在而影响效应增强。

二、朱敦儒及其词之山水情韵在清代焕发生机的思想基础

中国传统哲学和宗教中崇尚自然的思维方式作为历史文化传统是朱敦儒及其词之山水情韵在清代焕发生机的思想基础。山水，作为一种物质存在，和人类生活密切相连，与人类认识世界、改造世界的实践活动息息相关。山水自然对于中国传统文化的思想基础——儒、释、道三家都具极其重要的意义。"知者乐水，仁者乐山"（《论语·雍也》）③以山水比附道德，把山水的自然美和精神美联系起来。佛教僧尼们多于隔绝世俗的自然山水中静修，在阐述佛理禅机时常以山水作比附。所谓"青青翠竹，皆是法身，郁郁黄花，无非般若"④，修习者往往从青青山水中去体味超然的禅境。道家主张"天地与我并生，万物与我为一"⑤，重视生命个体与无限宇宙之间的融合，至魏晋玄学则主张山水可"畅神""散怀""适性"，人们走向山林湖海，领略山水美景，以期心灵安慰。在中国传统思维模式中，崇尚主体和自然山水的和谐、默契，在审美观照中实现心灵自释是传统的观照自然山水的审美方式。"山林与！皋壤

---

① （清）朱彝尊：《词综·发凡》，中华书局1975年版。

② （清）董士锡：《餐华吟馆词叙》，见《齐物论斋文集》卷二，《续修四库全书》第1507册，第310页。

③ 程述德撰，程俊英、蒋见元点校：《论语集释》卷十一，中华书局1990年版，第408页。

④ （宋）大慧宗杲著，董群点校：《正法眼藏》（上），中州古籍出版社2016年版，第83页。

⑤ （清）郭庆藩撰，王孝鱼点校：《庄子集释》，"齐物论"，中华书局2012年版，第85页。

与！使我欣欣然而乐与。"(《庄子·知北游》)①"暮春者春服既成，冠者五六人，童子六七人，浴乎沂，风乎舞雩，咏而归"(《论语·先进》)②，正如学者所指出的那样，"在我们这样一个文明古国。人们往往把山水当做一个充满生机、气韵的浑然整体，在主体进入虚灵状态下，同体于自然，进入物我冥合的境界。从而去追求自然、永恒和美。"③这种生命个体与自然山水的兴感契合在魏晋时期获得了普遍性的认同。在对自然山水的审视中，他们"屡借山水以化其郁结，永一日之足，当百年之益"(孙绰《三月三日兰亭集序》)④，他们"游山泽，观鱼鸟，心甚乐之"(嵇康《与山源绝交书》)⑤，他们情寄于山水之间忘却俗世的烦恼，实现心灵的超越。由此，山林之志、江海之趣、皋壤之致被当做超逸和清高的代名词。

朱敦儒及其词的超越尘俗的山水情韵作为中华民族特色的哲学思想与思维方式的表现，与清代的政治风气和清人的审美理想结合，如鱼入水，在传统与当下文化的契合中获得了强大的影响效应。同时，不得不说，山水情韵，作为农耕文明时代的美，对于在工业文明享受物质便利却常局限于钢筋水泥丛林中的我们来说，同样可陶醉人心，安顿灵魂。反观传统，透视农耕文明时代朱敦儒及其词之山水情韵在清代的审美传承也因此而具有现实意义。

---

① （清）郭庆藩撰，王孝鱼点校：《庄子集释》卷七下，"知北游第二十二"，中华书局 2012 年版，第 761 页。

② 程述德撰，程俊英、蒋见元点校：《论语集释》卷二十三，中华书局 1990 年版，第 806 页。

③ 李文初：《中国山水文化》，广东人民出版社 1996 年版，第 108 页。

④ （晋）孙绰：《三月三日兰亭集序》，见严可均：《全上古三代秦汉三国六朝文》，中华书局 1958 年版，第 1080 页。

⑤ （晋）嵇康：《与山源绝交书》，见臧励和选注，司马朝军校订：《汉魏六朝文》，崇文书局 2014 年版，第 144 页。

第十三章　从稼轩"以文为词"看辛弃疾
对韩愈文气说的接受

王国维在《人间词话·附录》中将宋代词人和唐代诗人进行比较时说道:"南宋唯一稼轩可比昌黎"①。王国维此论的立足点是什么呢？是缘于他们一个"以文为诗",一个"以文为词",而俱以散文笔法入韵文吗？还是缘于韵文史上一个为"唐诗之一大变,其力大,其思雄,崛起特为鼻祖"②,一个"词慷慨纵横,有不可一世之概,于倚声家为变调。而异军突起,能于剪红刻翠之外,屹然别立一宗,迄今不废"③的转变之功？以上说法固然是昌黎和稼轩类似之处,但这皆是外在表象的体现。那么,稼轩似昌黎一说的内在联系在哪呢？笔者以为其关键处当在于稼轩作词时对昌黎"气盛言宜"之说自觉或不自觉地接受。支配创作的内在之"气"是稼轩"以文为词"的一个内在驱动力。

---

① (清)王国维:《人间词话·附录一》,"清真为词中老杜"条,见唐圭璋:《词话丛编》,中华书局 2005 年版,第 4271 页。

② (清)叶燮:《原诗》,中华书局 1979 年版,第 8 页。

③ (清)纪昀:《四库全书总目提要》卷一百九十八,河北人民出版社 2000 年版,第5472 页。

第一节 "气"与韩愈的"文气"

一、"气"之流变

中国传统文化当中,"气"似乎是个玄乎的概念。它的内涵既可指客观物质性,又可指主观精神性。如《周易·系辞上》篇说到"精气为物"①,《庄子·知北游》中认为"人之生,气之聚也",且"通天下一气耳"②。这里的"气"显然指的是生成世间万物的气,是宇宙间之物质本体。而《周易·说卦》篇中云"天地定位,山泽通气"③的"气"则指的是由于空气流通而生成的物理现象。此外,见之于先秦诸子典籍中的诸如"云气""血气""山气""气息""阴阳之气"等"气"指的都是其客观物质性"气"。而"凡望气,有大将气,有小将气,有往气,有来气,有败气,能得明此者可知成败、吉凶。"④此虽迷信之法,但这里却表现出"气"由物质性向精神性转化,而如见于《庄子·人间世》"且德厚信矼,未达人气,名闻不争,未达人心"⑤之气则明显地由客观转变为主观。由此,衍生出意气、气度、"文气"等涉及主观精神外化所致的概念。

然而就主观精神方面的气而言,又有两种不同的主张。其一为老庄一派

---

① (曹魏)王弼等注,(唐)孔颖达正义:《周易正义》卷七,"系辞上",见《十三经注疏》,上海古籍出版社 1997 年版,第 77 页。

② (清)郭庆藩撰,王孝鱼点校:《庄子集释》卷七下,"知北游第二十二",中华书局 2012 年版,第 730 页。

③ (曹魏)王弼等注,(唐)孔颖达正义:《周易正义》卷九,"说卦",见《十三经注疏》,上海古籍出版社 1997 年版,第 94 页。

④ (清)孙诒让注:《墨子闲诂》卷十五,中华书局 1954 年版。

⑤ (清)郭庆藩撰,王孝鱼点校:《庄子集释》卷二中,"人间世"第四,中华书局 2012 年版,第 142 页。按:《庄子集解·人间世》中释"德厚信矼,未达人气"云:虽悫厚不用智,而未孚夫人之意气。而:《庄子集释》疏"且德厚信矼,未达人气,名闻不争,未达人心"云:矼,确实也。假且道德纯厚,信行确实,芳名今闻,不与物争,而卫君素性顽愚,凶悖少鉴,既未达颜回之意气,岂识匡扶之心乎!此"气"即为与人之精神相关的意气之意。

的至柔虚静之气,如《老子》说"专气致柔"①,《庄子·人间世》中则言道"无听之以心而听之以气……气也者,虚而待物者也"②。《庄子集释》疏曰:"气柔弱虚空,其心寂泊忘怀,方能应物。"③文学艺术中重妙悟的主张遂由此而来。如刘勰《文心雕龙·养气》篇说"是以吐纳文艺,务在节宣,清和其身,调畅其气"④,也可见道家主张虚静以养气的影响。其二为源自"天行健,君子以自强不息"(《周易·乾卦》)刚健之气,孟子则发展为"浩然之气"之说,是为昌黎所主之气的直接渊源。

那么,孟子所养的浩然之气的内涵究竟是什么呢?公孙丑问曰:"敢问何谓浩然之气?"孟子曰:"难言也。其为气也,至大至刚,以直养而无害,则塞于天地之间。其为气也,配义与道;无是,馁也。是集义所生者,非义袭而取之也。行有不慊于心,则馁矣。"⑤首先,这浩然之气乃来源于心,且难以言语形容,如朱熹所言,"难言者,盖其心所独得,而无形声之验"⑥。其次,它具有至大、至刚之性。再次,必须合乎道与义。这浩然之气充塞于天地之间,但个体的人怎么样才能得浩然正气呢?"集义""行慊于心"即事事但求合于义和天理而非偶行合义理之事,但求快于心且不愧于心则正气自生矣。如孟子自己所言:"夫志,气之帅也;气,体之充也。"⑦至此,浩然之气由形而上落到了具体的行为层面,成为儒家指导人立身处世的根本原则,如刘熙载所言"集义养气,是孟子的本领。不从事于此,而学孟子之文,得无象之然乎?"⑧"养气"也

① 朱谦之:《老子校释》,中华书局 2000 年版,第 39 页。
② (清)郭庆藩撰,王孝鱼点校:《庄子集释》卷二中,"人间世第四"中华书局 2012 年版,第 152 页。
③ (清)郭庆藩撰,王孝鱼点校:《庄子集释》卷二中,"人间世第四"中华书局 2012 年版,第 153 页。
④ (南朝梁)刘勰著,范文澜注:《文心雕龙注》卷九,"养气第四十二",人民文学出版社 1962 年版,第 647 页。
⑤ (宋)朱熹:《孟子集注》,上海古籍出版社 1987 年版,第 21 页。
⑥ (宋)朱熹:《孟子集注》,上海古籍出版社 1987 年版,第 21 页。
⑦ (宋)朱熹:《孟子集注》,上海古籍出版社 1987 年版,第 20 页。
⑧ (清)刘熙载:《艺概》,上海古籍出版社 1978 年版,第 6 页。

就成为后世复兴古文的一个基本出发点。

二、韩愈之"文气"

韩愈一生以复兴儒学为己任,甚至于置个人生死于度外,一生行事自是正气凛然,诚如东坡《潮州韩文公庙碑》所言,"忠犯人主之怒,勇夺三军之帅。"韩愈进一步将孟子所谓之气与文学创作联系起来,主张文辞与道德修养相结合。其观点在《答李翊书》中得到充分的体现:

> ……养其根而俟其实,加其膏而希其光。根之茂者其实遂,膏其沃者其光晔。仁义之人,其言蔼如也。
>
> ……虽然,不可以不养也。行之乎仁义之途,游之乎《诗》《书》之源。无迷其途,无绝其源,终吾身而已矣。
>
> 气,水也;言,浮物也;水大而物之浮者大小毕浮,气之与言犹是也。气盛则言之短长与高下者皆宜……①

从这段论述中我们可以看出,韩愈之气说在继承发扬孟子浩然之气的基础上,同时融合了曹丕和刘勰的文气说,实现了将志向修养到精神气度再至文辞之气的转换,正如明谭元春说:"志至而气从之,气至而笔与舌从之"②。在韩愈看来,欲立言首先须先加强个人的修养,这包括德养和学养两个方面,即所谓"行之乎仁义之途,游之乎《诗》《书》之源"。而且这是不能急于求成的,而应该"养其根而俟其实,加其膏而希其光。根之茂者其实遂,膏其沃者其光晔"且持之以恒——"无迷其途,无绝其源,终吾身而已矣"。达到了一定高度时,人"气"自盛,如是,则"仁义之人,其言蔼如也",则"言之长短及声之高下皆宜其所立之言",文章自然气势充沛了。事实上,韩愈也以他的行藏用

---

① (唐)韩愈著,阎琦校注:《韩昌黎文集注释》,三秦出版社 2004 年版,第 254—256 页。
② (明)钟惺、谭元春:《诗归》(上),湖北人民出版社 1985 年版,第 122 页。

舍实践着他的主张,在文学创作上他终其一生"以仁立志,以志铸气,以气运辞,意随气转,气宏意肆,浩乎沛然"①。

还须指出的是,个人道德和学识的修养达一定高度时,自会流露不同于众之气格,但这股主体内在之气并不会自动转变为作品之气。也就是说进行文学创作时,必须有一个外在的驱动力。"气盛"和"言宜"之间还须有一个桥梁。这个外驱力是什么呢?笔者以为那就是韩愈在《送孟东野序》中所提出的"大凡物不得其平则鸣"。昌黎的"气盛言宜"之说和他的"不平之鸣"说是相生相发的。正如真德秀在论《送高闲上人序》时说:"人必有不平之心,郁积之久,而后发之,则其气勇决,而伎必精。"②正是创作主体的不平之情沟通了"气"和"言",从而完成了韩愈文气说的建构。

概言之,笔者以为韩愈的文气说的主要内容是:首先,道德人性融合学识素养和不平之情,三者积蓄碰撞,从而激发出一种创作冲动,形成一种饱满旺盛的心理驱动力,也就是"气盛"的状态。其次,这种心理内驱力发而为文,则声之高下长短相生发,文气或顺畅、或突兀、或沉郁……臻"气盛言宜"之妙,作品文辞之气和创作主体内在精神的统一。而韩文字里行间所蕴含的那股浩浩之气和他跌宕起伏、汪洋恣肆的文风也正是人所称道处,历来论此都甚多,兹不复赘。③

韩愈的"气说"在宋代得到了充分的肯定和发扬。如一篇《潮州韩文公庙碑》可见数百余年后东坡对韩愈经历的同情共感及对其为人为文的极度推崇。而在民族矛盾尖锐时期,韩愈之说更得以弘扬,如南渡时期"四大名臣"之首的李纲在《道卿邹文公文集序》中说:"文章以气为主……士之养气刚大,

---

① 张清华:《论韩愈的气盛言宜和辞事相称》,《宁夏社会科学》1992 年第 5 期。

② (宋)真德秀:《文章正宗》卷十五,北京图书馆出版社 2006 年版。

③ 苏洵《上欧阳内翰第一书》中说:"韩子之文,如长江大河,浑浩流转,鱼鼋蛟龙,万怪惶惑,而抑遏蔽掩,不使自露,而人望见其渊然之光,苍然之色,亦自畏避,不敢迫视。"(苏洵:《嘉祐集》卷十二,景印文渊阁《四库全书》本)茅坤:《唐宋八大家文钞》在论例中说:"吞吐骋顿,若千里之驹,而走赤电,鞭疾风,常者山立,怪者霆击,韩愈之文也。"(景印文渊阁《四库全书》本)

塞乎天壤,忘利害而外生死,胸中超然,则发为文章,自其胸襟间流出"①。"词家讲琢句而不讲养气,养气至南宋善矣"②。那么,"以文为词"的辛稼轩对韩愈的接受情况如何呢?"气盛言宜"和"以文为词"之间有什么关系?稼轩何以似昌黎?

第二节　稼轩词中"气"的表现

自从潘牥提出"东坡为词诗,稼轩为词论"③的论断之后,稼轩"以文为词"的观点获得了不少的认可。当然,有的以为稼轩的"以文为词"空前地解放了词体、丰富了词的表现力,有的则认为这削弱了词的艺术特征而为词体文学的失误。在这里,笔者要讨论的不是孰是孰非,而是稼轩"以文为词"的内在动因。

关于稼轩"以文为词"的主要特征,学界多有论述,总而言之,大抵认为具体表现在以下几个方面。其一,为以散文笔法入词的表现方式,诸如其词之用典、散文的句式、叙事性特征等。如陈模《怀古录》说稼轩《沁园春·将止酒》一词"乃是把古文手段寓之于词"④。陆侃如、冯沅君先生也认为稼轩"所谓'词论'者,便是以散文的作法来写词"⑤。其二,为用语的散文化。辛词在化用前人诗句的基础上,还熔铸经史百家之言入词,诚如所论:"辛稼轩别开天地,横绝古今。论、孟、诗小序、左氏春秋、南华、离骚、史、汉、世说、选学、李杜

---

① （宋）李纲:《梁溪集》卷三八,景印文渊阁《四库全书》本。
② （清）谢章铤:《赌棋山庄词话》卷十二,"南宋善养气"条,见唐圭璋:《词话丛编》,中华书局2005年版,第3470页。
③ （宋）潘牥语,见宋代陈模《怀古录》卷中,见（宋）辛弃疾撰,邓广铭笺注:《稼轩词编年笺注》（增订版）,上海古籍出版社1993年版,第599页。
④ （宋）陈模:《怀古录》卷中,（宋）辛弃疾撰,邓广铭笺注:《稼轩词编年笺注》（增订版）,上海古籍出版社1993年版,第599页。
⑤ 陆侃如、冯沅君:《中国诗史》（第二册）,百花文艺出版社1999年版,第557页。

诗,拉杂运用,弥见其笔力之峭"①。其三,则表现在内容上不同于本色词多表现风月恋情,而是多时代风云气,多英雄感慨的抚时伤事之作,且无事不可言于词。由此也形成了悲凉慷慨、抑郁不平的词风,不同于本色词纤柔婉丽的审美风格。以上皆是稼轩"以文为词"所表现出的现象,从中可见散文对词体文学的渗透。那么这现象背后的原因是什么?

对稼轩及其词作了一番粗略的考察之后,笔者认为以气使词的稼轩也对肇始于孟子,经韩昌黎而得以发扬光大的气说极为认同。稼轩内在之人气历来为人所称许。试看下面一系列关于稼轩其人之论:

> 以果毅之资,刚大之气,真一世之雄也。——黄榦《与辛稼轩侍郎书》
>
> 君幼安气如虎。——陆游《寄赵昌甫诗》
>
> 摩空气节,贯日忠诚,绅绶动色,草木知名。——徐元杰《稼轩辛公赞》
>
> 志气之激昂,风烈之峻拔,忠君孝父,舍生取义,有如秋霜烈日。——陆文蔚《铅山西湖群贤堂记》
>
> 公有英雄之才,忠义之心,刚大之气。——谢枋得《祭辛稼轩先生墓记》
>
> 近世辛幼安稼轩跌荡磊落,犹有中原豪杰之气。——赵文《吴山房乐府序》

以上共识可见稼轩之为人确实当是浩气纵横,而稼轩自己也爱以"气"论人论事。从他的词中可知,稼轩时以"横槊气凭陵""云龙豪气""刘郎才气"自勉。他赞颂刘裕北伐为"气吞万里如虎"(《永遇乐》),缅怀渊明说"到如今

---

① (清)吴衡照:《莲子居词话》卷一,"辛弃疾别开天地"条,见唐圭璋:《词话丛编》,中华书局 2005 年版,第 2408 页。

凛然生气"(《水龙吟》)。在《美芹十论》中他指出,"必先内有以作在三军之气,外有以破敌人之心",故曰,"未战养其气"①。在《九议》中,他提出"盖人而有气,然后可以论天下"②。如此种种,可见稼轩对"气"的认同。

那么这"气"是一种什么样的气呢？和孟子、韩昌黎所倡导的"气"是一脉相承的吗？从上我们可以看出,稼轩论及的和他人所论及的"刚大之气""豪杰之气""凌云气""凛然之气"等所具有的共性是刚健有为,是一种气度,一种人格力量,一股英雄欲志在恢复、兼济天下的至大至刚的浩然之气。这毫无疑问和孟、韩之气相关联。而人气往往是作品文气之源且对后者产生深刻影响,诚如刘勰在《文心雕龙》体性篇中谈到人气和文气的关系时所言:"风趣刚柔,宁或改其气""贾生俊发,故文洁而体清;长卿傲诞,故理侈而辞溢"③。而"辛稼轩当弱宋末造,负管乐之才,不能尽展其用,一腔忠愤,无处发泄……故其悲歌慷慨抑郁无聊之气,一寄之于其词"④,使稼轩词具有极强的感发人心的力量。而稼轩内在的刚健沉郁不平之气移之于词,自是要改变词"绮罗香泽""绸缪婉转"和"要眇宜修"的特征,而形成独特的稼轩词貌——"以文为词",于剪红刻翠之外别立一家。稼轩"以文为词"是他贯气入词的结果,是对韩愈文气说的承扬。

那么,稼轩这股至大至刚的浩然正气在词中是如何表现的呢？

首先表现为英雄豪迈之气。刘克庄在《辛稼轩词序》评论其词时说"公所作大声镗鞳,小声铿鍧,横绝六合,扫空万古,自有苍生以来所无"⑤,说的就是

---

① (宋)辛弃疾:《美芹十论》,"自治第四",见《全宋文》卷六二一四,上海辞书出版社、安徽教育出版社2006年版,第11页。
② (宋)辛弃疾:《九议》(其九),见《全宋文》卷六二一六,上海辞书出版社、安徽教育出版社2006年版,第44页。
③ (南朝梁)刘勰著,范文澜注:《文心雕龙注》卷六,体性第二十七,人民文学出版社1962年版,第506页。
④ (清)冯金伯:《词苑萃编》卷五,"辛弃疾负管乐之才"条,见唐圭璋:《词话丛编》,中华书局2005年版,第1870页。
⑤ (宋)刘克庄:《辛稼轩集序》,见辛更儒:《辛弃疾资料汇编》,中华书局2005年版,第102页。

这种类型的词。在这类词作中,我们可以发现稼轩通常打破传统作词的上片写景下片言情的抒情模式,往往直接以豪壮之语陡然入词,让人感觉天风海雨之气辟空而来。如《水龙吟·过南剑双溪楼》一词:

> 举头西北浮云,倚天万里须长剑。人言此地,夜深长见,斗牛光焰。我觉山高,潭空水冷,月明星淡。待燃犀下看,凭栏却怕,风雷怒,鱼龙惨。　　峡束苍江对起,过危楼、欲飞还敛。元龙老矣,不妨高卧,冰壶凉簟。千古兴亡,百年悲笑,一时登览。问何人又卸,片帆沙岸,系斜阳缆。

首句即词气逼人。通篇借奇特的典故表达词人兴亡之叹,家国感慨融入雄奇之景中,增益词作之豪气。陈廷焯《云韶集》评此词:"词直气盛,宝光焰焰,笔阵横扫千军……雄奇之景,非此雄奇之笔,不能得如此精神"[1],确实为中的之论。其雄奇之特色,与韩文有异曲同工之妙。

稼轩其他词中也常常豪气喷涌,如:"坐中豪气,看公一饮千石"(《念奴娇·西湖和人韵》)、"更觉元龙百尺楼,湖海平生豪气"(《念奴娇·和赵录国与韵》)、"少年握槊,气凭陵、酒圣诗豪余事"(《念奴娇·双陆和坐客韵》)。再如《破阵子·为陈同甫赋壮语以寄》一篇,纯以气盛,"魄力雄大,如惊雷怒涛,骇人耳目,天地巨观也"[2]。稼轩一生系于重整神州、匡扶山河,补天济世、建功立业的英雄理想是稼轩词的一个大主题,甚至以称颂为目的的寿词中,我们亦能感受到那种气象宏大的豪杰之气,如:"从容帷幄,整顿乾坤了"(《千秋岁·金陵寿史帅致道时有版筑役》)、"待他年,整顿乾坤事了,为先生寿"(《水龙吟·为韩南涧尚书甲辰岁寿》)、"要换银河仙浪,西北静胡沙"(《水调

---

① (清)陈廷焯:《云韶集辑评》卷五,见孙克强:《清词话全编》(11),凤凰出版社 2019 年版,第 128 页。

② (清)陈廷焯:《词则辑评·放歌集》卷一,见孙克强:《清词话全编》(12),凤凰出版社 2019 年版,第 101 页。

歌头·寿赵漕介庵》),皆慷慨之气纵横。

其次,稼轩词的英雄豪气中还伴随着一股悲愤沉郁之气。如《鹧鸪天》(壮岁旌旗拥万夫)是英雄豪情和愤激郁闷之情相结合的典型。上阕回忆年轻时于千军万马之中奋勇杀敌,雄豪之气充于字里行间。但词人空怀匡扶天下之志,千里之马空卧槽枥之间,"却将万字平戎策,换得东家种树书",怎不令人扼腕!上下阕对比之间,流动着难以遏止的悲愤沉郁之气。再如《水龙吟·登建康赏心亭》,亦是直抒愤懑胸臆:面对大好河山的秋水长天,"把吴钩看了,栏杆拍遍,无人会,登临意",南归十年但复兴之业无望,"可堪流年,忧愁风雨"而不得不"唤取红巾翠袖,揾英雄泪",悲郁之气深沉至极。再如"楼观才成人已去,旌旗未卷头先白"(《满江红·江行和杨济翁韵》)的感慨、"夷甫诸人,神州陆沉,几曾回首"(《水龙吟·为韩南涧尚书甲辰岁寿》)的喟叹、"汉开边,功名万里,甚当时,健者也曾闲"[《八声甘州》故将军饮罢夜归来)]的愤愤之情一泻于词,回肠荡气。

另外,稼轩的悲郁之气还渗透在缠绵悱恻的婉转之调中,由"敛雄心,抗高调"而"变温婉,成悲凉"。如为人所熟悉的《摸鱼儿》(更能消、几番风雨)一词借伤春恋景抒发胸中块垒,巧妙地以残春之景和美人遭妒婉转道出自己受朝廷疑忌的处境。词人忧国之心、刚健之气委婉道出,末出"闲愁最苦。休去倚危栏,斜阳正在,烟柳断肠处"句,词意怨极。纵观全词,炼钢之气化为绕指之柔,怨忿之气回环隽永,"怨而怒矣,姿态习动,极沉郁顿挫之致"①"回肠断气,至于此极,前无古人,后无来者"②。再如写伤情离别的《念奴娇·书东流村壁》,字里行间隐含着丝丝悲凉,末两韵"料得明朝,尊前重见,镜里花难折。也应惊问,近来多少华发",暗藏着英雄偷闲而报国无门的悲愤之气。而稼轩词中也多以典故的形式集古人离别不遇故事,如李陵、李广、昭君、陈阿娇等等人物,寄寓不平之气,如《贺新郎·听琵琶》《贺新郎·别茂嘉十二弟》等

---

① (清)陈廷焯:《词则辑评·大雅集》卷二,见孙克强:《清词话全编》(12),凤凰出版社2019年版,第27页。

② 梁令娴:《艺蘅馆词选》,广州人民出版社1981年版,第100页。

词"尽集古人许多离别故事,如文通《别赋》,妙在大气包举,沉郁悲凉"①。

陈廷焯《白雨斋词话》云:"稼轩有吞吐八荒之概,而机会不来,正则可以为郭、李,为岳、韩,变则即桓温之流亚。故词极豪雄,而意极悲郁。"②这正道出了稼轩多愤懑沉郁之气的个中原委。稼轩门人范开在《稼轩词序》中也曾指出稼轩"气之所充,蓄之所发,词自不能不尔也"③,英雄豪气发之于歌辞之间,其词之内容和风格自当别于缠绵婉转的本色之调。因而稼轩将歌辞作为陶写性情之具,作词之时自当"不主故常",而经史百家之语自是随手拈来,议论抒情自是随所变化。正是稼轩内在郁勃不平之浩然气决定稼轩词多时代风云气、英雄气和散文化特征。而后之学辛者多流于叫嚣之弊的原因并非由于表现手法上的问题,而是如谢章铤所言,"学稼轩者,胸中须先具一段真气奇气,否则虽纸上奔腾,其中俄空焉,亦萧萧索索如牖下风耳。"④没有内在之气的支撑,正是南宋后期学辛之人总流于叫嚣狂呼、肤浅浮躁的内在原因。

第三节　稼轩与昌黎"气"的内在渊源

从文化传承上来看,稼轩上承孟子、昌黎之气说,以英雄浩然不平之气贯入词中,因而其词表现出"以文为词"的特征。他文化上认同孟、韩之气说,在文学创作中继承昌黎文气说的原因又是什么呢? 文化选择背后的原因何在?

首先,源自强烈的使命感。诚如他的学生范开所言:"公一世之雄,以气节自负,以功业自许。"⑤稼轩在其词中言道,"读书万卷,致身须到古伊周"

① 唐圭璋:《唐宋词简释》,上海古籍出版社1981年版,第171页。

② (清)陈廷焯:《白雨斋词话》卷六,"苏辛两家不同"条,见唐圭璋:《词话丛编》,中华书局2005年版,第3925页。

③ (宋)范开:《稼轩词序》,见(宋)辛弃疾撰,邓广铭笺注:《稼轩词编年笺注》(增订本),上海古籍出版社1993年版,第596页。

④ (清)谢章铤:《赌棋山庄词话》卷一,"论学稼轩"条,见唐圭璋:《词话丛编》,中华书局2005年版,第3330页。

⑤ (宋)范开:《稼轩词序》,见(宋)辛弃疾撰,邓广铭笺注:《稼轩词编年笺注》(增订本),上海古籍出版社1993年版,第596页。

（《水调歌头》），以济世的伊尹、周公作为自己效仿的目标。即使在晚年镇江任上也依然是志向不改："不是望金山，我自思量禹"（《生查子》），以治水大禹自喻，拳拳之心可鉴。面对一个山河不整、民族受辱的时代，"克复神州""誓清中原"（《满江红》）是稼轩的夙愿，虽屡屡受挫但却矢志不移，正所谓"男儿到死心如铁，看试手，补天裂"（《贺新郎》）。值得注意的是，这和南渡士人的使命感和伟大理想在层次上是不同的。"南渡词人也有崇高的理想和使命感，但作为文人型的志士，他们对来自外部的打击迫害的心理承受能力相对弱小，故他们在得志或刚受挫时，还豪气勃发，壮志昂扬，一旦久历磨难，屡遭迫害，便不免意志消沉，渐渐丧失了人生的使命感和对理想的追求"①。而刘扬忠认为稼轩则是至老不毁，他不是达则兼济天下，穷则独善其身，而是达则济天下，穷亦心系天下②，王兆鹏先生亦持此论③。这种强烈的使命意识无疑是稼轩和昌黎相通之处。韩昌黎以自己是孔孟的真正传人自命，他一生不遗余力以恢复儒家道统行走呼号，甚至不惜冒犯宪宗皇帝，上《谏迎佛骨表》，几招杀身之祸。正是这种强烈的使命感决定着稼轩和昌黎内在的浩然之气充盈于天地之间，倾泻在他们的诗词散文当中，此稼轩和昌黎相似原因之一也。

其次，缘于刚直的个性和不平的遭遇。稼轩为人刚直不阿，《宋史》本传说稼轩"持论劲直，不为迎合"④"豪爽尚气节"⑤，所言非虚。这从他和朱熹之间的交往可见一二。朱熹去世，党禁方严，稼轩撰文悼之，如法式善《稼轩集钞存序》言："公豪迈英爽过东坡，乃于朱子、南轩诸贤，尊崇悦服，违禁忌不顾，此非笃于道，得于心者不能也，岂特节义文章为不朽哉"。⑥ 同时稼轩自己一生之际遇坎坷不平，南归后40余年却多半闲居带湖、瓢泉，出仕的20年中

---

① 刘扬忠：《辛稼轩词心探微》，齐鲁书社1990年版，第194页。
② 刘扬忠：《辛稼轩词心探微》，齐鲁书社1990年版，第18—25页。
③ 王兆鹏：《唐宋词史论》，人民文学出版社2003年版，第192—202页。
④ （元）脱脱等：《宋史》卷四百一，中华书局1977年版，第12162页。
⑤ （元）脱脱等：《宋史》卷四百一，中华书局1977年版，第12165页。
⑥ （清）法式善：《稼轩集钞序》，见（宋）辛弃疾撰，邓广铭笺注：《稼轩词编年笺注》（增订版），上海古籍出版社1993年版，第603页。

大多数时候也是志不获聘,"抑遏摧伏,不使得以尽其才"①,终其一生,稼轩是一位典型的失路英雄,"不平之鸣,随处辄发"②,故其词多悲愤沉郁之气。昌黎"性明锐,不诡随"③,仕途也不得意,故其诗"时有感激怨怼奇怪之辞"④。

石壁看云图

最后,来自于丰富的才学修养。如前所述,"养气"不仅需养德还须养学,在配道与义的同时,还须有丰富的学识才能养成天地间的浩然之气。而韩、辛两位文坛巨匠于才学方面的涵养为世所公认。才高学富不仅是养人气不可或缺的一个关键因素,也是所养之气从形诸内至形之于外,从人气化为文气和词气的必然条件,为"以文为诗"和"以文为词"的前提。正是创作主体渊博的学

---

① （宋）黄榦:《勉斋集》卷四,景印文渊阁《四库全书》本。
② （清）周济:《介存斋论词杂著》,"苏辛不同"条,见唐圭璋:《词话丛编》,中华书局2005年版,第1633页。
③ （宋）欧阳修、（宋）宋祁:《新唐书》卷一七六,中华书局1975年版,第5265页。
④ （清）刘熙载:《艺概》,上海古籍出版社1978年版,第62页。

识和刚直的个性、坎坷失路的际遇以及强烈的使命感涵养浩然人气,再发而为陶写性情的文学作品,影响并形成诗词散文的气势。

总之,稼轩"以文为词"的内在动因在于创作主体融铸经史百家学识的才气和英雄坎坷之际遇及其性情禀赋的交融碰撞所形成的不平之"气"。"以文为词"的本质是"以气为词"。而稼轩贯气入词和昌黎的"不平则鸣""气盛言宜"的文气说之间当是一种继承和发扬的关系。正是稼轩胸中不平的激烈情绪,一股英雄志在恢复、兼济天下的至大至刚的浩然之气使稼轩词展现出"以文为词"的特征。而他内在的这股浩然而又不平之气才真正是稼轩似昌黎之处。

参 考 文 献

（按作者姓氏拼音为序）

国内著作

陈匪石编著,钟振振校点:《宋词举》,江苏古籍出版社 2002 年版。

程述德撰,程俊英、蒋见元点校:《论语集释》,中华书局 1990 年版。

邓广铭点校:《陈亮集》,中华书局 1987 年版。

邓乔彬:《唐宋词美学》,齐鲁书社 2005 年版。

邓子勉校注:《樵歌校注》,上海古籍出版社 2010 年版。

邓子勉:《宋金元词话全编》,凤凰出版社 2008 年版。

丁福保:《历代诗话续编》,中华书局 1983 年版。

丁宁:《接受之维》,百花文艺出版社 1990 年版。

董平、刘宏章:《陈亮评传》,南京大学出版社 1996 年版。

傅璇琮:《黄庭坚和江西诗派资料汇编》,中华书局 1978 年版。

郭庆藩撰,王孝鱼点校:《庄子集释》,中华书局 2012 年版。

洪本健:《欧阳修资料汇编》,中华书局 1995 年版。

黄昇:《中兴以来绝妙词选》,《四部丛刊》本。

纪昀:《四库全书总目提要》,河北人民出版社 2000 年版。

姜书阁:《陈亮龙川词笺注》,人民文学出版社 1980 年版。

金启华等:《唐宋词集序跋汇编》,江苏教育出版社 1990 年版。

李健:《比兴思维研究》,安徽教育出版社 2003 年版。

李谊:《花间集注释》,四川文艺出版社 1986 年版。

梁启勋:《词学》,中国书店 1985 年版。

刘德清:《欧阳修纪年录》,上海古籍出版社 2006 年版。

刘勰著,范文澜注:《文心雕龙注》,人民文学出版社 1962 年版。

刘扬忠:《辛稼轩词心探微》,齐鲁书社 1990 年版。

刘野编:《次山集·后山集》,吉林出版集团有限责任公司 2005 年版。

刘尊明:《唐宋词综论》,中国社会科学出版社 2004 年版。

龙榆生:《词学十讲》,北京出版社 2005 年版。

陆侃如、冯沅君:《中国诗史》,百花文艺出版社 1999 年版。

缪钺:《缪钺说词》,上海古籍出版社 1999 年版。

欧阳修、宋祁:《新唐书》,中华书局 1975 年版。

欧阳修著,李逸安点校:《欧阳修全集》,中华书局 2001 年版。

《宋元笔记小说大观》,上海古籍出版社 2001 年版。

沈家庄:《宋词文化与文学新视野》,人民文学出版社 2001 年版。

施蛰存:《词籍序跋萃编》,中国社会科学出版社 1994 年版。

孙克强:《清词话全编》,凤凰出版社 2019 年版。

唐圭璋:《词话丛编》,中华书局 2005 年版。

唐圭璋:《全宋词》,中华书局 1999 年版。

脱脱等:《宋史》,中华书局 1977 年版。

王水照、崔铭:《欧阳修传:达者在纷争中的坚持》,天津人民出版社 2008 年版。

王兆鹏:《唐宋词史论》,人民文学出版社 2000 年版。

王兆鹏:《唐宋词史论》,人民文学出版社 2003 年版。

吴文治:《宋诗话全编》,江苏古籍出版社 1998 年版。

吴熊和:《唐宋词汇评·两宋卷》,浙江教育出版社 2004 年版。

辛更儒:《辛弃疾资料汇编》,中华书局 2005 年版。

辛弃疾撰,邓广铭笺注:《稼轩词编年笺注》(增订版),上海古籍出版社 1993 年版。

薛砺若:《宋词通论》,上海书店出版社 1985 年版。

薛瑞生:《乐章集校注》(增订本),中华书局 2012 年版。

杨海明:《唐宋词与人生》,河北人民出版社 2002 年版。

叶嘉莹:《叶嘉莹说词》,上海古籍出版社 1999 年版。

郁玉英:《欧阳修词评注》,江西人民出版社 2012 年版。

郁玉英:《宋词经典的生成及嬗变》,中国社会科学出版社 2016 年版。

张志烈、马德富、周裕锴:《苏轼全集校注》,河北人民出版社 2010 年版。

曾枣庄、刘琳:《全宋文》,上海辞书出版社、安徽教育出版社 2006 年版。

钟嵘著,陈延杰注:《诗品注》,人民文学出版社 1961 年版。

朱立元:《接受美学》,上海人民出版社 1989 年版。

朱谦之:《老子校释》,中华书局 2000 年版。

卓人月、徐士俊:《古今词统》卷六,《续修四库全书》本,上海古籍出版社 2002 年版。

国外著作

[苏]鲍列夫:《美学》,乔修亚等译,中国文联出版公司 1986 年版。

[德]格罗塞:《艺术的起源》,蔡慕晖译,商务印书馆 1998 年版。

[德]黑格尔:《美学》第一卷,朱光潜译,商务印书馆 1997 年版。

[美]哈罗德·布鲁姆:《西方正典》,江宁康译,译林出版社 2005 年版。

[德]康德:《判断力批判》上卷,宗白华译,商务印书馆 1985 年版。

[美]韦勒克、[美]沃伦:《文学理论》,刘象愚、邢培明、陈圣生、李哲明译,三联书店 1984 年版。

[日]松浦友久:《中国诗歌原理》,孙昌武、郑天刚译,辽宁教育出版社 1990 年版。

[英]泰瑞·伊果顿:《文学理论导读》,吴新发译,书林出版有限公司 1995 年版。

期刊论文

黄曼君:《回到经典,重释经典》,《文学评论》2004 年第 4 期。

路成文:《宋代咏物词的创作姿态》,《南京师范大学文学院学报》2002 年第 4 期。

施议对:《论陈亮及其〈龙川词〉》,《厦门大学学报》1982 年增刊。

童庆炳:《文学经典建构的内部要素》,《天津社会科学》2005 年第 3 期。

王兆鹏:《唐宋词的审美层次及其嬗变》,《文学遗产》1994 年第 1 期。

王兆鹏、孙凯云:《寻找经典——唐诗百首名篇的定量分析》,《文学遗产》2008 年第 2 期。

王兆鹏、郁玉英:《宋词经典名篇的定量考察》,《文学评论》2008 年第 6 期。

魏玮、刘烽焘:《花间词意象特色论》,《齐鲁学刊》2012 年第 2 期。

曾大兴:《地理环境影响文学的表现、途径与机制》,《兰州学刊》2017 年第 4 期。